U0651704

公寓

THE APARTMENT

S.L.格雷——著
申晨——译

CNS PUBLISHING & MEDIA
湖南文艺出版社 HUNAN LITERATURE AND ART PUBLISHING HOUSE
博集天卷 CS-BOOKY

1. 马克

就在我摇摇晃晃到厨房准备再来一瓶的时候，我意识到自己有些醉了。双腿发软不听使唤，身体开始发热，意识渐渐模糊——我正处在绝妙的微醺状态。卡拉爆发出她那标志性的大笑，那巫婆般声嘶力竭的笑声足以把鬼魂吓到墙角。在卡拉的狂笑声中，我听到斯蒂芬也在屋子的某个地方轻柔地、迟疑地笑着。那件事发生后，我已经有好几个星期没有听到她笑了。

窄窄的食品柜下方有一块干掉的污渍，我努力视而不见，抓起一袋薯片，转身回到厨房。卡拉的男朋友今晚带了一瓶昂贵的红酒。他把酒塞到我手里时说，他觉得我们应该把这瓶酒留到某个更有意义的日子再喝。不过我觉得现在喝掉它正好。我打开薯片，抓了一把塞进嘴里，然后伸手去够堆满了东西的操作台上的酒瓶。就在这时，后院的新感应灯突然亮了，我抬头望去，手一滑，酒瓶倒了，掉进一堆脏兮兮的玻璃杯中间，使得放在玻璃杯上面脏盘子里的刀叉噼里啪啦地滑落下来。

那一瞬间非常吵。随着响声逐渐平息，我身边满是玻璃碎片和凌乱的刀叉。可我还是无法将目光从窗边移开，凝视那灯光仿佛能驱走我心中的怪兽。

直到灯光熄灭，我都没发现什么异常。我静静地待了好一会儿才听到身后有人打开了厨房的门。

“马克？”斯蒂芬唤着，“亲爱的，你没事吧？”

我回过神来：“哦，没事。我就是……把东西打碎了。”

斯蒂芬光着脚，穿过地板上的一片狼藉走向我。

“别过来了。”我说，“会扎到脚的。”

她没听我的，踮着脚来到我身边，望向窗外漆黑一片的院子，柔声问道：“你看到什么了吗？外面有人吗？”

“估计是只猫。”

她抓着我的胳膊问：“你确定你没事吗？”

“没事！”我说，同时对自己的反应感到尴尬。于是我拿起那瓶红酒，拉着斯蒂芬绕过玻璃碎片，准备回到餐厅去，好像她需要我领着一样。但事实上，此刻，走在坚强有力的年轻女人旁边，我感到脆弱和茫然。“我们就趁还能喝酒的时候赶紧把它喝掉吧。”

斯蒂芬看了我一眼，说：“这话听着好不吉利呀。”

“我的意思是趁我们还能享受它。”

“我建议你现在还是别喝，”卡拉新交的“朋友”（名字我已经记不住了）把手机插在底座音箱上，选了首轻柔的、玩世不恭的歌，“因为你会怀念酒里那著名的巧克力味道的。”

“你说著名的吗？”卡拉巧妙地假装没听到厨房的动静，从餐桌边的座位上问，“你是想说声名狼藉吧？那瓶杜维尔芳婷是赶时髦的门外汉才会买的山寨货！不好意思，达蒙宝贝。”

“没关系，亲爱的卡拉。”

我坐下来，看着达蒙侧身坐回餐桌边，好奇他和卡拉之间有着怎样的故事。他知道他是卡拉交往过的一群小白脸中最新的一个吗？她到底看上他哪一点了？而他和她在一起又想得到什么呢？

他至少比她小二十五岁，想到这儿，我不禁直起身子，想起斯蒂芬也比我小二十三岁。而平时的我竟然不记得这一点。我不觉得我已经四十七岁了，没有意识到自己已步入中年。我无法想象她眼中的我是什么样的：一个身材臃肿、皮肤松弛、可悲、颓废、失败、穷途末路、举止还有些怪异的恋物癖。

斯蒂芬就站在我身后，双手摩挲着我的肩膀，靠向我。她的长发拂过我的脸庞，一股草本洗发水的清香和晚饭的香料味道从她的发丝间传来，把我从刚刚的一系列自我怀疑中拯救出来。

“我想上楼去看看海登。”她说。

“她一定没事，监听器就在这儿，要是有什么事我们肯定会知道的。”

“我只是去看看。”

“好吧，辛苦了！”

“如果连卡拉的笑声都没把她吵醒，那就没什么能吵醒她了。”达蒙看着斯蒂芬的背影插嘴道，就像他见过我们的女儿，很了解她似的。卡拉笑着翻了个白眼，我不明白她在笑什么。

我喝了一大口酒，发现根本没有一点巧克力味。我沉浸在歌手懒洋洋的声音中，回味着轻柔的节拍。

“你还好吧？”卡拉问我，“真的没事？”

我耸耸肩，叹了口气，看了一眼达蒙。

“放轻松，我懂，”他说，“我替你难过，我哥哥也经历过同样的事情。”

斯蒂芬回来了，从她看我的眼神中我知道海登很好。她正准备在餐桌旁坐下，卡拉说：“闭嘴吧，达蒙。”

但是达蒙却继续絮絮叨叨：“我跟你说，这个国家简直糟糕透了。你知道，在其他地方情况完全不同。人们想偷东西，但并不想折磨别人，而且——”

“听着，”我说，“我不想提这件事。”

“卡拉，其实你没有必要因为我让达蒙住嘴的，”斯蒂芬插嘴道，“我又不是小孩了。”

“的确，”我对卡拉说，“事实上，斯蒂芬处理得很好。”在餐桌下面，我把手放在斯蒂芬的大腿上，她紧握住我的手。我不想承认她处理得比我好。

“呃，对不起啦！”达蒙气呼呼地说，“反正不关我的事。”

“不要紧。只是，你知道的……”

“我只是想说，我理解你们的感受，”达蒙说，“这种糟糕的事情很多人都经历过，这是正常的。”

“是的。确实是这样。”

“好啦，达蒙，亲爱的，能不能在我朋友说话的时候把你那同情心泛滥的大嘴闭一会儿。”

“还是出去抽根烟吧，这样我就能闭嘴了。”他站起来，朝前门走去。我克制住了冲动，没跟他说：别出去，我们大家都安全地待在屋里吧。卡拉从桌子那头伸出腿，用光着的脚趾蹭我的小腿，然后又滑到我的脚踝处。我不确定她的举动是什么意思，只能认为，她懒得站起来给我一个轻轻的拥抱或者拍拍我的肩膀，所以才这样做。

坐在我旁边的斯蒂芬什么也没察觉。

“你那样说，他不会介意吗？”我问卡拉。

她耸耸肩：“他会习惯的。他该学点礼数了。”

“我不懂你的意思。”我说。

她没接茬，转而问道：“那么，看心理医生了吗？”

“我吗？”我问。

“你们俩。你们全家。这种可怕的事情也会给小孩留下心理阴影的。你们应该送海登去接受艺术治疗。”

“即使我们认为它有效，也负担不起。”斯蒂芬说。

“不过，警察局不是也提供了心理创伤治疗吗？”

“是的。”我说。他们确实提供了。家中遭到袭击的第二天我们就认真地洗了澡，换上从超市买的便宜的新衣服，直奔伍德斯托克警察局。接待处挤满了头破血流的男人和被扯烂衣服的妇女。我们站在这群人中就像外星人一样，不过警察对我们的态度还是异常礼貌而且富有同情心的。我们被领到狭长走廊尽头的一间小办公室。透过办公室的玻璃窗，我能看见院子对面的拘留室：铁窗外飘着破旧的窗帘，墙皮开裂、剥落，仿佛那栋楼里的恶意正在沸腾，从内部化成了有毒的泥浆。警察局的创伤心理咨询师亲切热情，令人愉快，看起来是那种不会被可怕现实击垮的人，他给了我们足够的时间。海登在地毯上玩积木的时候，我希望自己带了免洗洗手液；当咨询师通过放空冥想法和斯蒂芬谈话的时候，我盯着为下一个咨询案例准备的肮脏的小淋浴间和装着玩具的塑料箱发呆。虽然这个画面让我的额头直冒冷汗，但我却无法移开目光。于是我说：“我觉得，比起我们这种遭遇入室抢劫的中产阶级，他们的心理创伤更严重。”

“天哪，马克，你需要更重视自己。”

“重视自己？为什么这么说？”

斯蒂芬没有说话，焦躁不安地转动着杯子的底座。卡拉夸张地越过我，把身子探向斯蒂芬，扶着斯蒂芬说：“你们两个应该离开这里，去什么地方放松一下。这会让你感觉好转。我知道一定会的。”

“去哪儿呢？”斯蒂芬问。

“去一些有着异国风情的地方，比如巴厘岛、泰国，或者一些浪漫的地方，像巴塞罗那、希腊的小岛，还有……巴黎。”

“哇哦！巴黎！”斯蒂芬简直要尖叫起来，“天哪，马克，听上去太棒啦！”

“带着一个两岁的小孩旅行？真是浪漫极了。”卡拉看向餐桌说道，“也许我可以帮你们……不，我做不到。我不想在面对孩子时装出母爱满满的样子。”

“就算你愿意帮我们看孩子，我们也付不起钱呀。我的天，我们连斯蒂芬修车的钱都付不起。”

斯蒂芬叹了口气，点头道：“我觉得也是。”她眼中的希望之光转瞬即逝，让我有些心疼。她的要求应该得到满足，她应该和一个……更好的人，能给予她更多的人在一起，而不是我这样一无所有的人。原本属于我的一切都已被洗劫一空。

“我们会想出办法的，”卡拉说。“你俩一定要出去转转。你们需要……”

这时，一阵刺耳的声音响起，还没来得及分辨出那响声是什么，我早已起身走到了屋子中间。那是外面的汽车报警器在响，只是个汽车报警器而已，但我的行动已经不受大脑控制。在说服自己稳定下来前，我迅速地推开房门，睁大双眼扫视着幽暗的街道，仔细听是否有扭打的声音。闻到达蒙的烟味让我回过神来。

“我的天！马克，你没事吧？”

“没……没事，我只是来看看那汽车警报声是怎么回事。”警报声已经停止，住在17号楼的家伙发动了那辆车，开走了。我冲斯蒂芬喊了些安慰的话语。

“嘿，你太紧张了。”达蒙说着掏出了烟盒。

虽然知道抽烟也许会让我更紧张，我还是拿了一根。我不吸烟，烟味令人恶心。不过也许恶心的感觉能让我把注意力从那该死的无形怪兽身上移开。

他举起打火机，我点着烟，任由火焰在风中熄灭，感受着它的余温从我的发梢飘到耳后。“你有过这样的经历吗？”

“没有，感谢上帝。但是我想迟早也会轮到我的。我认识的很多人都有过这样的经历。那会让人陷入困境，不是吗？”

我点头，慢慢地吐了口气。警察局的咨询师建议我在呼吸时想象体内的负能量正在被吸入的健康空气所替代，从而将有毒的恐惧排出。但我却不敢放下恐惧，因为它能让我时刻准备好应对危险。

我们在盛着枯枝的花盆里捻灭了香烟，然后回到屋里。这时，斯蒂芬说：“我一直很想去奥塞美术馆①看看，但我们没有钱去，就这么简单。”

“为什么要去那里？”达蒙问，他只听到了谈话的结尾。

“卡拉觉得我们应该出国去度假，这样有助于心理创伤的恢复，”我说，“但是我们没有现金了。”

“换屋旅行怎么样？”他说，“去年我和朋友们就体验过一次。有相关的网站。你住在别人家里，同时对方会来你家住。我们去年就

---

① 法国美术博物馆，位于巴黎塞纳河右岸，与杜伊勒里宫相对，主要收藏及展示法国19世纪中期和晚期的美术作品。

住在波士顿的一座很棒的房子里，房主住在我们家，他们很喜欢我们的房子。这样不需要花一分住宿的钱。如果你们吃得节省些，不会花多少钱的。”

“但是，让陌生人住在自己家里？”我说，“要是他们糟蹋房子，把东西全都偷走了怎么办？”

“网站的所有用户都需要实名注册，还有相关的评论和认证。比方说，一对美国夫妇在此之前进行过八次换屋旅行，他们的换屋对象会根据客人的表现评分，便有了一系列记录，这样你就可以信任他们了。”

斯蒂芬笑着说：“嗯，听上去不错！对不对，马克？”此时此刻，我看得出她心中的希望正在被这家伙点燃，而我最应该做的就是把它扼杀在摇篮里。

“我们一分钱都花不起，”我说，“除了机票、签证、交通、各种门票和一百多杯咖啡这些小的花销外，天知道我们还要在巴黎哪些地方花钱。”我沮丧地看着斯蒂芬的脸，从她脸上的表情能看出她的热情已经被我打消了。我很擅长打击年轻人的积极性，在大学里我每天都做这件事，这是我能拿得出手的寥寥无几的本领之一。她点点头，灰心丧气地表示同意。我真希望自己什么都没说。我低估了我的消沉冷漠带来的杀伤力。我忘了她还年轻，对生活充满热情。我应该更体谅她的感受。

“但是这主意听起来还是不错的，”我干巴巴地补上一句。“这是目前为止最可行的方案。”我想再次唤起她的微笑，可惜太迟了。

晚些时候，我清醒过来时正站在走廊里。我的心跳到了嗓子眼，左腿抖个不停，手中紧紧攥着手机。警报器电子屏上的红色数字显示此刻是凌晨两点十八分。隔壁的阿尔萨斯牧羊犬正在狂吠，我发誓我听到了砰的一声——又是砰的一声？就是从靠我们房子这边的院墙发出来的。

我应该从书房的窗户向外望，检查过道里是不是有什么东西——或者什么人。但是警报器开着，被动式探测器正扫描着那间屋子。我不想把警报系统拆除，也许那帮人正等着我这么做。于是我在房子中间的走廊站住，缓缓地转身（以免地板咯吱作响吵醒海登），仔细地观察聆听我的四周，仿佛自己有超音速的听力和超人才有的X射线般的视觉，可是我什么都没有，无能为力。

如果现在有人站在旁边的过道上，就会触发警报器。我告诉自己：我们很安全。

那只牧羊犬安静下来，我再没有听到其他响声，屋外的警报器也没有被触发，于是我上楼回到床边。斯蒂芬平躺着，无可奈何地望着天花板。

我仍旧站在床边的地毯上：“我觉得应该把警报器的线路绕开书房，但那样又容易让人从铅框窗户钻进房子。”

“有道理，还是保留那屋的监控吧。”

“可这样的话，我就没法看到外面的情况。”

“摄像头会捕捉到异动的。”

“我想也是。”我把手机放回床头柜上，“你会喜欢我们的午夜谈话的，情话绵绵的夜谈。”她没说话，当然也没有笑。又有什么值得她笑呢？我看了一眼床头钟上的红色数字，说：“再试着睡一会儿吧，时间还早呢。”

“你呢？”

我没有告诉她我们俩应该有一个人保持清醒，以防那群人再回来，最起码我不该睡觉。即使这样也没用。“我放松一下，待会儿就睡。”

“有时候我真的厌恶这里，你知道的。”

“我懂。”

“你就不能再考虑一下去巴黎度假吗？你难道不觉得这是个好主意吗？”

“这行不通。我们负担不起这么奢侈的事情。”

斯蒂芬坐起身，背靠的枕头摩擦着床头，发出轻轻的吱嘎声：“我认为这趟旅行不是奢侈品，而是必需品，它会帮助我们恢复正常的生活，尤其是对于你。”

“我吗？”

“是的，是你。”她竟然笑起来，干巴巴地笑着，“我觉得离开这里一段时间会让你有所期待，变得平和。谁知道呢？还有可能让你快乐起来。”

以站在床边俯视她的姿态来谈论这样的话题让我感到很不舒服，显得过于强势。于是我坐到床脚边，转过头，从对面的梳妆镜里看见她不完整的身影，说：“即使我们花得起度假的钱，我也不希望旅行

的原因是你觉得我有病。我不希望你是为了给我治病而做出牺牲，花费根本承担不起的费用，仅仅是为了让我有所好转，让我不再精神崩溃。我不想这样，我很好，我承受得住。”

斯蒂芬不屑于理会我对自己现状的诊断，她太了解我了：“我考虑了很久，我敢肯定海登没事。她的睡眠质量好了。卡拉说在那儿能租到婴儿车和任何物品。巴黎的小孩都坐在婴儿车里到处溜达。想象一下，像法国的一家三口一样在巴黎街头漫步会是怎样的感觉。”

虽然我知道这永远都不可能，但是当我从镜子里看到她充满憧憬、毫无防备的微笑时，我提醒自己不要去戳破她梦想的气泡。这趟旅行是不可能实现的，它只是一个幻想，一个能再次唤起她笑容的幻想，所以暂时先让她尽情享受吧。

2. 斯蒂芬

马克告诉我那晚卡拉要不请自来地吃饭时，我本来应该大闹一场提出反对。马克说我们可以拒绝她，因为他知道自从遭受入室抢劫后，我能应付的人就只有我的父母，但是，我觉得也许我们可以翻过那一页，来处理眼前的问题。是时候面对外面的世界了。朋友们都在试图帮我，可是我已经听腻了他们安慰的话语，比如“你看，至少当时海登一直在睡觉，什么都不知道；而且你也没有被强奸（这已经是万幸了）”，以及其他乱七八糟的陈词滥调。虽然马克劝我不要小题大做，但和往常一样，我还是花费了相当长的时间来准备那顿饭。我像十九世纪六十年代的女主人那样，神经质地打扫了房子，在伍尔沃斯超市花费我们根本负担不起的巨资购买了食材。每次卡拉来我们家吃饭，我都会这么做。

和卡拉在一起让我备感压力。说真的，作为一个出版过作品的诗人和学者，她的一切都让我相形见绌：自信，充满魅力，身材紧致苗条。虽然我个人认为她的作品有些过于随性，让人不知所云，但是这丝毫不影响她获得国内外的奖项。然而，我写的书为我换来的仅仅是文学网站上几篇无足轻重的免费书评。像她那个年代的自由派人士一样，她总是宣扬自己拥有过完美的“斗争”经历，在谈话中一有机会就“不经意”地透露自己被秘密警察扣押拘捕的逸事。（尽管除了我父母之外，很难再找到承认自己当年在种族隔离时期袖手旁观的中年白人了。）况且，她和马克在这之前有过一段感情，一段与我无关的曾经。虽然马克否认他们发生过关系，可是我不知道我还能相信什么。

对于卡拉，我没有放平心态。也许我从来没有喜欢过她，但她其实也没那么令人讨厌。她在海登患疝气期间对我们非常照顾。那时，由于缺少睡眠，我和马克显得脆弱而暴躁。卡拉每星期都会提着扁豆穆萨卡①过来看我们。但我们从来没吃过那玩意儿。它们整齐地堆在冰箱的冷冻层，据我所知现在还在那里。

那晚，我尽责地盛上烤童子鸡配土豆，把一大团昂贵的巧克力慕斯分到大家的碗里，像艺伎一样微笑着，时不时以看海登为借口溜走，让自己得到些许的清净。我走着过场，心不在焉地假装倾听由卡

① 希腊传统菜之一，主料为茄子和肉馅。

拉和她带来的男人所主导的谈话（有趣的是，我记得那一晚的所有细节，却怎么也回忆不起那个男人的名字）。但我的注意力突然被卡拉提到的海外旅行所吸引，那是一个令人愉快的建议：我们应该离开这里，去国外待一段时间。马克大多数时候会为了迎合卡拉而无条件地支持她所说的一切，所以这次当他否定了她的提议时，我本应是开心的。可是，想想看……是巴黎，巴黎哎！

我的脑海中顿时浮现出一幅幅画面：我和马克在香榭丽舍大街漫步，海登沉睡在他的臂弯里，优雅的法国行人在我们经过时微笑致意；我们在精致的街角咖啡馆的阳伞下小憩，品尝着咖啡和羊角面包；我们在古色古香的小酒馆里共进晚餐，享用法式洋葱汤配可丽饼……庸俗的场景接连不断地涌上心头。让我兴奋不已的不仅仅是那诱人的目的地，还有换屋旅行的住宿方式。自从我们遭遇入室抢劫，这栋房子的气氛就变得诡异起来。不知怎的，屋子更加阴暗了，仿佛再也不会有阳光照进来。那些匆忙安装的防护设施也并没有使情况好转：防盗栏杆在地上留下魔爪一样的影子；每当有人开门，警报器就会响——这一切都让我们永远处于紧张的警戒状态。我想，如果有其他人——只要不是我们——在房子里住一段时间，也许这压抑的气氛便会消失。

当马克和卡拉的小白脸就雅各布·祖马[①]的问题争论不休的时候，我溜出去煮咖啡，却发现卡拉也跟着我来到了厨房，这让我感到

① 南非现任总统。

既惊讶又沮丧。她肯定有话想对我说。我猜得果然没错。“马克需要帮助，”她用低到只有我们两人能听清的声音说，“必须找一位心理治疗专家给他看看。”她的语气中流露着些许责备，好像是我不让马克看病一样，好像这一切都是我的错，好像事情发生的那晚我比马克受到的折磨少似的——而事实刚好相反。我走到水池边，假装冲洗咖啡壶，这样她就看不见我的表情。“你很坚强，斯蒂芬，”卡拉接着说，“你显然恢复得很好。但马克脆弱得很，容易出现创伤后应激障碍，佐伊那件事还没过去多久……呃，你知道的。类似的事情都会诱发潜在的心理创伤……”听完她啰里啰唆的一大堆话，我没回应，只是用勺子搅拌着咖啡，尽量不让她看出我的手在颤抖。

卡拉走后，过了很久我才睡着，直到两点三十分，马克突然起身把我惊醒。对此我已经司空见惯了。自从遭到抢劫后，任何细微的声响，比如飞蛾扑打浴室灯的撞击声、远处邻居家的狗叫声，都会把我们吓醒。马克在屋子里巡视的时候，我在卧室茫然地等他，我嘴里很干，想象着可能发生的最坏的事情，比如听到枪声、重击头部的声音，以及朝着卧室走来的砰砰的脚步声……按照以往的情况，天蒙蒙亮时我才会有睡意。于是，等马克一入睡，我便拿起廉价的备用电脑走向海登的房间——整座房子里唯一能让我感到真正安全的地方。和往常一样，房子因昼夜温差而变形发出的吱嘎声在黑夜里就像螺丝刀撬动门锁的响声，或者走廊里蹑手蹑脚的走步声。即使马克检查过两三次门锁和警报系统也不会让我有一丝安全感，入侵我们家的人已经把他们的影子永远留在了这里。我路过浴室时，看到挂着的毛巾和开着的浴室门，便觉得那像手握利刃的人影；看到无意中忘在楼梯口的洗衣篮，便觉得那像蹲伏在地的歹徒。我的心不住地狂跳，直到我安全到达海登的房间。

她睡觉时总是很不老实：双腿蜷在床上，被子踢到了脚边。我小心地掖好被子，然后蹲在她旁边，把电脑放在膝盖上。马克应该是不愿意出去的，但我不想就这样放弃机会。他说得没错，我们没有钱出去度假，可是眼睁睁地看着这件事化为泡影让我越发难过。的确有很多换屋旅行的网站——至少这一点卡拉的男朋友没有说错。我选择了一家首页上有阿尔卑斯山区小木屋的网站，注册了一个三十天的免费试用账号。我需要填入三个首选的交换目的地，就像“常见问题解答”里说的，“给自己更多选择！”我填了巴黎、爱尔兰（因为不需要签证），然后是美国。其实去欧洲大部分地方旅行都需要办签证，但巴黎还是那样吸引我。去巴黎度假的计划已经在我的心中萌发。当我把去年我们用来售房的好看的效果图上传到这个网站时，我感觉自己在做一件坏事，像在给情人偷发邮件一样。

上传图片后，我输入了房屋的描述，尽力让它能吸引想要换屋的巴黎人——“一栋位于阳光灿烂的开普敦的温馨舒适、历史悠久的洋房”。虽然我们的房子所在的那条街大部分都是维多利亚时代的别墅，但说它历史悠久也有一点夸张。接着，我又加上“安全”二字——在迫使我把它删掉的罪恶感产生之前。说句公道话，这并不是谎言。遭到入室抢劫的第二天早上，我爸爸便带着他的焊接喷灯和满满一皮卡的钢筋从蒙塔古开车赶来。现在，家里的推拉窗都醒目地安装了结实的防盗铁栏。马克曾咕哝了几句它们影响美观之类的话，但也没能阻止爸爸把房子变成恶魔岛[①]。事实上，他也不敢阻拦。那天，他完全没有插手爸爸的行动，以逃避萦绕在身边的那无声的谴责：“浑蛋，你应该把你的妻儿更好地保护起来。”

接下来，我开始搜索航班。法国航空公司正在进行二月的促销活动，只要我们在接下来的三天内预订，便可享受到优惠——所有事情都水到渠成。我决定不主动联系换屋网站上的用户，而是听从命运的安排，等待他们联系我。我满心欢喜地足足睡了一小时，直到六点，海登醒来的动静把我弄醒。

那天早上，我没有告诉马克注册换屋网站的事，我可不想和他大吵一架。又一个无眠之夜已经足够让他暴躁了。出门上班前，他只说了一句：“把门锁好。”我给海登喂了一些婴儿麦片，然后把她放到电视前看BBC儿童台节目。我感觉不是很饿，却还是从冰箱里拿出了那半锅巧克力慕斯，边用勺子挖着吃边查看邮件。有两封来自银行的邮件提醒我们信用卡消费又达到了限额；除了一条感谢注册的信息外，再没有任何换屋网站的消息。

我妈妈和每天早上一样，打电话询问我们是否一切安好，她说一直想把海登接到她那里住些日子，我便告诉了她关于换屋旅行的想法。她立刻兴奋起来，主要因为她迫切地希望我们赶紧离开开普敦，这座在她眼中很不友好又危险的城市。“那么，马克觉得怎么

① 位于美国加州旧金山湾内的一座小岛，曾是联邦监狱所在地，现为观光景点。

样呢？”

“他不是很想去，因为我们没有钱度假。”我尽量不去想如果花心思找工作也许就能有钱旅行这个恼人的事实。

“你一定要说服他去。我们可以借给你们机票钱，是不是，扬？”

我在电话里听到了爸爸模糊的嗓音。

“我不能让你们掏这钱。”他们目前靠经营民宿只能勉强维持生计，事实上，自从两年前开始营业就一直如此。

“我们能凑出这笔钱的。马克也该把你放在第一位了，我的孩子。”

“妈妈，其实我们大家都很不容易。他已经尽力了。”

我没有听清她嘀咕了些什么，索性转移了话题，因为她讨厌争论。

“最近生意怎么样，妈妈？有人预订吗？”

“有两个荷兰人在我们这儿住了一星期。他们是同性恋。”

“那爸爸知道吗？”

“哎呀，斯蒂芬，他也不完全是个老古董。接下来直到三月都不会有客人了。”她停顿了一下，接着说，“如果你们去度假，我们可以照顾海登。”

“我想带海登一起去，妈妈。”

“我们非常希望她来我们身边，你知道的。”

我没有打断她的劝说，边听边在网页上搜索“二月在巴黎必做的十件事”，时不时地查看一下我的邮箱。当看到来自换屋网站的邮件写着“嘿，斯蒂芬198，珀蒂08（Petit08）给你留言！查看详细内容，请点击……”时，我匆忙地结束了和妈妈的谈话，打开了邮件：斯蒂芬妮和马克，你们好！你们的房子看起来很棒！看看我们的房子怎么样？一旦你们决定选择我们家，我们这边随时都能进行换屋。再会！！！！马尔·珀蒂和朱妮·珀蒂。

我点击发过来的链接，打开珀蒂夫妇房子的页面，看到了他们的头像，拇指大小的照片上是一对三十来岁的夫妇。他们头上戴着墨镜，笑着露出洁白的牙齿，挤在镜头下以便自拍。他们是广告商的理想模特：幸福的白人。下面有六张公寓的照片，大部分拍的是房子的外部。唯一一张公寓内部的照片拍的是一个独立式维多利亚浴缸，边缘垂着一条紫红色的毛巾。照片附带着简洁的描述：“坐落在爱情之城黄金地段的现代豪华公寓！！！适合两到三人入住。”公寓大楼看起来典雅又富有年代感，是典型的法式风格，有着高大厚重的木门和边缘装饰着螺旋金属栏杆的狭长窗户。他们的主页没有任何评价，可那又怎样呢？我们也没有任何评价。也许他们和我们一样，也是第一次换屋旅行。

我没有犹豫。“你好！”我接着输入，“很高兴认识你们！”

3. 马克

信号灯刚一变色，后面的车就开始鸣笛，切断了我脑海中一个蒙面人在发号施令的画面。我故意慢悠悠地放下手刹，让车缓缓发动。我身后那个穿西装的小伙不到二十五岁，坐在敞篷的保时捷里生气地向我比画着，而我故意磨磨蹭蹭，好像自己是动作迟缓的老人。从前的开普敦以缓慢的生活节奏闻名，可现在这里到处都是紧张急躁的人群，他们希望自己是在洛杉矶。

那家伙一路跟着我开到贝婷拉扎街的信号灯，我能感受到他在后视镜中的怒视。若是在不久之前，我一定会回敬他。但今天，我几乎不敢回头去看他。如今生活中出现的任何一丝打击都足以让我崩溃。

我实在太累了。讽刺的是，现在海登睡得比过去几周都安稳。她夜里只醒一次，或者一觉睡到天亮。可是我不能或者说我不允许自己睡觉。从理智上讲，我明白就算整夜不睡也不会让我们更安全；这么做无论对我、海登还是斯蒂芬来说都不好，我已经精疲力竭，就连为她们付出些许关心和帮助都成了奢侈的事。我变得烦躁易怒，明知不该这样，却还是无法入睡：要是那群人又回来怎么办？如果我醒着，他们就无法伤害斯蒂芬了。

我试着想想别的，于是打开了车里的苹果播放器。随机播放到《我是一只有趣的老熊》这首歌时，我的思绪猛然回到七年前、佐伊一年级的颁奖典礼上：在学校的礼堂里，我周围挤着孩子们的母亲和一群目光呆滞的父亲，估计这些父亲从来都懒得在这样无关紧要的场合出现。孩子们正唱着这首关于小熊维尼的歌，我突然觉得他们好像很快乐。我的女儿总算没有像我一样度过无聊、阴暗、没人关心的童年，这让我感到无比兴奋。看着他们欢快地唱完整首歌，我哭了起来。这是她参加的最后一个颁奖典礼。

重新揭开这个陈旧的、给人安慰的伤疤所带来的痛感和现在的打击相比简直就是一种解脱。我又看向后视镜，想象着佐伊被固定在安全座椅里的样子。当然，她不可能再坐在那里了。如果她还活着，现在已经十四岁了，一定是坐在乘客座位上的。上帝啊！

直到几个月前，我才说服自己把她的安全座椅从车里取下来。椅面上破了两个洞，上面还有她从小到大吃东西留下的斑斑点点。

“爸爸，你为什么这么难过？”我想象着她在问我。

“我没有难过，我的宝贝。我只是……累了。”

“是因为我们家新来的女孩吗？你们的另一个女儿？”

我后面的那个家伙又冲我按喇叭，打断了我的想象。除了他之外，我后面还停着一排车。这次，我抬起手，做了个道歉的手势，然后发动车子。我又看了一眼后视镜，后座上依然空空如也。我打开收音机，让晨间广播盖过歌曲的声音。

我刚把车子挤进狭小的地下停车场，就看到了墨尔本城市学院的电梯。“我们学院将进行重组，在领域内做出相关性更强并且多产的研究，马克，维多利亚时期的文学这门课不再需要另请专家了。梅芙之所以能幸运地留下来，仅仅是因为她比你更有资历。”——当年被开普敦大学裁员的时候，有其他两个地方准备聘用我。而我选择了墨尔本城市学院是因为他们开设学时较长的、大学讲授式的课程。那时我很看重这一点，但是现在我觉得当时真应该选择另一份网络授课的工作，这样我就可以在舒适的书房里完成以涨分为目的的备考辅导，不回复邮件的时候还可以打个盹。

我在接待处和林迪打了声招呼，穿过走廊直奔六楼，路过传媒部、网络部、通信部，钻进我窄小的办公室。这所“大学”其实就是一栋不知名写字楼里的几间办公室和会议室而已。进驻大楼不到三年，办公室的门已经变形、下沉，地毯的边缘开始卷曲，所以我每天早上都要侧着身用肩膀顶开门才能进屋。办公室的一面墙上支着三个架子，上面散落着一堆文件和废纸。我始终不肯把书放到上面，一旦那样做就意味着我将在这里安定下来，因此，我家的箱子里那些用了二十五年的维多利亚时期（更不用说伊丽莎白时期和近代早期的）深奥的文学专业书已经蒙上了厚厚的灰尘。

我去茶水间给水壶接满水。我真的很想喝咖啡，但是只有廉价的速溶咖啡，而我还没心情给自己买一个法式咖啡壶放在办公室里。正当我弯腰去关那缓缓流水的水龙头时，我发觉这个狭窄的空间里有人正站在我身后。茶水间实在是太小了，所以每次只进一个人已经成了不成文的规定。可现在，我感到有一只手抓住了我的胳膊。

“马克，你还好吗？”

我有些尴尬地转过身，看到林迪正堵在门口。

“我很好，谢谢，你呢？还好吗？”我答道，希望她就此打住。

可是，她并没有——“不，我想问你是不是真的没事。那件事对你和你美满的家庭来说简直太可怕了。”她从来没见过海登和斯蒂芬，当然，我也从来没有带她们来过这儿。

“多谢！我们都很好。”我不想再和她谈下去。我这样美满的家庭似乎摊上了可怕的事。试想一下，如果她知道了关于我的第一个家庭的事，她会做出怎样的反应。虽然她是好心，但当她这样八卦的时候，我还是觉得既窘迫又烦躁，不过我非常不希望对这里的任何一位新朋友失礼。

“真希望你们没事。”她说。

“嗯，谢谢啦。”我又答道，然后刻意转向了水池，壶早已灌满，溢出来的水忧伤地流入排水口。

林迪终于明白了我的意思，随后就离开了。

我端着水杯，沿着走廊向C12教室走去，这才意识到我的背驼得有多么严重。于是直起腰板、挺起胸膛，准备硬着头皮去对付极难搞定的初级文学课。我大步迈进教室，忧伤又不自然地说了句：“早上好！”接着我听到同样无精打采的问候。直到我用投影仪展示出本节课的主题词，教室里的说话声才小了一些。我开始讲课的时候，大多数学生都投来不同程度的厌恶和反感的目光，仿佛我是他们的眼中钉。今天讲的是战争诗歌，其实讲什么都无所谓。我年轻的时候曾对这类题材很感兴趣——我的老师要比我厉害得多，我自认为是这样——而我却没办法感染这群盯着我的学生，他们像一群没有得到应有服务的顾客一样怒气冲冲。我也逐渐意识到自己的声音低沉模糊，于是越讲越紧张。

好在终于熬到了十点，我回到办公室查看邮件。跳过那些部门通知，直接点开斯蒂芬发来的那封。这么久过去了，每次她的名字出现在收件箱里时，我依旧如此激动。

嘿！马克：

为了给你一个惊喜，今天早上没告诉你这件事：我申请了换屋旅行。这是对方的具体信息——看起来很棒，而且在法国。

我爸妈很乐意借给我们机票钱——这下没有什么理由不去啦！

我知道其实你心底里也很喜欢这个计划，所以你一定会和我一起去的——我们会玩得很开心，而且这也有助于我们的恢复。

我爱你

斯蒂芬

我惊讶于自己突然飙升的愤怒感：我明明已经表示反对了，她怎么能这么做？但是我能感觉到这次该死的入室抢劫让我们的婚姻产生了裂痕，也知道应该采取措施来补救。我能感受到斯蒂芬有多么努力地想改变现状，而且她仍然知道一句“我爱你”便足以让我妥协。

我把椅子转向窗户，看着窗外屋顶空调周围的外墙、银色的露天阳台以及远处的高山，这一切在火热又晴朗的天空下若隐若现。巴黎……她懂我，我一直想去那里。我不能因为我们糟糕可悲的经济状况而责备她。

我转回椅子，看向屏幕，点开斯蒂芬邮件里的链接。那栋房子看起来像是一座典型的巴黎式建筑，坐落在一条窄窄的街道上，街道的尽头有一个绿荫环绕的小广场。公寓位于环境非常惬意的郊区——离景点近，很僻静，而且靠近蒙马特尔，那里不仅有很多艺术家的故居，还有著名的白色大教堂①。

如果我们处于另一种生活状态，这“也许”是个很棒的想法。但对目前状态下的我们来说并不是一个好主意，至少现在不是。就算我们接受了斯蒂芬父母的钱，飞到那边度假，带着海登穿行于外国城市的大街小巷，也没有想象中那般浪漫。用婴儿车推着一个乖巧的法国小女孩在巴黎的公园里漫步听上去很美好，但是我和斯蒂芬都知道，一旦海登尿了、饿了、累了、冷了、热了，她会有怎样的表现——这不是海登独有的状态，两三岁的孩子都会这样。斯蒂芬这么做太不现

① 这里指的是圣心教堂，巴黎著名景点，蒙马特尔高地的象征。

实了。

我点开换屋者的简介，看到了一对有着浅黄色皮肤、姓珀蒂的年轻夫妇。他们在房屋描述中附上了一些旅游网站的链接。我读完一系列巴黎文学之旅的网页，才发现二十分钟已经过去了。想象一下漫步在海明威、高更、莫奈、巴尔扎克、福柯，还有伍迪·艾伦曾经走过的卵石小路上，这感觉肯定和走在大约二〇〇八年建成的可奈尔沃克购物中心里为了打造复古风格而刻意铺设的室内卵石路上不一样。我一直都想去巴黎，斯蒂芬选的目的地很完美，同时我也想出了一个让这次旅行更加可行的方案。

我拿起电话，拨通了斯蒂芬父母家的号码。听到接电话的人是里娜，我忽然松了一口气。扬和我的关系不是很好——他只比我年长五岁，我与斯蒂芬再怎么相敬如宾，他也不放心把女儿交给我。当然，作为两个女儿的父亲，我能理解他为什么会这样想，因为我也讨厌我自己。

“马克，你怎么能这么做？”

她知道得太快了。我刚刚像往常一样，从楼下的咖啡馆买回午饭。里娜一定是一知道消息就给斯蒂芬打了电话。

“我也想给你一个惊喜呀。我以为你会——”

“我现在就给妈妈打电话。我要告诉她——”

“等一下，斯蒂芬。你好好想想。”我起身关上了办公室的门，但我仍然压低了嗓音以免隔墙有耳。“你只要花一分钟思考一下，就会意识到带海登一起去巴黎不是个好主意。她不会愿意的。”

“你有时候对她太疏远了，马克。我想知道如果是——”

“别说下去。求你了，亲爱的。你知道我的感受。”正因为我真的很爱她，海登是我的一切，即使她的到来是个意外——那时我以为斯蒂芬吃了避孕药，而她以为我早已经做了结扎——我永远不会忘记斯蒂芬告诉我她怀孕时的那种感受。我和斯蒂芬一样，都感到了突如其来的纯粹的幸福。和以往不同的是，我的感性走在了理性前面，好长时间之后我才明白自己为什么如此幸福。我深爱着斯蒂芬，她照亮了我的整个世界。她给了我一次重生的机会，一个我以为永不会得到也不配得到的机会，这个孩子是使我获得救赎的礼物。当然，再养一个孩子的想法让我承受着悲伤和负罪感，但一想到佐伊会多爱这个小妹妹，我就感到了解脱。

“爱海登这句话，对你来说很难说出口，不是吗？”

我的两个女儿是多么不同：佐伊，那个金发女孩总是那样活泼，对所有挑战都充满期待，就像她的母亲一样；而海登，这个小小的忧郁的女孩，却总是烦躁不安，缺乏安全感，爱做噩梦。我不知道她这样不安的性格有多少是受了我的影响。佐伊出生的时候，我完全是另一个人——幸福、自信，满怀期待地迎接一个小女孩的到来，但海登……当然，海登降临的那一刻我仍有着同样的幸福感，仿佛一把刀划过，斩断了糟糕的一切。我真的很爱她，可我不想让斯蒂芬嘲笑我虚伪圆滑，于是我继续说：“你爸妈很想见海登，海登也喜欢待在他们那儿，这再完美不过了。况且，她已经两岁了，如果带她一起去法国的话，我们要给她买全额机票。这样做也是给你爸妈省钱。”

她没有继续说下去，我能感觉到她开始思考我的话了。“你应该先和我商量一下。”

“你永远都不会同意的。”

“为了去法国度假就把我女儿扔下两个星期不管？你说得太对了，我是绝不会同意的。”

“没错。”

“算了吧。我一点也不想去了。你本来就觉得这个主意很荒唐。我不知道你为什么突然这么——”

“机票是不能退的。”

“你已经买好机票了？什么——”

“哦，是你妈买的。她不想让你最后去不成。她觉得对我们俩、对我们所有人来说，这都是个好主意。而且我也这样想。海登会喜欢她的假期，就像我们会享受巴黎的假期一样。”

“我不想身边没有她，马克。”

“你很期待这次旅行，斯蒂芬。我知道你一直很期待。而且里娜最终说服了我，出去转一转对我们来说有多么重要。”我知道把责任推给里娜不公平，可是，她真的很支持我。“你可以这样想：这将是我们未曾实现的蜜月。”

“你这个浑蛋。”她说，但语气听起来不那么生气了。她会去的。

4. 斯蒂芬

我一想到马克就这样轻易地说服了我把海登留在家里，就会产生一阵阵罪恶感和怨恨。

的确，我不否认让我妥协的一个原因是我也希望享受几天短暂逃离日常生活的感觉，可以睡懒觉，去餐厅吃饭，逛博物馆，无论到哪里都不用带着小孩。但我还是忍不住愤怒地想：你为什么不愿意让我们的女儿一起去呢，马克？倒不是说他真的对她很疏远，只是自从家里被抢劫后，我总是不自觉地感到有裂痕在他们之间蔓延。

我觉得自己之所以被说服，也是因为马克对于这次旅行的态度转变。对旅行的期待似乎唤醒了他内心深处的一些东西，一些自从那群浑蛋闯入我们的房子后就沉睡的东西。我把行程安排以及联络珀蒂夫妇的工作都转交给了他——他每天睡前都给我读他们之间那些有趣的谷歌翻译的对话——并且完全投入旅行计划中：预约签证，下载巴黎地图，在猫途鹰[①]上搜索各种高性价比的餐厅攻略。我不想做打击他积极性的事，也不想说让他泄气的话。甚至整个房子的气氛都轻松起来，仿佛它能感觉到马上要迎来一对新住户，而不是我们这样沮丧的人。所有事情就这样一步步水到渠成。我们非常顺利地通过了面签，马克也在二月中旬开学前挤出一周的假期。

虽然我不太喜欢卡拉，但是她参加了我们的欢送聚会，并提出帮我们迎接珀蒂夫妇，等他们抵达时交付钥匙。临出发前几天，她来到我家，塞给我一个塑料衣服套。我拉开它，看见一件巧克力色的羊绒大衣。“这个借给你，”她说，“你穿着很合身，我穿就显得有些大。”不管最后这句是不是别有深意，我还是很感激她的这份心意。大衣真的很漂亮。

我现在还留着。

可是随着时间一天天地流逝，出发的日期逐渐临近，我变得紧张起来。我花了整整两天，疯狂地为换屋做准备，并且把从报警系统到洗碗机的每一处注意事项都一页页打印出来。临行前一天，我为珀蒂夫妇买回了牛奶、黄油、面包、培根和现磨的咖啡——我做梦都没想过给马克和我自己买这些昂贵的商品。我又花很多钱买了新的床单、枕套和毛巾。我擦净了墙面，用漂白剂清洁浴室，并整理了抽

① TripAdvisor，全球知名网络旅行社区。

屉，尽量不让自己去回想遭到入室抢劫那天，这些东西都已经被戴着手套的、邪恶的手指翻动过。地板被擦得锃亮，每个房间都充满了雪松油的香味。我有些矫枉过正了，希望整洁无瑕的屋子内部能够掩盖周围吵闹的学生邻居、住在高架桥下面流浪汉的哭声及窗户上的铁栏杆——这一切是我们在换屋网站上传的照片中看不出来的。这么想有些讽刺，事实上是悲观，但我脑海中只有一个念头：万一珀蒂夫妇投诉我们没有如实展示房子怎么办？

出发的那天早上，我父母过来把海登接走。当我把她放到车内的儿童座椅里、系好安全带时，仿佛有一种确定的感觉在告诉我，自己再也见不到她了。于是在他们把车开走时，我不得不控制自己想要大喊“停车”的念头。

当车子渐渐消失在拐角时，马克用一只胳膊搂住我说：“她会很好的，斯蒂芬。”

“是的。”

我刚刚失去了理智。我知道的确是这样。海登不会有什么事。我和马克所经历的难关要比常人多很多：佐伊的去世，海登长期的疝气，还有遭遇入室抢劫。难道我们不该时来运转了吗？为了摆脱紧张情绪，我吞下了两片氯巴占[①]，这是在遭遇抢劫后医生开的药，以缓解我的焦虑——看医生和服用镇静剂是我的小秘密，马克若是知道了只会更难过——在药物的作用下，我变得迟钝了些，开始帮马克整理

① 用于治疗焦虑症和癫痫的一种药品。

行李。我必须要记得这也是马克的旅行。“这将是我们未曾实现的蜜月。”我们相遇后，事情都进展得非常迅速，我们甚至挤不出时间去做那些浪漫的事。

我第一次见到马克是在开普敦大学英语系办公室兼职的第二天。在室友的帮助下，我得到了这份工作；当时我刚来到开普敦攻读英语荣誉学位，因为交房租而捉襟见肘。克里斯沃，学院的教务秘书，和我正要去吃午饭，这时一位脸上长着和小罗伯特·唐尼一样的皱纹、穿着皱巴巴的裤子的男子跌跌撞撞地走进办公室打印。我过去帮他，他对我报以微笑，一种温暖的、专属于他的微笑。

“他是谁？”他刚一走远，我就问克里斯沃。

“马克，英语讲师。人很好。”

“还有呢？”我等着她告诉我更多的信息。那些无意间进入“雷达”范围内的老师都无一例外地被我们八卦一番：比如，某个高级讲师上课时只要课堂上有女生，就从来都关着门；某导师和一位结婚多年的语言学教授正在搞婚外情；那位非常宅的老师仍然和他的母亲住在一起。系里每个人的背后都有着不可告人的故事，而她全知道。

“还有什么？”

“快点，克里斯沃，再说说。”

她叹了口气，说：“我听说他女儿去世了。”

“哦！天哪！”

“是的，他非常难过。她也就七岁左右吧。他的婚姻也因此结束了。”

“她是怎么去世的？”

“这个我还真不知道。”她用舌头发出咯咯声。我分不清她是因为不知道事情的细节而感到苦恼，还是因为同情马克。

接下来的几天，我发现自己的眼睛总是搜寻着他的身影，在餐厅的队伍里，在学院的走廊里（我听说他在顶楼有个临时办公室）。我做着关于他的白日梦，幻想着他走进办公室，我们在这里闲聊起来，然后从闲聊变成一起喝一杯，甚至一起吃晚餐。虽然现在听起来感觉我像个跟踪狂，但那时我真的在谷歌上搜索过他的信息，查询关于他的学术论文的网站，还在脸书上找他的主页。我想弄清楚他为什么能打动我。是他身上忧郁的气质吗？我本不是个忧郁的人，没有任何吸引人的特别之处，没有悲惨的过去，也没谈过轰轰烈烈的恋爱，没体验过心碎的感觉。我的前两段感情都是好聚好散。我认为自己是一个平淡，冷静，能够掌控自己生活的人。我是代驾司机，是管理员，是一个靠谱的女人。

第二次和他相遇是在市区一个商场里举办的新书发布会上。我们的一个系主任出版了一部关于德里达[①]什么的大部头，我们必须出席。当我在地下室看见他从临时吧台那里拿了杯红酒时，我的心悬了起来。他没有理会三五成群聚在一起大声说笑的人，而是在诗歌区漫步，飞快地喝着酒。

---

① 雅克·德里达（1930—2004），法国哲学家，解构主义的代表人物。

我迟疑了一下，向克里斯沃表示歉意，她给了我一个会意的眼神，于是我便走向他，我以前从来没这样不矜持过。“嘿！”

很明显，他正努力地想我是谁，而我也竭力地想隐藏自己的失望。在我的幻想里，我给他留下的印象和他给我的印象一样深刻。他有些勉强地向我咧嘴一笑，说：“你是我的学生吧？”

“不是，我在办公室工作。”

“当然，很抱歉。”他尴尬地笑了笑。

这时，一个身上戴满珠宝首饰、穿了一件和服似的衣服的女人（卡拉）突然来到我们身边。“马克，你在这儿呀。快来见见阿卜杜勒，他是个超级粉丝。”

马克试图介绍我——这也真够尴尬的，因为他还不知道我的名字——但还没等他说完，卡拉就把他拉走了。我觉得她不是故意失礼的。她很敏感，一定是觉察出了我和马克之间有些情愫在萌发。

在问答环节，我在屋子的后排找了座位坐下，和他只有几排的距离。他回过身看了我一眼，似乎感受到了我落在他背上的目光，然后冲我淡淡一笑。当克里斯沃和朋友们动身去长街喝东西时，我找了个借口留下来，但也找不到机会接近他；马克被卡拉的小团体牢牢吸引着，我却没有勇气加入他们的谈话。在花掉很多钱买了一堆不需要或者不想要的书之后，我离开了那里。可是我的车，那辆原本属于我母亲的破旧的菲亚特，竟然在停车场凭空消失了。我吓得魂不附体，却依然抱有一丝希望，也许是记错了停车的位置。于是我在路上跑了几个来回，仔细地搜寻路边，还是没找到。我不知不觉地来到了书店外抽烟的人群旁边。

我手里拿着车钥匙，不知所措地在那里站了一分多钟。

忽然，有人碰了下我的胳膊。“又见面啦！”

是马克。我看着他，一下子哭了出来。

他带我去警察局做了笔录，然后送我回家。就在我家外面，我们坐在车里聊了好几个小时。那一晚，我们无话不谈。我给他讲述我的童年，那时的我害怕自己不够优秀、不能成为作家，那却是我长久以来的梦想；他则和我谈着他妻子长期的病痛和他失败的婚姻。那是他唯一一次在关于佐伊的问题上对我如此坦诚。他告诉我他的全部：他的负罪感、他的痛苦，以及他是如何在一个充满失落感和怨恨的世界里求生；发生了那么多事，生活依旧要继续，好像一切都没有发生过一样。我现在才知道，他之所以对我毫无保留，是因为在那个阶段我们只是稍微熟悉的陌生人。自那之后，唯有被问起，他才会说一些关于佐伊的事。可我仍然能感觉到她的存在，无声无息、如影随形地存在于我们的生活中，每日每夜，每分每秒。

那一晚过去两天后，我们第一次一起过夜。三周之后，我便搬去和他同居。之后又过了两个月，我发现自己可能怀孕了。

登上飞机的那一刻，我们两个人都觉得瞬间轻松起来。我一直在提醒自己：我们很安全，他们不可能找到这儿来。我们都没有睡觉。整个旅程中，我们喝了太多金汤力，谈论着我们要去哪里，去看什么。我憧憬着在香榭丽舍大街漫步，给海登挑选一件别致的法国套装，我们的计划是睡个懒觉，然后去饭店享受美食。我们到达了戴高乐机场的巴黎郊区快线车站，很疲惫却很快乐。尽管寒冬的气息让我们直打冷战，车窗外景色萧条——那些铁轨沿线的松垮破败的小屋、丑陋的涂鸦，还有那些新的功能型楼盘——这一切也没有破坏我的心情。在列车停靠的第一站，一个身材魁梧的男人手拿麦克风，另一只手拉着一个拖车上的扬声器，正在费劲地登上车。他用法语滔滔不绝地说着什么，然后按下扬声器的按钮，嘈杂的混音版《抱歉太难》的伴奏在车厢中响起。他开始唱歌的时候，我斜眼看了眼马克。那人的嗓音不错，可是在英语歌词的发音上有很大困难，特别是“sorry”这个词；而且，他唱着唱着似乎开始编造歌词。马克靠近我，咧着嘴笑逐颜开，低声耳语说：“人家错了啦（sowwy），斯蒂芬。”

然后我俩都情不自禁地大笑起来。我笑出了眼泪。这是一个好的开始，一个快乐的开始。我们在喧闹的皮加勒广场站下了车，沿着下坡的小路走进迷宫一样的公寓区，途经一个被摩托车环绕的咖啡馆林立的小广场，我们向左拐进一条更窄的路，它看起来更像是主路。大部分住宅楼的外墙都是统一的米白色，而厚厚的楼门都漆着鲜艳的颜色。虽然许多户人家都关着窗户，我们也能在各处看到里面藏着的独特风格和生活情趣：明亮的窗前花箱，亚光的黄铜栏杆以及金属板间透出的金色光芒。

在我们找公寓的时候，旅行开始变得扫兴。“我们找的是16号。”马克边说边看着贴在每家门口对讲机旁边的号码。

我们找到了15号、17号和18号，却不见16号。我们又折了回去，发现唯一可能的就是绿色大门上钉着褪色的“出租”字样的那间。我推了下门，以为是锁着的，结果它咯吱一声就开了，一片阴暗的院子展现在眼前。院墙的砖长满了青苔，显得很破败，其中一面墙上挂了一排贴着标签的木头邮箱。我们搜寻着珀蒂的名字，按照他们最新的邮件所写，公寓的钥匙就放在他们的邮箱里。钥匙很容易就找到了：因为其他的名字都已经褪色且难以辨认。我们一找到钥匙，就向院子远处两扇肮脏的玻璃门奔去，马克敲入珀蒂家对讲机的密码。门咔嗒一声开了，我们走进一个狭窄的门厅，一个落满灰尘的折叠式婴儿车叠放在墙边。登上几级镶着肮脏的米色瓷砖的台阶后，我们来到一个狭窄的旋转楼梯下，一股放置很久的残羹剩饭发霉的味道扑面而来。

“三楼。”马克边说边拿起两个行李箱。

我伸手按灯的开关，可我们头上的楼梯间还是一片漆黑。马克想起来用手机的光照明。四周一片寂静，只能听到我们踩在木楼梯上发出的笨重的脚步声。我发现自己在用耳语说话：“环境有点糟糕，不是吗？”

“公共住宅区都是这样。”马克喘着粗气答道。提行李耗费了他的体力，让他上气不接下气。我们明明是在往楼上走，却感觉一直在下降，好像每走一步空气就愈加沉重。我举着手机照明，马克费力地和门锁较着劲。在连续几分钟失败的尝试之后，只听咔嗒一声，门开了。

我想说一进屋我就感觉不对劲。但是，当我摸索着按下电灯开关后，才真正感到了深深的失望。屋内的窗户全部被遮挡，公寓里根本没有自然光。珀蒂夫妇看上去年轻又有活力，我原本期待这会是一间风格独特、重新装修的公寓，有着雪白的墙壁、雅致的装饰画以及时尚简约的家具。实际情况恰恰相反，公寓是七十年代的装修风格，而且破败不堪。棕色灯芯绒面料的沙发上钉着脏兮兮的橘色松木扶手，电视机是九十年代的老古董；墙边胡乱堆放着用棕色胶带封住的纸箱；茶几下面卷着一只脏袜子，仿佛珀蒂夫妇俩离开得很匆忙。可至少这里很温暖，太温暖了。我脱掉了卡拉的大衣。

“我们一定是找错了，这里简直就是垃圾场。”我低声说。

“钥匙是对的，而且门牌上写着3B呢。”

“这些公寓会不会都用同样的锁？”

“等一下，我再确认一下。”

马克又回到走廊，我站在屋子中间。沙发上的一张单独框起来的照片引起了我的注意。照片中有一位脸上长着雀斑的少女，一头乌黑的鬈发拂过双颊。她梨涡浅笑，但是眼神空洞。仔细观察后，我发现那只是批量生产的填充画框的印刷画。

“肯定就是这间了。”他试着挤出笑容说，“嘿！也不是太糟糕吧。”

“真的？”我咧嘴笑着，让他知道我感谢他试图让气氛重新变得轻松起来。

“这里已经足够大了。巴黎的大多数公寓只有鞋盒那么大。”

我在地板上拖着脚走着，说：“他们本应该特意打扫一下的。”

“是呀，也不用太多时间。”他坐到沙发上，掏出了iPad。

“你要干吗？”

“我想连接一下Wi-Fi，可以吗？需要我帮你做什么吗？”

“我要去小便。”

“好，你自己可以吗？”他戏谑着说。

“哈哈！”

事实上，浴室里倒是有我在照片上看到的那个虎脚浴缸（搭着图片中出现的紫红色毛巾，排水孔旁边蜷缩着一根灰色的阴毛），但还是和客厅一样让人失望。墙上贴着公共厕所里那种白色瓷砖，陶瓷水盆上布满裂纹和锈迹，天花板上生了一大块黑色的霉点。马桶的水箱因为挂满了水垢而呈铁青色；虽然坐便器看起来很干净，可是在我亲手消过毒之前，我不准备坐在上面（和它有任何接触）。于是，我用双脚支撑着大腿，悬空半蹲在坐便器上方，忍受着大腿酸痛。仅有一卷很薄且劣质、易碎的厕纸，像学校的厕所才会使用的那种。我想起在伍尔沃斯为珀蒂夫妇买的十二卷三层厕纸，感到既心疼又怨恨。

我的身体开始感受到时差的影响：眩晕感让我视线模糊，地板似乎开始倾斜。我摇摇晃晃地走回客厅。马克正低头，皱着眉盯着iPad。我再次尝试给妈妈发短信，但是显示无法发送消息。

“我不明白。上飞机之前我已经开通了漫游。也许是这里没有信号或是其他什么原因？”

马克没有抬头：“我们在巴黎的中心，怎么可能会没有信号？”

“至少有Wi-Fi，对不对？”

“没——”

“什么？肯定有的。珀蒂他们没告诉你密码吗？”

“我查了下用户名列表，上面没有他们的名字。唯一一个信号强的账户需要密码。一定是这楼里其他住户家的。”

“真是太‘棒’了。”

“可能需要重启一下调制解调器。”

“它在哪儿呢？”

“肯定在屋子里的某个地方。”

老古董电视周围的架子都是空的，我便去卧室查看，衣柜锁住了，于是又去厨房，那里和浴室一样破旧而疏于打理：剥落的油布毯，一台老旧的嗡嗡作响的冰箱，还有用令人不安的深色木头做的橱柜。我能找到的仅有的几样家用电器是一把损坏的电水壶，一只电熨斗和一台咖啡机（水壶已经破裂了）。

“没有调制解调器，除非是锁在什么地方了。我怎么和家人联系呢？”

“咱们先安顿下来，睡一觉，然后再想办法，好吗？”还没等我同意，他就踢掉鞋子，轻轻走进了卧室。我紧随其后。

“可是万一紧急情况发生怎么办？海登生病了怎么办？万一他们需要马上联系我们怎么办？”恐惧感再次袭来。

“她不会有事的。你知道她被你爸妈宠坏了。”马克躺在床上，敲打着床垫说，“还不错。被单都挺干净的。”他抓起一个枕头，闻了一下，“一股发霉的味道。”然后他打了一个大大的哈欠。这一切糟透了。我怒火中烧。

“马克，你不能听我说吗？我要给海登打电话！”我知道自己在无理取闹，但是我控制不住。我没意识到旅行让我多么疲惫，而马克对我和海登的感情指手画脚终于让我忍无可忍。好像我们旅途中所有的乐趣都只是幻觉，而这个偏执的泼妇才是真正的我。

马克没有向我发火，而是眨了下眼睛，爬起来，环抱住我。“嘿……”他轻抚着我的脖子，像我们初识时常做的那样。他的衬衫上散发着汗臭和飞机餐的味道，但是我并不介意。“她很好。海登很好。我们洗个澡，睡一觉，然后就去找一个有Wi-Fi的咖啡馆。我说到做到。我会联系珀蒂夫妇，弄清楚究竟是怎么回事，你也可以给你爸妈打电话。”

我挣脱了他的怀抱，说：“我不知道，马克。这地方……我们真打算在这里住一周吗？”我看着贴在衣柜门上的穿衣镜中的自己。我看起来比以前更胖、更矮；我的头发很油腻，脸有些浮肿且面色苍白，就像个矮胖的小巨人。“这栋公寓的正门……任何人都能进来。压根没上锁。”

他听后皱了下眉头。“斯蒂芬，别这样。我们先休息一下，之后看看情况。我们随时都能去住宾馆。”但是他和我都很清楚，我们根本没钱住宾馆。

他再一次躺在床上，拍了拍身旁的地方。“快来。”

我犹豫着，最终听从了他的话。床垫很舒服，这倒还不错。马克摸索着拉起我的手。才一会儿的工夫，他轻轻的鼾声便响了起来，留下我一个人盯着污迹斑斑的天花板。

我不知道自己什么时候睡着的，但是我记得自己是被什么惊醒的：拳头砸公寓房门的砰砰声。

5. 马克

“没事，没事的，”我边轻声向斯蒂芬说着，边用手按住她的腰，免得她起身，然后在那群歹徒在走廊的时候跑向他们。“我去看一眼海登。”直到半路上，我的小腿撞到了家里本不该有的矮茶几的锋利边缘，我才想起来我们现在不是在家里。可我还是什么都看不见，也记不起来我们现在到底在哪儿。

“她在哪儿？”斯蒂芬在我身后的一片漆黑中问道。我听到她试探着走动的声音，还有什么东西掉在地上的响声。与此同时，我伸出手，在因布满湿气而发黏的墙壁上摸索。我找到了电灯开关，按下去，什么反应也没有。我的手撞到了画框和装饰物上，这时斯蒂芬终于找到了她的手机，手机发出的光线有些刺眼。

我们俩同时想起来我们在哪儿，斯蒂芬这才松了口气。“为什么这么黑？”她说。

“一定是灯跳闸了。”

我发现自从遭到抢劫后我一直攥着手机。这是我应急的武器，好像它能救我一样。现在是上午十一点零八分，屋子里伸手不见五指。我掀开厚厚的窗帘，发现窗户都被冷冰冰的金属板遮住，透不进一丝光线。

“刚才是什么声音？”

“不知道。或许只是敲门声、风声或者其他什么。”我打开手机的微光，挪动到门口，听着动静。我只能听到自己的呼吸声，感觉血液都流到了耳部，于是我回身说：“在这样的楼里什么都有可能。有很多——”

砰的一声闷响，我不寒而栗，接着又是一声。不是敲门声，那声音听起来就像一只动物正试图破门而入。我慢慢地后退了三步，走到茶几旁，站在那里，用手机微弱的光照着门。

当斯蒂芬轻轻地蜷缩在我身后时，有那么一瞬间，我内心充满了勇气和信心，可这样的感觉就在她深吸一口气，迈向门口，向我展示该怎样做时消失了。不过，她忘了第二道锁在门的最上方，于是我走过去，滑开锁，为她扭动了把手——作为中年男人能略微胜出的地方。我们一起盯着楼梯间的小平台，我从门内侧身挤到她的身前。如果真的需要一个人来掩护，那也应该是我。楼梯间也没有窗户，一片漆黑。我们只能透过手机发出的微光看到前面一小段路。霎时，没有任何动静，接着便听到楼上的台阶传来的脚步声，有人在快步上楼。由于脚步声是远离我们而不是朝我们来的，我又有了胆量，情绪一下子由惊恐变成了愤怒：我大老远来巴黎不是为了被那些小流氓骚扰的。

“在那儿等着。”我对斯蒂芬说，恐惧感消散后我的声音听上去一定很勇敢，因为她仍犹豫着。“你不能就这样出去。”我又说。

她低头打量着自己，只穿着内裤、短袜和一路上穿的毛衣。她摆出一副我想怎么穿就怎么穿的姿态，却没有走出门框半步。她大概也意识到了所要面对的情况——脚步声很轻而且逐渐远离我们。我们不会被脚步声的主人杀害或者折磨。

我把头伸向拥挤狭窄的楼梯井的中心，用仅知道的一点法语向上面喊：“等等！不好意思！”我听到楼上破旧的楼梯木板传来咯吱咯吱的脚步声，这简直是火上浇油——他们吵醒我们，然后又跑掉了。如果是小孩子的恶作剧，那么他们应该知道这并不好笑。我径直朝楼上走去，连斯蒂芬在身后喊“马克，别去”都没有理会。绕到了楼上的平台，接着又是一层。每到一层我都按下开关，但没有任何光亮，只能依靠手机发出的微弱光线。我在每一扇门下面查看里面是否有光，结果一无所获。我迅速停下来，在浑浊、充满霉味的空气中听着动静，几秒钟之后，我听到头顶那层有门砰的一声关上了。

顶楼的平台甚至比其他家的都要小，两扇正常尺寸四分之三大小的门别扭地挤在屋顶那棱角分明的斜面上。一只装满沙子的生了锈的桶放在原本放置灭火器的一个空架子下面。地板上的地毯已磨得破破烂烂。渐渐接近那扇门时，干燥的木板上有刺扎进了我光着的脚。那些斜着的门中有一扇透出了微弱的灯光。粗糙的门板涂着已经剥落的红漆，门上没有门牌号，只有一个手写的标签，上面写着“罗斯内.M”。我用拳头捶门——咚，咚，砰。等了一会儿，没有任何动静。于是我开始踢门——看看这下你是什么感受，浑蛋——可是马上就后悔了，因为我冰凉的脚趾磕到了一块硬物。

我那愚蠢的一时之怒很快发泄完了，于是我倚在墙上，揉着脚趾，仔细寻找脚掌哪里扎了刺。借着手机微弱的光，我看到脚底有一条黑线，扎得越深的地方颜色越浅。现在，随着冰冷和惊吓的感觉逐渐消失，疼痛感开始袭来。

我转身，走下两级台阶，像一个负伤的英雄从战场归来。这时，忽然有声响从门的另一边传来。链锁哗啦一声被移开，门锁“咔嗒咔嗒”响了两声。还没弄清楚状况，我就被一个愤怒的法国人不停地捶打，转过身又看见一个矮小的女人：梳着灰色的平头，灰白的脸上只有颧骨下面透出胡乱涂抹的鲜红色高光。她背着光站着，屋子里暖黄色的灯光或烛光从她的身后透过来。我瞄到墙边堆放了许多油画布，桌子上满是插着画笔的瓶瓶罐罐和散落的颜料、铅笔，还有一摞涂了颜色的纸。一股刺鼻的气味随她飘来，混合着浓烈的尿味、油烟味和腥味，还有某种像蜡一样的化学气味。她围着老鼠皮般的围巾，穿着一件又旧又丑的像地毯一样的大衣，上面还挂着融化的雪水。现在我终于知道我要找的魔鬼是谁了，简直有些可笑，但她非常不高兴。

我抬起手说："我听不懂你说的话，所以你最好停下来。"然后我转身离开。在这儿待着没有任何意义。

当我朝下面的几级台阶走去时，她深吸了一口气，用一番经过深思熟虑的语气大声说："你不许到这里来，闯进我的家，还对我这么无礼。"

被打断的睡眠和血管中的肾上腺素使我来了脾气。我知道自己应该离开，但还是忍不住地说："对你无礼？你才是无缘无故捶我房门的人。除非你有个没教养的十几岁小孩。"

这句话让她哑口无言，仿佛触动了某个开关一样，她脸上的怒火消失得无影无踪。"不是的，没有孩子。"

"那么，现在我可以走了吧？"我说着，意识到是我先追着她到这儿来的。

她回到了自己的公寓："你在这儿小心点。这里可不是生活的地方。"

我不知道她那句话是什么意思，但也不能怪她——她的英语比我的法语好得多。我一瘸一拐地下着楼，脚趾和脚底的刺发出一阵阵剧烈的疼痛。下到三楼的时候，斯蒂芬还站在门口，不过她已经穿上了牛仔裤和鞋子。

"就是一个……住在楼上的女人。"我尴尬地说，觉得自己就这样冲到黑暗中、一股脑地发泄愤怒的行为看起来一定特别蠢。

让我感到欣慰的是，斯蒂芬疲倦地笑了笑。"我知道。我听到了。我想让你自己去处理。如果听到你的尖叫，我会上楼去救你的。”

我轻抚她的胳膊。“谢啦。她的脾气太臭了！”我大笑着说，“是个艺术家之类的。”

“那一定会变疯。”

“当然，还蛮有地方特色啊——我们的楼顶就住着搞艺术的。”

“阁楼上的疯女人①。”虽然斯蒂芬在开玩笑，可那画面还是让我打了个冷战；它让我想到了滚滚浓烟、死亡、精神病，还有血。我想起楼上那股动物脂肪燃烧的气味。

直到斯蒂芬踢掉鞋子、回到沙发上时，我才觉察到公寓里已经被安全的单调的灯光所笼罩。“嘿，你把电源修好啦。”

“是呀，电路板跳闸了。现在好了。”她指着开着的前门后面的一排开关说。“以后再停电就知道怎么办啦。”

“太棒啦。我去找找有没有咖啡。你想来点吗？”

“不用了，我要先和海登通话。”

我今天不止一次为我当初坚持不带海登一起过来而感到庆幸。“我敢保证她没事。”

“话是这么说，可你又不知道她的情况。”她开始大惊小怪地拿起手机，一边搜索免费的Wi-Fi信号一边小声咕哝着。借着厨房里条形照明灯的耀眼光芒，我很容易地在台面上一个杂乱的角落里找到一台廉价、肮脏又陈旧的滴漏式咖啡机，弄懂了怎样接通电源，然后灌

---

① 原为《简·爱》中的角色，男主角罗切斯特先生患有精神病的妻子，被罗切斯特锁在阁楼里。现已成为类似文学人物的代称。

入水。我把水池的水拧开足有一分钟，才见它变得澄清、不四处乱溅。随后，我在乱糟糟的柜子里翻到了一包滤纸和一罐咖啡。我看见咖啡粉表面长了一层霉菌，就把表层刮掉，抖落到水池里，然后往咖啡机里舀了几勺。一定要煮些咖啡！感觉好像有一根织衣针在猛扎我的大脑，我知道是因为咖啡因脱瘾的缘故，即使在不久之前我刚喝过咖啡。无论什么霉菌都会被热水杀死的。而且我也不想在这么冷的天气感染任何可怕的热带疾病。当咖啡机嗞嗞作响冒出蒸汽时，厨房飘满了咖啡的香气，这里的一切都开始有了家的温馨。我真的在巴黎的小公寓里。虽然现状远不及当初设想的，但我们还是来了。

如果我能真切地看一眼窗外的巴黎，就更会有置身这里的感觉。于是，我拉起厨房的百叶窗，可外面还有一层厚重的金属百叶窗，由于氧化而变形，表面涂着厚厚的一层漆。一定要把它打开，就算是住在这所公寓里的人，也不能像洞里的鼹鼠那样生活。我沿着百叶窗的边框查看是否有某处油漆或铁锈因移动而脱落，但是没发现任何打开过的痕迹。我使劲扭动把手，可是它一动不动。我用面包刀去抠百叶窗的边缘，这时，斯蒂芬来到了我身后。

“有很多无线信号都标注着‘免费’，但是一个都连接不上。我们得去外面找有Wi-Fi的地方。”斯蒂芬闻了闻厨房里的空气说，“我能来点吗？”

“当然。不过，没有牛奶。”

“没事。喝一杯就走了。”至少共同爱好能让我们每天在一起——我永远都无法忍受和爱喝茶的人一起生活。我洗了一个橱柜里的马克杯，给她倒了一杯。

“我们还得试着联系卡拉。”她说。

“你为什么想联系她？”

“啊，想看看珀蒂夫妇到没到我们家。”

“对哈，还有这件事。”

“拜托。”

“对不起——我脑子还没醒过来。”

“我本来想给她发短信的，可是漫游没开通。”

斯蒂芬呷了一口咖啡，闻了闻，然后放下杯子。

“味道不怎么样哈？”

“我们可以去便利店买些牛奶和好点的咖啡。”

听到她说出“我们”二字简直太好了。自从遭到抢劫后，我们便对彼此小心翼翼，家庭氛围完全被破坏了。我不清楚能为斯蒂芬做些什么，也不清楚她对我有怎样的期望。今天早上，我们似乎又重新变成一个整体。

“你准备好出门了吗？”我问。虽然只是出去喝咖啡、找Wi-Fi，我还是很憧憬。我不想在这个又暗又脏的公寓里继续浪费我们在巴黎的第一天。

“我冲个澡，很快就出来。我感觉好恶心。”

斯蒂芬在卧室里脱下牛仔裤，向浴室走去。我站在门边，看着她移动的身影，目光追随着她臀部和肩部的优美曲线，想象着一头长发散落下来的画面。她二十四岁时就委曲求全地生了小孩。她没意识到自己有多美，她是那样完美。正因如此，她才会和我在这里，而不是和某个商业巨头或者身家数亿的足球明星住在五星级酒店的套房里。她有资格选择更好的人却不自知。

我坐在客厅的沙发上，一边盯着电视上方斑驳的墙，一边漫不经心地挑着脚上的刺。伤口边缘都红了，刺尖已经断裂，即使有镊子也没法夹住刺拔出来。我找出一双干净的袜子，系上鞋带，等着斯蒂芬梳洗完。

我们俩从开普敦炎热多风的夏天直接来到了巴黎寒冷湿润、令人神清气爽的冬天。尽管在飞机上熬过了很不舒服的十一小时，又站着排了好几小时的队，整个旅程还是让人感到不可思议，就像瞬间移动一样。在同一条城郊路上迷茫地通勤了多年后，今天一早我就被大量新鲜的景色、声音和气味所包围。昨天我们还在家里，今天我们就不在那儿了。

要是我能把这些该死的护窗都拆下来就好了。我朝客厅高处的窗户走去，把把手拽得吱嘎作响，终于发现窗子是上下开启的，而不能向外推开。下层窗框顶端的锁钩被卡住了，好像很多年没有打开过。我用厨房的面包刀刀柄底部猛敲锁钩，随着我用力越来越猛，它才开始松动。

终于，锁钩被拔出。我又猛捶了几下，窗框里的沙砾松动了，边框开始摩擦着向上移动。我托着窗扇，每用力一次，只能把边框往上推一英寸，还伴随着刺耳的声响。我抵住墙，以防窗户突然打开，使我翻出窗外。我担心噪声扰民，于是停下来休息一会儿，可奇怪的是，那吱呀吱呀的哀号依然存在。我轻轻晃了晃关着的窗框，声音不是窗户发出的，而是来自窗外，就在不远处。那渐渐变成了一种我不想听到的声音——小孩凄凉的哭号。

6. 斯蒂芬

我们最终在奥斯曼大街的星巴克里找到了Wi-Fi。我们没想走那么远；只是从皮加勒[①]漫无目的地出发，沿着斜坡上高低错落的小巷随意游走。虽然这里不是我想象的古色古香的小酒馆，但在经历了对公寓的极度失望之后，它那熟悉的气息、简洁的内部装饰让我们备感安慰。而且这里好温暖啊。公寓里没有吹风机，即使我用力拿毛巾擦了几分钟，头发还是湿的。我刚走到外面，就感觉寒冷的空气把我的头皮冻得冰凉。马克走路的时候心烦意乱的。他说脚上的刺很疼，但是我能看出还有其他的事让他烦躁。他在我擦头发的时候几乎一句话

① 巴黎皮加勒广场周围地区，得名于雕塑家让·巴蒂斯特·皮加勒，是一个著名的观光区。

也没说，一直盯着客厅里的百叶窗。

马克点咖啡的时候，我顾不上看邮件，直接登录了Skype，也不在乎邻桌那群吵闹的十几岁的美国小孩会听到我聊天。我的智能手机是二手的，至今用着还不是很顺手。我那值得信赖的旧苹果手机和电脑消失在一个抢劫犯的背包里，毫无疑问，它们最终会流入哈拉雷①或布拉柴维尔②的黑市。

妈妈不在线，我只好通过Skype付费电话服务给她打手机。电话响了很多声才接通。“喂？您好！我是里娜。请问您找谁？”她每次接电话都小心翼翼，好像打电话的人随时会破口大骂似的。

“嘿！妈妈！”

“斯蒂芬妮！你们安全到达了吗？”

“是的，我们到了，谢谢！海登怎么样？”

“啊，她很好！我们现在在外面呢，在巴里代尔新开的一个宠物农场。你别担心，我给她涂了很多防晒霜。今天太热了。公寓怎么样？”

我告诉她公寓非常棒，比我们想象中还要好。这样撒谎让我有种想哭的冲动。“我能和海登说几句吗，妈妈？”

“当然。”

接着是几秒钟的沉默。“妈妈？”

“海登！妈妈好想你！你有没有乖乖的？”

---

① 津巴布韦首都。
② 刚果共和国首都。

她匆忙地说着，从她见到的小动物说到她中午吃了什么。

马克正好拿着两杯拿铁回来。“海登，爸爸来了。”

“爸爸！”

当他从我手中接过手机的时候，我看到他的眼里闪过一丝惶恐，我劝自己那只是因为他不喜欢用手机聊天。

“海登，你有没有听外公外婆的话呀？”从他的声音就能听出他在强颜欢笑。“什么？小鸡？你做了什么？”他停顿了一下，“太好啦！你要乖乖的呀。”然后把手机还给我，显然松了口气。妈妈重新接过电话。我解释了一下Wi-Fi的事，于是她答应我接下来几天的上午都会在家，这样我们就能视频通话了。

“看来海登很开心。”我挂了电话后马克说，咖啡烫到了他舌头，他皱了下眉头。

“是呀。”

我继续查看邮件，这样就不用看他了。有一堆来自换屋网站的邮件，其中一封标题是“旅途愉快！”，另一封是劝我升级会员的，还有一封是卡拉半个多小时前发来的，还抄送给了马克：

二位好！

给你们发过短信了。我按照事先安排的那样，在九点半时到你们家外面了，但是没看到客人的踪影。我不知道他们的航班号是多少，所以无法查询是不是飞机晚点了。我一直待到十一点，然后给他们留了张字条，上面写了我的手机号。如果你们那边有什么消息，麻烦告诉我一声。

希望巴黎很美丽。吻你们。

“马克。卡拉给我们发邮件了。”

他正盯着窗外看，目光紧紧追随着一位苗条女郎的一举一动——她穿着西裤和一件剪裁精致的大衣。虽然外面阴雨绵绵，她却戴着墨镜，显得优雅而并非矫揉造作。相比之下，我不禁感到自己身材臃肿，穿着土气。“马克！”

他吓得哆嗦了一下。“不好意思。刚刚走神了。”

“卡拉说珀蒂他们根本就没露面。”

现在他的注意力终于在我这儿了。“他们没露面是什么意思？”

“她在我们家外面等他们，可他们还没到。她刚刚给我们发来邮件。他们五小时前就该到了。”

“也许是飞机晚点了？”

“晚了五小时吗？”

“为什么不可能？这事经常发生。说不定航班取消了，或者他们压根就没赶上飞机。”

“那为什么不告诉我们一声？这也太没心没肺了，不是吗？”

他耸耸肩：“也许他们试过了。你的手机漫游不是一直没开通吗？而且我们也知道他们并不可靠。公寓和他们描述的一点都不一样。最起码，连Wi-Fi都没有。”

我点点头，但脑海中又开始浮现出一些可怕的原因，比如，他们

在去机场的路上，或者租车去我家的路上出了车祸；或者遇到劫机。“他们是今天到吗？我们没弄错日期吧？”

“绝对是今天。”他又呷了一口滚烫的咖啡。

“你知道吗，我猜他们根本就不在那栋公寓里住。”

“你是说那也许是他们的另一套房产，或者是买来投资用的。”

“是啊，那房子一点都不像有人居住的样子，和我们的房子完全不同。”

“他们和你沟通的时候完全没提到过这种情况，是吗？”

“没。我用谷歌把所有信息都翻译过来了，可能还是有一些误解吧。”

“他们给你手机号了吗？”

“没有，但他们有我们的手机号。给他们发个邮件吧，顺便问问调制解调器在哪儿。”

我按照他说的写了封邮件，大致内容是：嘿！你们怎么样了？我们已经到公寓了，方便告诉我们调制解调器在哪儿吗？如果收到邮件，请回复我一下。多谢！我尽量让语气看起来很轻松，就算一想到珀蒂夫妇没有如实说明他们家的状况就让人生气，我也不想引起任何实质性的争端。

“再来一杯咖啡吗？”马克问。

“好呀。”我说，才发现我们俩都不想离开这个温暖而普通的星巴克。你们是来巴黎干什么的？啊，知道了，是来看全球连锁店的。

我回复了卡拉的邮件，对给她带来的麻烦表达了歉意。马克这次从柜台带回了一个巧克力丹麦酥和一个大的羊角面包。我们俩再一次陷入沉默。雨渐渐停了，远处蓝色的天边露出一抹调皮的银色光芒。我抿了口拿铁，突然很后悔点了它。如果不注意的话，咖啡因造成的神经过敏也许会再次诱发强烈的恐慌症。我的手指抠着掌心。左手缺失的订婚戒指让我习惯性地心头一紧。我从来都不会对珠宝感到狂热，并且很厌恶那些胡说八道的商业化的婚礼产业，但我真的非常喜欢那枚戒指：纤细的铂金指环上镶嵌着一颗翡翠绿宝石，周围点缀着一圈精致闪亮的碎钻。甚至在医院生海登的时候，我都不愿把它摘下来，最后护士不得不在上面缠了一块医用胶布。那戒指是马克的母亲临终前给他的——原本属于她母亲。我之所以如此迷恋它，是因为连马克的前妻都不曾拥有过它——好像这个传家宝冥冥之中是对我地位的一种认可；好像它象征着我不是那个被人轻视的、柔弱的第二任妻子。或许是读了太多达夫妮·杜穆里埃[①]写的文字，才会使我产生这种尴尬的联想。

我强迫自己咽下一块羊角面包，希望能够转移注意力，停止由戒指联想到本不该失去它的那件事。

但并不管用。

天色已经很晚了，我和马克坐在客厅的沙发上，电视里播着一集

① 英国女作家，作品兼具悬疑和浪漫色彩，代表作有《蝴蝶梦》《牙买加客栈》。

《国土安全》。我不知不觉睡着了，蒙眬中想要说服自己起来到床上去睡。婴儿监听器中不时地传来海登睡梦中咯咯的笑声。

砰。接着是刮擦声。“你听到了吗，马克？”

“没有啊。”他刚刚也在打盹。

“我们也许该考虑下——”

门砰的一声被撞开了，三个头上蒙着巴拉克拉法帽[①]的男子闯入房间，手中的金属闪闪发光——刀，切肉用的餐刀，就是整齐地插在厨房刀架上的那些。

我们俩都没有尖叫，却吓得跳了起来。那一瞬间，我不敢相信，这不是真的，随之而来的是极度的恐惧。“他们进屋了，马克。”我听到自己说着，*可太晚了*。之后我才发觉，那种真正的恐惧让人感到冰冷。接着，*海登，海登，我要去海登那里*。

我可怜地说着：“求你们——”

最矮的那个男人咆哮道：“闭嘴！保险箱在哪儿？”

“没有保险箱。”

“保险箱在哪儿？”

“我们没有保险箱。”

马克没有说话。我感觉他离我很远，可能在别的屋里。

按他们说的做，我想，*别惹麻烦*。另一个男人向我靠过来，贴得很近，我都能闻到他身上的肥皂味和呼出的烟味。他粗暴地查看我

① 发源于克里米亚地区的巴拉克拉瓦，是一种羊毛兜帽，几乎完全包住头和脖子，仅露双眼，有的也露鼻子。

的耳朵上有没有戴着耳环，然后就去拽我的左手。他要做什么？我懂了，他想把戒指从我的手指上拔下来。他另一只手中的刀是锯齿形的——我听说过有人的手指被砍掉的事。我把手抽走，喃喃地说："我自己来。"一把撸下戒指时刮伤了指节，我递给他。我很想哀求他：不要强奸我，不要伤害我的女儿。不要强奸我，不要伤害我的女儿。让我做什么都行。

"保险箱呢？保险箱在哪儿？"那个矮个子又问了一遍。他是最淡定的，不像其他两个那么慌张，我敢肯定他是他们的头目。我看不见他的眼睛。

"没有保险箱。"我听见自己说。马克还是没有说话。

"保险箱呢？保险箱在哪儿？"这次他的语气缓和了些，而且能听得出不是南非口音。

"没有保险箱。"

三个人沉默地交流着。

"坐下。"那个头目向马克做着手势。他按照他的话坐下，突然大惊失色。

"过来。"其中一个人抓着我的手腕，他戴着的粗糙的羊绒手套碰到了我，让我感到很不舒服。他拖着我往另一个人身后关着的门走去。

"不要。"我低声说着。我向马克使眼色，想让他做点什么——不要让他们把我从他身边带走——但是他一动不动，甚至都没有看向我这边。

前面的那个人——他非常瘦削而且看起来很年轻，有些紧张——像牵着狗一样往前拽着我，另一个人离我背后不到一步的距离。我们往楼上走，向海登那里走去，向卧室走去。冰冷的恐惧感再次袭来，紧接着，我下定决心：如果接下来他们要强奸我，或者试图伤害海登，我就拼命反抗，誓死不从。我们来到了楼上，就在那个瘦子打开海登卧室门的时候，我拼尽全力用双腿猛踢地面，使劲扭着胳膊拉开他。“求你了！”我哭着说。他往里面看了一眼，犹豫了一下，然后还算有良心地轻声关上了门。

最坏的情况已经过去了。即使他们把我猛拽到卧室，我也感到了很大的解脱。*他们现在要强奸我吗？就在这里吗？千万别醒来，海登。不要醒过来，我的宝贝。*他们中的一个紧紧地攥着我的手腕，另一个把卧室的抽屉翻个底朝天，内衣、袜子全被扔到了地板上。我没和他们对视。一次也没有。从来没有。我盯着脚趾上已经有些剥落的蓝色指甲油。那个瘦子低声向同伴抱怨着什么，接着拿起我的苹果手机，很熟练地取出SIM卡，然后把手机丢进他的背包。接下来是我的苹果电脑，还有马克的手表。我不在乎，我只希望这一切快点结束。

我们拉扯着下了楼，一次一个台阶。我绊了一下，身后的人扶住了我。我几乎想谢谢他。简直是愚蠢至极。接下来沉闷的二十分钟里，他们翻遍了厨房的每个抽屉。我没去想马克，或者那个头目对他做了什么；我所有的神经都因为怕海登醒来而紧绷着。我们推搡着回到走廊，路过餐厅——我感觉自己受够这一切了。*快点结*

束吧，我想尖叫。无论是强奸还是捅死，接下来发生什么都无所谓了。

那两个家伙把我拖到了客厅，马克依旧脸色惨白地以同样的姿势坐在沙发上。

“你没事吧？”他沙哑地说。

我点点头。

“海登呢？”

“在睡觉。”

“起来。”那个头目对他说，马克由于恐惧而浑身颤抖、身体不协调，所以他不得不用手撑着沙发才站起来。我们又被拽回厨房，进入了储藏室。他们用我听不懂的语言很快地交流了一下。

“你们一直在这儿待到早上。”那个头目温和地说。他关上储藏室的门就离开了，我们陷入了黑暗中。几秒钟之后，门突然打开了。他在试探我们。

门又一次关上了。门上没有锁。

我不停地颤抖，嘴里的味道像是刚刚喝过血一样。我们轻松地摆脱了他们，没有被捆绑、蒙眼、折磨，或者被强奸。按南非的标准来看，我们已经够幸运了。

时间一点点过去。我再也受不了了，把耳朵贴在门上——他们走了吗？

“我们是不是可以——”

“嘘，”马克说，“他们会听到的。”

“但我们得去看看海登的情况。”

“嘘……”他又说。

当我冲出储藏室跑向女儿的时候，马克仍在原地没动。

“斯蒂芬？”马克的声音让我从那一晚的情景中跳出来——警察局的咨询师曾劝我尽量避免去回忆。我还在抚摸着无名指上原本戴戒指的地方。他伸过手摸我，但我把手抽了回来。“我一定再给你买一枚，斯蒂芬，再买一枚戒指。”

“嗯，以后再说吧。”又不是换个电脑或者照相机那么简单。

“很快，我向你保证。嘿，也许我们可以在这儿买一个。”

“以这么高的汇率吗？你简直是疯了，马克。”但我还是冲他笑了笑。“我不需要戒指。”

我低头看向大腿。大衣上满是食物碎屑，两个面包都不见了。我却不记得自己什么时候把它们吃掉的。

他看了一眼手机，说：“有个蜡像馆离这里很近。应该是在老剧院里。想去做些俗气又好玩的事吗？”

“明天吧，也许。”现在，我只想呼吸新鲜空气。“我们走走吧。”

“好啊。”我能看出他在为与海登通话时的沉默而感到过意不去。

之后我们度过了非常愉快的几小时。我暂时把珀蒂夫妇的事放在脑后，并且提醒自己海登很好。的确，公寓的条件很差，但是温暖又干爽。而且我们要面对事实：住宿是免费的。我们互相挽着、在宽敞的大道上漫步，在巴黎歌剧院前驻足观赏。接着，我们在皇家街浏览橱窗里的商品，想象自己是消费得起奢华钱包和定制巧克力的中产阶级。我感受着这座城市的魅力所在。身着皮草、佩戴围巾的女士从我们身边款款走过；光鲜亮丽的男子在我们周围川流不息，他们脚上闪亮的皮鞋是那些热衷时尚的人才敢穿回家的款式。

天色渐暗，马克感到脚有些不适。“我们往回走吧，”他建议道。“休息一小时左右，然后去蒙马特尔吃点东西，好好庆祝一下，挥霍一番。”他把我搂进怀里。“怎么样？”

我们相视而笑，就在那一刻，我想：好啊，这才是我们来巴黎的目的。

我们以圣心大教堂的圆顶为标志物，沿着被雨水打湿的卵石路缓缓地上坡而行，偶尔停下来看一看立在那些迷人的小酒馆外面的菜单。其中一个橱窗吸引了我——一个个穿着五颜六色的精致服装的儿童模特站在里面，一群蝴蝶环绕着他们翩然起舞。

“哇！我们能进去看看吗？”

他犹豫了一下，说：“好啊。”

一位肤色略深的优雅的店员在柜台后面，热情地向我们打招呼。我试着说了几句生疏的法语，她马上换成英语和我们交谈。我在一堆手工T恤旁精挑细选的时候，马克仍在门口徘徊着。“海登一定会喜欢这个。”我举起一件有设计独特的恐龙图案的T恤向马克喊道。

他冲我不自然地笑了笑。

“哎，过来呀。我们给她买一件吧！”

“你看着办。”

当我把信用卡递给售货员时，她向我微微一笑，并用薄纸把T恤包起来——很烦琐的工作。我尽量不去因五十五欧元的价格而感到罪恶——海登最多能穿几个月，随后便会长大而穿不了，简直是太奢侈了。

我输入密码，售货员皱了下眉：“对不起。交易无法进行。”

我稍感狼狈，又输入了一次。交易再次被拒绝。我把马克叫了过来。

“也许你可以给银行打个电话？”女店员礼貌地说着。马克问她能否用一下Wi-Fi，她体贴地告诉了我们密码。他打通了第一国民银行的客服电话，但刚接通就断线了，不得不再试一次。这时，一对时尚的夫妇抱着一个睡着的学步年龄的宝宝走进店里，女店员走过去招待他们。马克低声打着电话时，我查看了邮件。有一封是卡拉写来的：好的，别担心，你们是去巴黎放松的。我再问一下。也许是弄错了，唉。吻你们。

马克挂断电话，摇了摇头。“我们应该在出发之前就办理信用卡的境外授权。”

“该死！”那对夫妇紧张地看了我们一眼。“但你可以搞定的，对不对？”

“在这儿不行。我明天试试给我们那里的分行打电话，不过听起来够呛。”

“我们现在有多少钱？”

“三百五十欧元左右。”

如果我们用不了信用卡，接下来的六天将会很拮据。我们得精打细算。奢华又浪漫的晚餐泡汤了，而且我肯定不能给海登买这件T恤了。我真想臭骂他一顿，斥责他没有办好信用卡，但我忍住了，因为心里有个罪恶的声音在低声说：如果你有自己的银行存款和工资，就不会这样了。

我走到女店员的身边，感觉脸颊很热。

“问题没解决是吗？”

“是的。很抱歉。”我也的确是这样想的。她依旧很有风度，不知怎的，这反而让情况更难堪。

我们垂头丧气地在超市买了些必需品：更多的咖啡、牛奶、黄油、奶酪，还有一根法棍面包——作为一顿简陋的晚餐，还买了些膏药来缓解马克的脚伤。我们都只字不提那些不必要的东西。我们回到了那间满是变质食物气味和阴郁气息的公寓。顶楼的女人把音乐声调得非常大，八十年代流行民谣的旋律钻进我们的耳朵，我听不出是谁唱的。杜兰杜兰①？大卫·李·罗斯②？大概是那一类的。不管是什么，和这栋楼一点也不搭调。

① 杜兰杜兰乐队，1978年成立于英国伯明翰，是20世纪80年代红遍大西洋两岸的超级乐团。

② 美国著名的摇滚歌手、作曲家、演员、作家，范·海伦乐队的原主唱。

马克一进屋就脱掉鞋子，一屁股坐进沙发里，扯掉袜子。从他鞋里飘过来的酸酸的脚臭味让我皱了皱鼻子，不过他并没注意到。他把左脚扳到右腿的膝盖上检查伤口。“糟糕。这么快就严重了。”

他脚底唯一的伤口就是一个小黑点。“什么也没有啊，马克。”

“疼死了。”

我吻了一下他的额头。“真可怜。由它去吧。”我到厨房整理买回来的东西。打开冰箱门时，它发出了尖锐的叫声，一股污浊的味道扑面而来。想家的情绪席卷着我，这让我很惊讶。自从那些歹徒入室抢劫之后，那里已经很久没有家的感觉了。

我的思绪又回到了珀蒂夫妇上。要是他们真的发生了什么怎么办？他们也许不可靠而且做事欠考虑，但是他们在南非谁也不认识。那么我和马克是不是该对他们负一定的责任？

“马克？你能不能到卧室去，看看有没有什么东西上写着珀蒂夫妇的手机号？看看能不能找到衣柜的钥匙。我在厨房找。”

“好的。”

我从水池旁边最上面的抽屉开始翻找，里面塞满了生锈的勺子和弯曲的叉子。马克喊道他在床边的一个抽屉里找到了衣柜的钥匙，但是我的注意力全都集中在所做的事上，而没有回答他。抽屉的角落里卡着一张揉皱的纸。我把它拽了出来，小心翼翼地展开。它看起来像是撕下来的作文的一部分。破碎的纸片上用蓝色圆珠笔涂抹着孩子潦草的笔迹，周围满是红色的批注。我唯一能看懂的字就是“好的（法语）”。

“斯蒂芬？”马克站在厨房门口。他的肢体语言让我感到有些不对劲。

“怎么了？”

“你最好过来看看。”

7. 马克

这是某种让人恶心的玩笑。肯定是有人在诅咒我。

“是什么啊？”

斯蒂芬将身子探进卧室，而我现在才意识到叫她进来是个错误。我不想让她来这儿，不想让她触摸它们，可能会有跳蚤、狂犬病毒和螨虫。

“没什么。别进来了。”

但是她不耐烦地皱着眉头，一步走进了卧室，说：“到底是什么，马克？”

我编了个能让她离开的谎言：“就是一只死老鼠。”

“啊，我的天。你来处理，好吗？”她走回厨房，我一直听着，直到翻抽屉的声音再次传来。

我不敢相信自己竟然差点让斯蒂芬看到了这个。我想象着她把身子探进衣柜，马上会感到刺激又恶心，想缩回身子的同时却忍不住更加接近水桶……

三个容量二十升的白色塑料桶里全都密密麻麻地塞满了毛发：人类的头发。我强迫自己比第一眼看的时间更长，试着重新落下目光，把它们看成是羊毛、棉花或者颜料样品，就像住在楼上的女人家里堆放的那些。也许，珀蒂夫妇也是艺术家。也许，楼上的女人把多余的颜料储存在这里。然而都不是，它们就是头发，大团大团的头发，从很多不同的头上来的，卷的、直的、黑色的、棕色的、黄色的，还有灰色的。我从来没见过这样堆成一团的头发。

这到底是用来做什么的?

我打断了自己。*用来做什么？*我才不管它们到底用来做什么。我得把它们扔掉。

但是万一斯蒂芬发现了，我都能想象出她的反应。*我们不能这么做。这不是我们的东西。万一他们会用到它们呢?*

我俯身盯着桶里那缠在一起的一团团头发，然后凑近了，跪下来把脸靠得更近些，尽量不去想象有什么东西在层层头发间爬着，或是头皮屑随着头发的分解而流动。我把脸凑得越来越近，仿佛被吸入了一个无底洞。我的鼻子几乎要被埋在里面了，然后我深吸一口气。

我松了口气，冷静下来。闻起来没有腐烂或其他的味道。也许真的有好点的解释。也许他们是用来做娃娃的，或者是制作假发的。

一想到他们——不管他们是谁——知道我、奥黛特或者佐伊，我就觉得自己有妄想症。但是我刚刚真的在度假公寓里闻着几桶废弃的头发。

我没办法再骗自己，说这所公寓还有一点适于居住的可能。如果我们花钱住宾馆的话，就不会大老远飞到这个又脏又破的地方了。这种“换屋”行动应该有相应的问责措施，应该有最基本的礼貌和尊重作为纽带。斯蒂芬还给他们买了新被单，天哪！而我们呢，住在一间肮脏昏暗的小屋，衣柜里还放着几桶头发。

我想抱怨，想破口大骂、要求赔偿，但是不会有人理会的。是我们自己未经查看就同意了换屋的安排才酿成大错。这只能怪我们，我的错误就是不该支持这个决定。我本可以把它扼杀在萌芽中。

早知如此，何必当初。

我匆忙地走进厨房，从水池下面阴暗的角落里抓了一卷垃圾袋，正要闪开就听见斯蒂芬说：“怎么需要那么多？一只老鼠而已。”

我做了个鬼脸，说道：“看起来它在那里很久了。我觉得把它铲出来的时候，最好在手上多套几个袋子。”

“好恶心，奇怪的是我没闻到味道。”她笑了笑，“马克，多谢你把它弄干净。”

“别担心，”我说，“这没什么。”

但这并不是没什么。

我甚至不知道该如何向斯蒂芬解释，才能使这听起来不那么病态和诡异。当然，她基本了解关于佐伊和奥黛特的事，但是并不知道细节。

我该从何说起呢?

回到公寓的卧室里，我仔细地把垃圾袋套在第一个桶的口上，尽可能避免碰到它们，然后再把整个桶倒扣过来。

我再次回过头，越过肩膀看斯蒂芬会不会把我抓个正着，但是听声音她好像又在厨房的碗橱里翻找东西了。

我小心翼翼地把每一桶头发都倒在垃圾袋里，扎好袋口，然后把桶堆放回衣柜里。尽管我如此小心，还是有几缕散着的发丝飘到了我的脸上。把它们弄干净后又过了很久，我的手、胳膊还有触碰到的皮肤都很痒。我感觉……有东西……在我身上爬。小小的、我看不见的东西。细菌。我尽量不去想它；想多了就感觉有冰凉的手指滑过我的脊背。我要把这些袋子扔出去，然后好好洗个澡。

我换了双鞋，没顾得上穿外套就偷偷溜出了公寓，几大袋可怕的东西撞着我的腿。我喊了声去扔垃圾，然后就小心地沿着窄楼梯下楼。我左手拿着手机，右手攥着三个袋子，尽量把胳膊往远处探，就像抓着三个巨大的人头一样。外面的院子里，冰冷的雨水从长方形硫黄色的天空中一滴滴渗下来。早些时候还有几个绿色的带轮子的大型垃圾箱摆放在那里，可现在却不见了踪影。我想把这些袋子拿到外面的街上扔掉，但如果有人问我怎么回事，我又不想解释。

做该做的事。这是我一直以来的追求，那该死的入室抢劫场景一直在脑海中挥之不去。我做得对吗？我让那些浑蛋为所欲为，却没有试图表现得像个英雄一样。每个人都会这么劝告：别去逞英雄。别去挑起争斗。如果他们被激怒，会暴力相向的。所以，我坐在那儿，任他们在屋子里肆意搜寻，好像这是他们的地盘一样。我什么也没说，什么也没做。我知道斯蒂芬因此埋怨我，但最终她和海登都没受到伤害——我做了该做的。我不想问自己，如果他们试图伤害斯蒂芬和……我会怎么做。我根本不想思考这个问题。事情没有发展成那样，而且我们都没事。

离我几步远的地方，风化了的储藏室的门安装在一座凸出来的石砌建筑上，原本绿色的木板条表面已开裂剥落。我透过矮窗向里面窥探，可是玻璃太脏了，什么也看不见。我的脸冻得有些发麻，肌肉也由于一直伸着胳膊拎袋子而变得酸痛，所以我把它们放下，没多想便推门而入。

我徒劳地摸索着灯的开关，这时，一股浓厚的阴冷潮湿的霉味袭来。手机的微光投射在这个低矮的、类似地窖的地方，我看见一堆旧的板条箱，储藏的家具上蒙着落满了灰尘的被罩布。一架粗制滥造的溅满油漆的梯子倚在远端墙上，墙面已经发霉，露出砖块，梯子的横木也早已腐烂。我转身准备离开，这时，我不仅能听到、更能感觉到屋子深处的角落里有一阵轻轻的哀号。就是只老鼠，我对自己说，试图再次为自己自我保护的懦弱找个借口。但是那声音太熟悉了，我无法就这样离开。那听起来像是小孩柔弱的悲泣声。我拖着双脚走过冰冷粗糙的地板，循着声音朝一个拱形的壁龛走去，来到屋子的一端。壁龛里放着一张空床垫，上面堆着一团棕色的、积满灰尘的被单，看上去生着一道道霉斑。我仍然能听到那哭声，感觉它离得更近了，就从壁龛的某处传来。按捺着狂跳不止的心，我用手机的亮光扫过壁龛，看到一堆原本色彩鲜艳现在却满是污渍的衣服散落在地，就像小孩把它们扔在那里似的，还有一双颜色仍然鲜艳的、印着史酷比[①]的塑料靴。

虽然这儿没有人，但我还是能听到那哭声，现在几乎变成了抽泣的哽咽声。我必须这么做。于是我弯下腰，一把掀起床垫上的被单，扬起了一阵尘土和毛屑。我踉跄着退后了两步，挥舞着胳膊驱赶遮挡视线的灰尘。被单下面没有人在哭泣；屋子里没有人，我对自己说，因为我实在不想盯着床垫上那些令人头皮发麻的黑色污渍看。

顾不上那么多疑问，我便迅速离开了这里，才想起把装着头发的三个袋子捡起来，攥在左手。最后，当我匆忙跑到门口时，看到门后的缝隙处放着两个绿色的带轮子的大型垃圾箱。我掀起盖子，看都没看一眼，就把袋子扔了进去。盖子砰的一声盖上，在这阴森森的地方发出了巨大的声响，直到我出门来到寒冷的室外都能听到那声音。在夜色中深吸了一口新鲜的空气，我转身向公寓大厅走去，结果直接撞到了从巷子阴影处冒出来的一个人身上。

“啊，对不起（法语）。”我说，使用了在这里很快就学会的几个词语之一，这样可以掩饰自己的惊讶或恐慌。

那个阁楼上的疯女人——我越是告诉自己不要这样去想，这个词语越是不断地出现在我的脑海中——已经放下了她的购物袋，蹲下来，一边气喘吁吁地发出“啧啧”的声音，一边把食品都捡到一起。

① 20世纪60年代美国热门卡通系列剧的主角，是一只会说话的大丹狗。2002年，罗杰·高斯理执导拍摄了同名冒险科幻喜剧电影。

有两个橘子正颠簸地沿着卵石路向排水沟滚去。

“很抱歉，让我来，”我说着，一瘸一拐地追着它们，脚底传来阵阵刺痛。她站起来，撑开购物袋，让我把橘子放进去。“非常抱歉。”

“你在这里找什么东西？”她说着，指向储藏室。

由于某种原因，我感觉自己像个罪恶的入侵者。我不均匀的呼吸更是雪上加霜。“我只是想找垃圾箱。”

她耸了耸肩。至少她没有冲我大喊大叫。也许对我来说，这是一个机会，能找到关于这所公寓的一些答案，所以我竭力让自己冷静下来。我想知道，在这片舒适美好的街区中为什么会有这样一栋废弃的建筑，但是我一张口——“你知道……”——便有一个让人窒息的痛苦的喊声划过夜空。有那么一秒，她向后退缩了，她那沉着的面具落下来摔得粉碎，只留下小女孩般赤裸裸的恐惧。一瞬间，就像一小片云朵拂过月亮的脸，她又恢复了原本的状态。一只猫从排水沟里钻出来，大摇大摆地从我们中间走过，尾巴在空中摇晃着，发出人类一样的呼喊声。

“哦，拉卢。”那个女人说，朝那只散步的猫嘀咕了几句法语。

我无法向这个女人询问我想知道的一切，她正在离我而去。最后，我匆忙追上前去，问道：“你和珀蒂夫妇很熟吗？”

“你说什么（法语）？”

“就是住在公寓3B号房的那户人家。我们住的那间。”

“不认识。没有叫珀蒂的。”她说。

我不知道是不是我的发音有问题，使她听不懂我问的话，但是今天我已经无数次为自己不会说法语而感到沮丧了。“算了，”我说，“多谢了。”

我转身向大厅的门走去，她在我身后非常清晰地说：“这里没有孩子。这里不适合生活。”

我继续向前走着，加快了步伐，走的时候脑海中不断闪过那个词；我不顾脚上的疼痛跑上楼梯，就像一个孩子，在夜晚的楼梯间竭力摆脱黑暗。回到安全的家里，回归到熟悉的安全感中，我的身体和心灵都感到彻骨的寒冷，我需要斯蒂芬来安慰我。

但当我爬到我们住的楼层时，才发现平台漆黑一片，房门紧闭。我拍了下口袋才记起：我没带钥匙。我敲着门，膝盖因受到压迫而感到疼痛。如果斯蒂芬在洗澡，就永远都听不到我的敲门声。我随后又想起早些时候把我们吵醒的砰砰声。我使劲用拳头砸门，直到门框发出令人满意的回响。

“斯蒂芬，”我喊道，“斯蒂芬。”

这时，就在我身后，那个疯女人手中拎着购物袋，正一步步地从黑暗中走上楼梯，转到了我们这层平台。我稍微偏转手机的光，照向她，看到她艰难地上楼时投来的谴责的目光。“你不可以待在这里。”她吟诵的声音随之淹没在黑暗中，那句话一直环绕着我，仿佛糖浆中的油墨。“在这里没有好处。”

我不知道她指的是什么，感到太疲惫而懒得去想。手机回到了黑屏模式，我没有管它，颓然靠着门瘫坐下来。如果斯蒂芬在公寓里，她会听到我的声音；如果她趁我去楼下储藏室的时候溜走了，我也别无他法，只能等着她回来。由于我停止发出噪声并关掉了手机的光，黑暗中的一切显得相当平静。我很快适应了大楼内叮叮当当的声响和呻吟，从远处渗进来的音乐声仿佛遥远的记忆一般。

我闭上双眼，感觉和睁着眼没有什么不同。眼皮很沉，于是我任由我的下巴滑到胸口，让周围的沉寂将我包裹。我刚睡着，身后的门忽然消失了，我向后跌倒，进入刺眼的强光中，我睁开眼，看到了斯蒂芬光着的双腿。

如果是在往常，这情景着实令人发笑，可她只是从我身上跨过去，然后裹紧身上的小浴巾就离开了。“你回来了，”她说，“你去外面干什么了？可有好一会儿了。”

“没干什么。”我翻过身，支撑着坐起来，感觉关节像要裂开一样，肌肉被拉伸得很疼。

我起身，一瘸一拐地走向卧室门口。当我看到斯蒂芬穿上她那件最难看的毛衣时，心中涌起了无限的失望。我原本想象她会摘掉浴巾，把我推倒在床上，然后我们在浪漫的巴黎做爱。

“这个地方真的太糟糕了。”我说。

她坐在床尾，样子看起来很疲惫。“马克，怎么了？你为什么表现得这么奇怪？和我说说吧。”

我本想用另外一句“没什么”来打发她，但是我能看出她真的很担心我。我向她隐瞒了一些事情，所以我试图告诉她真相。“就是卧室的衣柜里有些头发。让我给扔出去了。”

她不敢相信。“头发？你是说像假发之类的吗？”

“不是。是剪下来的头发，就像你在理发店地上看见的那些碎发。有几桶。”

“等等，也就是说，衣柜里装满了头发和一只死老鼠？”她说，而那一刻我不知道她在说什么，因为我早已忘记自己说过的谎话。

“呃……啊，是一只老鼠，还有头发。”听上去很可笑。

“那你一开始发现的时候为什么没有告诉我？”

“我不想让你担心。这所公寓本来就够让人心烦的了。”

她哼了一声，但似乎能够接受我的解释。“也许你不该把它们扔掉，马克。不管奇不奇怪，那是他们的东西。哎，你觉得他们会用它们来干吗呢？”

“我怎么知道？”

“也许他们是做假发的。或者他们其实是理发师……肯定是。他们的照片看上去很时尚，不是吗？也许他们用这些头发来，来……”

“来做什么呢，斯蒂芬？做基因科研实验？也许他们正在建立一支由顾客的克隆人组成的军队，就此他们——”

“你冲我发什么火？你哪根筋不对劲啦？”

“我不对劲？以为我们撞见了维达沙宣秘密头发收藏展的人是你。”

“随便你怎么说，马克。”她站起来，像是要冲到浴室去，但我不能让她离开。我不该告诉她头发的事。这场争论也是我的错。我需要解决矛盾。“等一下。对不起。”

她犹豫了一下，又坐了回来。

“我原本真的很期待这趟旅行，斯蒂芬。”

这时，她把手放到了我手上。“我知道你很期待。”

“但现在我后悔做出这样的决定。”

“我很想来，你知道的。”手挪走了，她再次侧过脸去。“可是我想带海登一起来。我还是觉得那样会更开心。”

“或许你说得对。”*真的吗？在今天出了这么多状况之后？*“不管怎样，我还是很庆幸她没有发现那堆头发。想象一下她开始玩那些东西的情景。”

她耸了耸肩，站了起来。“你想喝点咖啡吗？”

“有点晚了，你觉得呢？”既然我们之间没事了，我只想洗个澡然后去睡觉。

“为什么？现在几点了？”斯蒂芬看了下她的手机。已经将近晚上十一点了。“天哪，”她说，“我完全忘了时间。我们好像失去了一整天。”

“而且有这些百叶窗也不方便知道时间。”

我一直洗到水凉了才出来，不顾被单上的霉渍便钻进了被窝。半梦半醒间，斯蒂芬用小腿肚蹭我的腿——我的朋友又回来了，这感觉真好。我知道不应该画蛇添足，让她入睡就好，但内心还是想把在储藏室看到的东西告诉她。“你知道吗，我下楼找垃圾箱的时候……”我正想把一切都告诉她，但一想到那布满污迹的床垫还有小孩衣服的画面，便又把话咽了回去。

“嗯？”她充满困意地问，“怎么了？”

“就是……我扔的时候很担心那垃圾箱是用来装回收物的。多么中产阶级的想法呀。”

她没回答。我想说些诙谐的话让她再次大笑起来。也许这些垃圾箱原本就是回收有机废物的……但我觉得不好笑。“不是个好的开始，对吗？”

“嗯，嗯。”

“明天会好的。”

8. 斯蒂芬

在公寓的第二天，我突然惊醒。一定是有人摇晃过我的肩膀。我迷迷糊糊地坐起来，试图回味关于海登那个生动的梦的最后一丝记忆，却怎么也想不起来了。昨天夜里的某一刻，我脱掉了T恤衫，身上出了很多黏腻的汗，头发成缕打结。公寓里热得难以忍受，空气很潮湿。我之前已经洗过两次澡了，一次是我们刚到的时候，一次是在马克处理头发和老鼠的时候——真是让人异常困惑的行为。现在我又感觉很脏了。我伸了伸懒腰，才发现身边马克的位置是空的。

客厅里传来了刮东西的声音。*沙，沙，沙*。

“马克？”

没人回答。

我一把掀开毯子，套上另一件T恤，轻声地走到了客厅。

原来他设法打开了客厅的窗户，正用刀撬外面的百叶窗。

“马克？”

他在我拍他肩膀的时候吓了一跳，有些尴尬地笑了笑。“你吓到我了。”

“几点了？”

“时间还早。怎么也打不开这该死的百叶窗。”

“你这是何苦呢？没关系的。”我眯着眼睛，透过其中一根灰色的金属板条向下望向院子。“又下雨了。”

他把刀丢在茶几上，手在牛仔裤上蹭了蹭。“嘿！我去买几个羊角面包怎么样？顺便再试试能不能联系上银行。”

“我和你一起去吧。我可以在星巴克给海登打电话。我这就去洗个澡。”

“你昨晚没睡好。睡个懒觉吧，我把早餐买回来，端到你床前。我们晚些再一起出去。”

“我几分钟就好。”

“我一小时左右就回来了。来吧，也让我服侍你一次。”

我感觉他想要独处的时间，所以决定不再坚持。他迅速披上大衣，生怕不能尽快出门似的，并把钥匙放在茶几上，说了句“以防万一”，就立即离开了公寓。我也想独自消磨些时间。马克昨天的行为让我很困惑。他出去的时间比扔垃圾所需的时间要长得多，而且回来之后表现得像掩饰出轨的男人一样：过分谨慎、敏感易怒、坐立不安。他离开后，我胡思乱想着要不要亲自去垃圾箱看看那些头发——我知道他没有完全说实话——但我还是没去。我选择相信他。真蠢。谁知道我会在里面发现什么东西。

取而代之，我洗了很长时间的澡，用力地搓洗身体，直到大腿和小腹的皮肤被擦得泛红。之后，我摆弄了一下咖啡机，终究无法让这个肮脏的机器工作，于是放弃了。我把厨房的操作台擦干净，洗了盘子，扫了地，刷了水池，以此消磨时间。做完这些，马克已经出去了足有一小时，这让我开始坐立不安。我告诉妈妈会在南非时间十二点半时给她打电话，只剩不到一小时了，而且我还不能离开公寓：只有一把钥匙，要是马克回来了会被锁在外面的。

如果我想用Wi-Fi，只有一个选择：去找马克提起过的那个住在阁楼上的疯女人。附近最有可能有私人Wi-Fi的就只有她了。我真的不想和她碰面——马克说过她是个名副其实的怪人——但至少那能让我有事情做。最坏的情况，我分析，不过是被赶出来。我揣好钥匙，准备上楼碰碰运气。

那天早上，从楼上飘下的音乐是另一首八十年代最流行的歌曲，我很快就听出来是《九十九只红气球》[①]（接下来的一整天，这曲调都会在我脑海中反复回响。）我脚步沉重地踏在木质楼梯上，越往上走声音越大，最后来到一个狭窄的走廊，这里有两扇斜着的门。我听到音乐声从其中一扇传来，便敲了敲门。

---

① 99 *Luftballons*，是一首反战题材歌曲。

门被猛地推开。站在门口的女人是卡拉会感兴趣的类型：神色紧张，素面朝天，裹着介于和服和僧袍之间的罩衫，下嘴唇粘着半截烟卷。她的头发剃到了头皮，我忍不住去想，她可能把头发捐给了珀蒂夫妇作为邪恶的收藏品。她没说话，直愣愣地盯着我，把烟从嘴唇上摘走，用穿着凉鞋的脚踩灭。她的脚指甲长而发黄。

我给了她一个最友好的微笑：“您好！（法语）真不好意思打扰了。你会说anglais（法语中英语的说法）吗？”马克和我说她英语相当不错，但我不想看上去很冒昧。

“你想做什么？”

我竭力礼貌而平静地——虽然我得把嗓门提得比音乐声还要高——解释了Wi-Fi的问题，询问能否考虑让我们借用她的网络。“当然，我们会付给你钱的。”

她几乎没眨眼睛，这让她的气息变得更紧张。她吸了吸鼻子，说：“来（法语），进屋吧。”随即后退了几步，示意我进屋。原来她住的公寓只是一个单间。屋里大部分空间都被大量的油画占据，我还瞄见角落里有一个堆满盘子的脏水池、一个洒上了印度酱的蒲团和一个野营炉。她刚刚是蹲坐在那里吗？看上去绝对是这样。房间里有一股脏衣服、香烟和松油混合的恶臭。我没看见屋里有浴室和可以坐的地方。她仍然在用紧张的目光盯着我，我又不自然地往里面挪了几步。大部分油画都面向墙放着，但估计是她正在画的那幅，放在屋子中间支起的画架上。透过阴郁厚重的棕绿色背景，隐约能看出一张描画了一半的孩子的脸，给人以不安又庸俗的感觉。它让我想起七十年代非常流行的大眼睛小孩的画像。“挺有意思的，”我撒谎说，“你的画卖吗？”

她又吸了下鼻子：“是的（法语）。”

看来要由我来试着找个话题，或者赶快离开这里。“不好意思，还没做自我介绍。我叫斯蒂芬。”

“米雷耶。”一个和她很不相配的鸟儿般美丽的名字。音乐变成了《堕落的爱》[1]，我才意识到它是从一个苹果笔记本电脑里播放出来的，而扬声器则放在蒲团远端的一个倒扣的板条箱上，看起来和这个肮脏的屋子很不搭。“你想喝咖啡吗？”她咆哮道。

我确实想喝，但是仅有的几个杯子都堆在水池里，上面顶着一只淌着油的平底锅。“不了，谢谢。没关系。”

不知为何，这个回答似乎让她很高兴。她走到电脑前，关掉了音乐。

“米雷耶，我能问你一个问题吗？”

“什么？（法语）”

“我老公马克说你不认识珀蒂夫妇，就是住在我们那间公寓的夫妇。”

她喘着气，好像没听懂我在说什么。“什么（法语）？”她又问了一次。

“珀蒂夫妇。”我无论如何都记不起他们的名字。“我们住在他

---

① *Tainted Love*，原唱为英国软细胞合唱团（Soft Cell），后被美国摇滚歌手玛丽莲·曼森翻唱而走红。

们的公寓。三楼的那间。”我意识到我正像一个讨厌的游客一样夸张地发音。

“不。没有人住在这里。只有我。”

“可我们住的公寓肯定是属于某个人的。”

“你们不应该住在那儿。我和你老公说过。”

“我们没有选择。”

“你们是哪里人？英国？”

“不。南非。南非（法语）。”

她不耐烦地摇了摇头：“去住酒店吧。”

“我们没那么多钱。”除非我们想办法把信用卡解冻。希望马克已经解决了。

她眯起眼睛，叹了口气，然后点点头：“好吧（法语）。你可以用我的网，每天十欧元。”

“好的。谢谢你，米雷耶。”我说，虽然明知道这会让我们本来就微薄的预算变得更加窘迫，如果不能用信用卡的话。

“就这样（法语）。我给你写密码。”她四处搜寻纸和笔，让我有机会趁她不注意时查看房间的情况。床边放着半瓶伏特加和一沓卷烟纸。一本摊开的书被脏兮兮的被子盖住一半。枕头上堆满了内衣和其他衣物。她把纸递给我，然后抓住我的手腕。她的指甲里沾了颜料，或是更脏的东西。“别住在这儿。这里很不祥（法语）。可怕。”

“可怕？”我轻轻地把手抽出来。奇怪的是，除了她的紧张情绪，并没有什么能吓到我。在她的外表下似乎隐藏着深深的悲伤。

她摇摇头。“这里很不祥（法语）。”

“那你为什么住在这儿？”

“我和你们一样，没地方去。再见了。我必须工作了。”

她把我领出门外，几秒钟之后，音乐声再次响起。我曾想知道，现在仍然想知道：米雷耶之所以放音乐是不是想消除弥漫在这大楼里的恐惧感，好像凯莉·米洛[①]和杜兰杜兰乐队是某种可以驱魔的劣质护身符一样。

回到公寓，我输入账号和密码，然后用Skype联系妈妈。我比约定时间早了半小时，但是她已经在线了，海登就坐在她的大腿上。“嘿，小淘气。”我说，一看到她我就感觉心里一酸。

“妈——妈！”

“妈妈很快就回家了，我保证。”

她含糊不清地说着外婆给她的礼物，扭动着爬下我妈妈的大腿，然后又出现在镜头前，冲屏幕挥舞着一个艾莎公主[②]娃娃。“妈妈，看！”

那原本是我打算在她生日时送给她的，妈妈对此也很清楚——但我还是尽量隐藏怒气。海登伸出胳膊，好像她能透过屏幕摸到我一样。我又产生了那种再也见不到她的可怕感觉。我们聊了几分钟关于昨天去看小动物的旅行，然后她说：“该走啦，拜拜！”便从腿上滑

① 澳大利亚女歌手、演员。
② 迪士尼动画电影《冰雪奇缘》的女主角。

下去，跑开了。妈妈试着喊她回来，可没成功。不知怎的，看到我不在身边时她那么开心比看到她难过地求我回家感觉更糟糕。

妈妈冲我不安地笑着。

“你太惯着她了，妈妈。”

“啊，她是我的小公主呀。你身后就是你们住的公寓吗？”

我不想让妈妈看到公寓的真实情况，所以我转移了话题，直到确定海登不会回来和我说话便挂断了，想着等她睡完午觉再打过去。

我查看了邮件，没有珀蒂夫妇的消息，但是卡拉又联系了我：还是没有你们客人的消息。我亲自去查了一下航班的到达情况。没有任何关于巴黎飞往约翰内斯堡的航班晚点的消息。国内从约翰内斯堡飞往开普敦的也没有。我还给当地医院打了电话，以防万一——没有任何法国游客的登记信息。需要我联系警方看看他们能否查到乘客名单吗？希望你们俩一切都好。吻你们。

我回复了卡拉，感谢她所做的一切并且请求她联系警方，虽然不知道他们会不会帮忙。接着，我给换屋网站发了邮件，说明我们遇到的关于珀蒂夫妇的情况并且询问是否留有他们的紧急联系电话。然而他们究竟在哪里呢？我给他们发的上一封邮件太客气了。我立刻又发了一封，只写了一行字，语气尖锐地让他们尽快回复我。我又想了一遍所有可能的解释，渐渐变得多疑起来。这会不会是随机吓唬几对夫妇的恶作剧？第一个证据就是马克在衣柜里发现的那堆头发。我瞅了一眼客厅角落里那些纸壳箱，心想里面会不会有同样奇怪的东西：一个玩偶匣，一个陶瓷小丑蜷缩在里面，随时准备蹦出来；一堆面目全非的娃娃；一个骷髅头或者是一些奇怪的情趣用品。我甚至猜想他们也许是为某个变态的真人秀网站拍摄我们，于是在屋里四处搜寻隐蔽录像机的摄像指示灯，最后我摆脱了这个想法，告诉自己别傻了。

到现在为止，马克出去联系银行已经快两小时了，这让我开始担心。为了打发时间，我用谷歌输入“头发的用处”，搜索结果从制作假发到巫术五花八门。我试着写作，但精神无法集中。我又回到厨房，翻出了从抽屉里找到的那张纸，把上面的内容输入翻译软件。软件的译文虽然搞乱了语言结构，但是能看出是学校作文的一部分：

> 我们在周日做的事。我喜欢去奶奶家，因为那里很宁静，听不到噪声和我爸爸的哭声。他总是很悲伤。他说我在学校从卢克那里感染了疾病之后，妈妈就得了重病，而且她被传染也是因为她的胸腔不够强壮。

（“宁静”这个词的拼写已经被人修改过来了。）

> 我想一直住在奶奶家，但不行。因为我的学校不在那个地区。这就是我要说的所有关于我家的事情。结束。

珀蒂家的公寓里不可能住着小孩，这里只有一间卧室。

公寓门外传来“当啷”一声，吓了我一跳。我跳起来跑去开门，以为是马克回来了。走廊里漆黑一片，一个人也没有，唯一的生命迹象就是从米雷耶屋里传来的柔和的歌曲《他们知道现在是圣诞节吗？》[①]。

“有人吗？”

我努力地辨认是否有上下楼的声音。

没有。

我发誓刚才一定有人敲门。难道这栋大楼其他的房间真的没人住吗？只有米雷耶说我们是这里的唯一住户。也许该去弄清楚。我悄悄溜出公寓，在出门前最后一刻想起来带上钥匙，然后小跑到对面的公寓——那是诡异的敲门人在我跑到走廊之前唯一能躲藏的地方。我把耳朵贴在门上听着。没有声响。我敲了敲门，等了一会儿，又敲了一下。我想到一个电影中的场景，于是用手指掠过门上方的缝隙，随后指尖触到了一个金属物体——一把生锈的钥匙。我呆呆地看了它几秒钟，刚刚没指望能真的发现什么。

于是，在自己改变主意之前，我把它插入了钥匙孔，门开了，我试探性地喊了声“你好”，天知道如果真的有人在里面我该怎么办。我的第一印象——也许是因为发霉的臭味——仿佛进入了一个墓穴。这里比珀蒂家大一些，客厅连接着开放式厨房，但是感觉一样过时。一套华丽的客厅家具藏在屋子中部的一个斜角里，一张桌子上放着落

① *Do They Know It's Christmas*? 发行于1984年，由英国歌手菲尔·柯林斯演唱。

满灰尘的盘子和一个沙拉碗，里面盛着已经变干的黑色物质——也许是吃剩的晚餐？一份一九九五年的法国《世界报》皱巴巴地摊在沙发旁的茶几上。我向主卧里窥探。床上仍铺着被褥，一双男式鞋子脚趾对脚趾地摆在门旁。另一个房间几乎没有个人物品，除了两张空的单人床垫和许多粘在天花板上的夜光星星。尽管阳光从满是灰尘的窗户透进来，我的每一根神经末梢依然尖叫着让我赶快离开这里。我不禁想象，我可能闯进了某个犯罪现场。

我逃出屋子，把钥匙放在原来的位置，第一次庆幸自己住在珀蒂家，那相对正常一些的空荡荡的公寓。我感到耳朵充血，正要将两片氯巴占塞进嘴里，这时我听到了马克的声音，接着是重重的敲门声。我跑过去给他开门，由于刚刚所见信息量太大，我没有注意到他的一举一动，直到他从我身旁挤过、瘫坐在沙发里。他神情恍惚，不停地舔着嘴唇。“马克……发生了什么？”

“没什么。”他强挤出一丝微笑——没法让人相信他没事。“真的没事。我刚刚被银行气坏了。他们不给我解冻信用卡。”

肯定还有别的事。他看起来像患了弹震症一样。我再次尝试问他是什么吓到他了，可他仍然坚持说没事。最后，我放弃了。

我到现在都不知道他那天到底经历了什么。他从来没告诉过我，直到一切都无法挽回的时候。

9. 马克

我走到街上那一刻，忽然感到很轻松。我想说只是因为离开了那栋压抑的大楼和那间令人窒息的公寓，可我怀疑自己是否也是因为离开斯蒂芬一段时间而感到解脱。虽然这想法并不忠诚，可是我们很久没有待在一起这么长时间了，就我们两个人——不是工作就是海登出现在我们中间，而我猜我们已经习惯了这样。分开一小时只会让我们更想念彼此。

我最终还是来到了巴黎。这里对我来说如此熟悉，又会突然产生不可阻挡的异域风情。小路两侧的灰色围墙贴着标签，狭窄步道上丢弃着烟头、狗屎、口香糖，我却依然觉得这里宛如仙境。每走十步就有一处新的风景：公寓、酒店或学校的入口；蔬果摊，面包店，小酒馆，设计师品牌的服装店，咖啡馆，专营蜂蜜的小店，伊比利亚火腿专卖店，馅饼店；那些鱼店里摆在冰块托盘上的海鲜，扇贝、蓝色的龙虾，还有光滑粉嫩的鱼肉；这边还有一串串饱满的大蒜、通红的洋葱、萨拉米[①]和西班牙腊肠。我在开普敦的郊区走几公里也不会看到一处新的风景，可在这儿，仅走了五十米便让我有一种这辈子从未有过的激动。这条小街调皮的坡度，镶嵌着美丽的阳台窗户的墙壁，还有从河面吹来的干爽清新的风，对当地居民来说也许是再普通不过的事物，但在我看来，这简直是一场关于情趣和生活的愉快的盛宴。

我向那些店主、在人行道上阔步而行的庄重的女士、拉着购物车的老人和身着大衣、围巾、靴子的打扮漂亮又平和有礼貌的孩子们微笑着点头致意，用法语问好。天哪，佐伊一定会喜欢这里的。年仅七岁时，佐伊就已经表现得和我一样，像一个偏执的极客[②]。有一次，我们一起坐火车去西蒙斯敦，她不停地让我给她看时间，我一直很费解，直到我看到她把每一站的名字和我们到站的时间都记录在日记里。那个甜美、勇敢又富有好奇心的女孩的人生注定充满了旅行。在那几个月里，她最喜欢的睡前读物就是地图册和《世界概况》的书页。她不仅熟记了各国国旗，还为“佐伊国”和记住的其他国家设计了国旗。我教她如何用十二国语言说“你好”和“再见”。她长高到能将奥黛特收藏的外国硬币从柜子里拿出来的时候，便接管了收藏。

① 欧洲尤其是南欧民众喜爱的一种腌制肉肠。

② 美国俚语geek的音译，通常指性格古怪、对某些专业或技术有狂热的兴趣并投入大量时间钻研的人。

我们见过她坐在地毯上，把硬币一排排地摆在面前，嘀咕着各国的首都然后向自己问好。佐伊长到我和奥黛特考虑攒钱带她出国旅行的年纪时，奥黛特病倒了，佐伊最终没有踏出过国门。

奥黛特和我本应办理那该死的信用卡授权，我们本应为她买昂贵的设计师款童装，本应入住高级酒店，本应像电影里演的那样把购物袋扔到豪华的大床上。可那是另一种人生，我把记忆关进了陈旧的角落里。

事实上，在我们来巴黎之前，从我在钱的问题上小题大做就可以看出自己有多么吝啬。我们只在巴黎待一周，完全可以负担少量债务，让自己好好享受一下。我觉得心情豁然开朗，家里的烦恼似乎都很遥远。我沿着下坡道朝星巴克走去，向沿途酒店的窗户里看去。那些看起来不错的二三星酒店价格也相当合理。此时拯救这趟旅行为时不晚。

在咖啡馆，我点了一大杯美式咖啡和一个丹麦面包，任性地不去想欧元和兰特[①]的汇率。我塞入耳机，连接上Wi-Fi，然后通过Skype给银行的信用卡客服热线打电话。我听着轻柔的等候音乐，心提了起来，因为我知道能否住酒店、购物、吃一两顿大餐——斯蒂芬和我这一周的好时光——都取决于这个电话。

我一输入账号，电话便转接到一个客服。“早上好，我是简德拉。能确认一下您的姓名、身份证号还有实际地址吗？”

---

① 南非货币，于1961年2月正式发行。

我飞快地说出所有细节，振奋精神准备大吵一架，但让我惊讶的是，这位员工听上去很伶俐热情。“早上好，塞巴斯蒂安博士。有什么能帮助您吗？”

“我现在在国外，我需要解冻信用卡以便在这里使用。”

“请问先生您在哪个国家呢？”

“我在法国。”

“您知道如果想在国外使用该信用卡需要提前授权吗？”

我想撒个谎——如果告诉她我不知道，她也许会同情我——可我做不到。“是的，我确实知道。可是我忘记了。”

“先生，我很遗憾。这种事情经常发生。”

我还是很怀疑这位女士的语气。也许她只是要安抚客户而不去解决任何问题。“那么，你们还有其他办法吗？能现在授权吗？”

“先生，您知道的，我们真的没有办法，但是我能理解您的处境。毕竟您现在在旅行，需要使用信用卡。”

“的确是这样。”我谨慎地说。

“我们只可能以您今天到达巴黎为前提立刻为您授权，这样会比较好。”

不错。这和我平时给银行打电话时的经历很不一样。“太好了，非常感谢。”

“但这需要我的主管撤销那次交易。他现在在开会。”

“哦。”

“但他日程里显示会在十二点回来。也就是……您那里的十一点。”

我看了一眼手表：正好一小时后。

“如果你那时再打过来的话，我们就能帮你解决。这个号码可以直接找到我：简德拉·F。”我用塑料勺的尾部在餐巾上画写着号码。

“谢谢你，简德拉，你真的帮了我一个大忙。”

“很乐意为您效劳，先生。期待和您尽快取得联系，祝您接下来的旅途愉快。”

我摘下耳机，以一个舒服的姿势靠在椅子上，慢慢地、如释重负地喝了一口咖啡。这个人多么热心呀。有时候要记得你并没有被全世界抛弃，这样的感觉真好。

我在Skype上点击斯蒂芬的用户名，然后才想起来她那里没有Wi-Fi。我没办法让她知道我需要比预计花费更长的时间，可是如果现在回一趟公寓，再折腾回来搞定信用卡的事又感觉很不值得。她在家里等着我就好——或者如果她愿意，可以自己出去走走；反正她有钥匙。没有电话以前人们会怎么做呢？他们会很安心地相信彼此都是大人，有能力应付，就是这样。斯蒂芬会没事的。与其焦躁不安地担心她，我更应该把她当作能照顾自己的成人看待。而且，她可能正在熟睡中，把过去两年缺乏的睡眠给补回来。同时，在充满巴黎味道的林荫大道上，我也肯定能找到事情去打发这一小时。

我把手机揣进兜里，拿着咖啡走到外面，徜徉在宽广的人行道上，像游客一样毫无顾忌地盯着指向设计复杂的豪华公寓阳台的光秃秃的树枝，在宽阔的马路上缓缓而行的一辆辆小轿车，还有设计师服装店精致的霓虹灯和华丽的门脸。慢跑者、工人和上学的孩子们路过一家家店名似曾相识的啤酒屋，还有摆放着小圆桌的不规则伸展的人行道。沿着小路行至不远处，我经过一条以华美大理石铺成的带拱顶的购物长廊，来到了一个贴着蜡像博物馆广告的门口。海报上说他们的陈列品包括迈克尔·杰克逊、乔治·克鲁尼、甘地、爱因斯坦，甚至还有海明威和萨特。真是个打发时间的好去处。

我本以为是一家堆满东西的小巧古玩店，但是通道又长又窄，两侧是浮夸的镜墙，地上铺着红地毯。此刻是十点零五分，刚刚开馆，我前面就已经排了一小队人：一对时尚的设计师情侣和一对领着一个红发小男孩的年迈夫妇。操着意大利口音的一家人从林荫路上一路笑着匆匆走过来，到达安检处的时候他们还在讲笑话。我低头朝那个小男孩笑了笑，他紧紧抱着奶奶的腿。在一阵热气下面，我把兜里的东西都掏出来，然后被手持式金属探测器扫描全身。周围的各种外语让我变得麻木，仿佛自己是穿着密封太空服的外星人一样，感到怪异和边缘化。

一通过入口，走廊就变得宽敞起来，引领我来到一个天花板又低又暗的豪华的红色大厅。我检查了一下大衣，这才意识到门票有多贵。但说句实话，这红色的房间和关于陈列品的承诺都让我很感兴趣，所以我付了款；等我从这儿出去的时候就可以刷信用卡了。

我跟随其他人穿过一条挂着哈哈镜和蜡制图腾脸谱的狭窄通道，看了一眼前面的小男孩——我敢保证海登或佐伊会觉得这里让人毛骨悚然，可他却笑着、蹦蹦跳跳地和爷爷奶奶一起向前走着；他们以前肯定来过。我告诉自己别担心，并试着去欣赏。

在下一个转弯处，我们走进了一个屋顶异常高的明亮房间，像宏伟的歌剧院大厅的缩小版。墙上布满了壁画和巴洛克风格的镶有镀金边框的镜子。我们经过一排大理石的弧形楼梯，来到一扇黑色的门前，门上醒目地写着“幻影宫”。队伍里的交谈声逐渐消失了，我们走进一间光线很暗的屋子。这是个只有我家卧室大小的正方形房间，天花板是卧室的两倍高，周围墙上的镜子闪闪发光。我努力抑制住心中不断涌现的恐慌感。要是我们被骗了怎么办？要是他们想要抢劫怎么办？我们当然是完美的目标——带着很多钱又没有防备之心的快乐游客。我们如此顺从地被赶到了这里，就像要被宰杀的动物一样。

别傻了，马克。我脑中响起的不是斯蒂芬的责备声，而是奥黛特和卡拉混在一起的反对声——那样遥远、根植于心底的影响我的声音。这只是个展览。你怎么了？

我遭到袭击了，在我的家里，在黑暗中，我想对他们说，这就是我怎么了！但我知道，那些侵蚀我的东西在被抢劫之前很早就出现了。

黑暗中那个小男孩嘀咕着什么，而他的奶奶温柔地回答着。他咯咯地笑了。英语和法语的广播提醒我们关掉手机、禁止拍照。这时，引路员又领进来一组游客，示意我们站到屋子的两边，然后退出房间，回身关上了门。

安装在半球形天花板上的灯泡开始闪烁，墙上装饰的彩色灯管随着急促的鼓点节拍一闪一灭。明亮的闪光灯发出的一阵电光照亮了四个蜡像，它们放置在高挂于四面墙的陈列架上，在两两相对的镜子中形成了无数个映象。音乐立刻变成撩人的《波莱罗舞曲》[①]，此时，这些蜡像沐浴在穿过天花板缝隙投射下来的波形灯光中。虽然它们只是蜡像，看上去却好像动了起来。穿着部落服装的三个女人——非洲的、波利尼西亚的，还有印第安的——都被一个怒目而视的邪恶尊者指挥着。

我在脑海中构思着对这些蜡像所表现出的性别及种族歧视的批判——它们是按照殖民者的认知与喜好刻意营造出的异域“原始”群体——这时，灯光伴随着响亮的轰隆声熄灭，紧接着另一组风格迥异的灯光射出来，出现了绿色的蛇和藤蔓，而天花板不知怎的，覆盖上一层有图案的丝绸，其中隐藏的气流伴随着丛林昆虫的沙沙声激荡起阵阵涟漪。只听见一声老虎的咆哮，我望向那个小男孩，担心他会害怕，他却笑着，入迷地看着顶棚的树叶。

灯光熄灭，现在天花板变成了繁星闪耀的夜空。部落的人物已经不见了，陈列架上换成了参加假面舞会的狂欢者。星光在上方闪烁，原本静止的它们慢慢跳起了华尔兹。灯光逐渐亮起，呈现玫瑰色和橘黄色，好像在用黎明来结束这个派对。另一条广播响起，提醒这一组参观者穿过远端的门去欣赏博物馆余下的展品。

在其他参观者陆续退场的时候，我在屋子里逗留了片刻，研究

① 法国著名作曲家莫里斯·拉威尔最后一部舞曲作品，20世纪法国交响乐的一部杰作。

着这个房间，思考他们做出这种艺术效果的方法。这显然是一个古董展，但仍然很精彩、很巧妙。他们肯定是在每个陈列架下面安装了旋转底座，在灯光熄灭时通过旋转来更换蜡像。我扫视着天花板，想找出那一串串灯安置在哪里，灯光熄灭的时候那些风扇和射灯会藏在哪里。我被这人造的黎明光线刺得睁不开眼，现在什么都看不清。我咕哝着一些没有意义的话，想让别人知道这里还有一个人，我顺着墙摸索着寻找出口，可就是找不到门。墙上没有缝隙，只有摸上去有些发黏的天鹅绒布料。我继续向前摸索，确定自己绕过了门的位置。这是一间很小的屋子，而门本应在我的右边不远处——

头顶某处传来重击声，紧接着从另一边传来了一声呻吟。

“有人吗？”

他们进屋了，马克。

他们不能，他们……可能只是……

砰。砰。

他们在屋里呢。哦！该死！

斯蒂芬，不要。

我的嗓子不听使唤，胸口开始疼痛。我尽力吸了几口气，焦急地在屋子里向入口摸索，但是我还是……还是找不到……

灯突然亮了，镜子将摇曳的光线反射在屋子里。这里只有我一个人。

但呻吟声再次响起，就在我身后。

我转身仰望陈列架。没有部落妇女，没有舞者，只有一个十来岁的高个女孩，梳着长长的金发。她并非那些古代展品；她穿着牛仔裤、红色T恤和印着史酷比的运动鞋。她瘦削而美丽，像极了奥黛特，但又不完全一样。我强迫自己再看一眼。*它只是个蜡像，她看着你呢。看看她的眼睛。*

佐伊。十四岁的佐伊。如果她不曾逝去的话。

现在她在笑。我走近了一些。她张开了嘴……

“哦，先生！抱歉！（法语）”一位引路员在门那边催促着，把我引向出口，门安然镶嵌在天鹅绒墙面里。那位女士帮助我的时候，我回过头去看那高悬的陈列架，上面的人物甚至不是个女孩，而是一个穿燕尾服、戴单片眼镜的跳着舞的男士。*天哪，马克，快冷静下来。*

现在能看到艾尔顿·约翰[①]坐在钢琴前，那对年轻的情侣正在和迈克尔·杰克逊自拍，一位穿着布卡的女士站在贝拉克·奥巴马旁边朝她丈夫的相机摆着和平的手势，一个喜剧演员穿着花哨的高尔夫球装。我无法完全区分出微笑的游客和栩栩如生的蜡像。我知道这是由黑暗和陌生感共同诱发的创伤后反应——也许是闪光灯触发了某些回忆——我缓缓穿过一连串错综复杂的陈列室，竭力放松下来，强迫自己的心脏归位，恢复正常平稳的呼吸，却依然不禁感到被它们的玻璃

---

① 英国著名流行音乐创作歌手，曾为电影《狮子王》创作插曲*Can You Feel the Love Tonight*。

眼睛注视着。

在剧院场景中，一个著名法国演员坐在红色天鹅绒座位上。它卷曲的黑色波波头被某个游客挤得倾斜到一边，当我经过的时候，它的一片假睫毛脱落下来，飘到了它的大腿上。我忍不住去想，他们用的头发还在生长。虽然现在只有我一个人，可屋子里仍然有响声。

佐伊六岁的时候已经是一个聪明、美丽又有趣的小女孩了，我和奥黛特开始有了充足的睡眠，我们的生活安定而快乐。我们刚开始作为一个家庭去憧憬未来，做一些只有熬过照顾婴幼儿这段时期才能去做的事。可那时奥黛特却开始遭受病痛。医生发现她的病情已经是第二阶段了，她不得不立即切除子宫并进行化疗。

佐伊在她的妈妈感到疲惫、萎靡、恶心的时候那么有耐心。她帮助奥黛特化妆，在奥黛特躺在新沙发里晒太阳时，她就发明一些安静的游戏玩。她学会了做三明治和泡茶。但最让佐伊感到恐慌的是奥黛特的脱发，说实话，对我来说也是如此。一个人看起来苍白虚弱已经够糟糕了，不过每个人都曾见过病人，病人通常都会痊愈。然而当大把的头发从他们脑袋上脱落的时候，他们就好像已经死了，仿佛身体已经放弃了灵魂。

在奥黛特化疗的第三个疗程时，佐伊开始表现得更加焦虑。有一天晚上，奥黛特要在医院过夜，家里只有我和佐伊两个人。在给她洗澡的时候，我发现她的手腕上有紫色的伤痕。这已经不是第一次了；前两次看见的时候，虽然我不太相信，可还是觉得这是每个好动的小孩都会不小心造成的。但这次是两排很深的刺痕，周边的皮肤都已经

皱起并发青了。

“这里怎么了，宝贝？”

佐伊耸耸肩。“我被狗咬了。”

“什么？什么时候的事？哪只狗？”

“街对面冰淇淋店的狗。”

“那只柯利牧羊犬吗？”

“是的。”佐伊玩着她的塑料鲨鱼，好像什么事都没发生一样。

“为什么？你做了什么？”这是什么时候的事？该死，我的女儿什么时候自己溜达到马路对面去了？或许是奥黛特带她出去散步……可她一定会告诉我佐伊被咬了。

“爱丽儿公主[①]说头发一定要保持生长，也许这就是妈妈好不起来的原因。冰淇淋店的狗的毛发就很漂亮。”

我本应该带佐伊去诊所打破伤风针和狂犬疫苗，本应该问问她还和爱丽儿公主聊了什么，但相反，我哄她睡着后把自己灌醉，然后在她旁边睡着了。

我要控制住自己；过去的事情都已经过去了。即使再想也不会有所改变。想想当下，想想这里。我像所学的那样刻意转换思维，心平气和地观察起那些蜡像，尝试着把它们当成艺术品，这样我就可以开始享受博物馆对每个场景布置、人物服装以及蜡像本身的精心设计。它们太栩栩如生了，唯一暴露它们蜡像身份的是从蜡质皮肤上发

① 迪士尼动画电影《小美人鱼》的主角。

出的僵硬的光泽，不过得凑近了才能发现。每个房间的蜡像都呈现出不同的场景：一场摇滚音乐会，一幕剧院表演，一家法国名流聚集的喧闹的夜店，一场体育明星的媒体拍照会，一家作家和演员把酒言欢的酒吧。我用手机和海明威的蜡像合了张影，可是当那位被我当成著名作家的蜡像从凳子上站起来时，场面很尴尬——原来是一个老人在休息。

现在的路线通往蜡像馆的礼品店，而我刻意不去看货架，我认为自己相当谨慎，应该不会被这种宰客的地方欺骗。可当我向远处的门口走去时，还是被一个镶嵌着粗略加工的大块绿宝石的戒指的光彩所吸引，我知道斯蒂芬一定会喜欢的。它的设计很雅致，而且上面没有刻任何商标。于是，我漫不经心地翻过价签，真的没有那么昂贵，没有什么比它更能带给她惊喜了。只要我能解冻我的信用卡，就可以买下它。我看了下手表，那位银行经理现在应该回来了，而且蜡像馆里有免费的Wi-Fi，于是我向礼品店柜台后面的服务员微笑着，然后退回角落里，拨通了简德拉的电话。

“好的，塞巴斯蒂安博士，库尔特在。我已经把你的情况和他说明了。我来帮你把电话转接给他。”

二十秒钟的等候音乐。“先生您好。请您稍等一下。”这个男人不耐烦的声音比起我对银行的预期要好很多。在半分钟的时间里，我听到了咔嗒咔嗒敲键盘的声音、叹气声，紧接着，“不行，恐怕我们无法为您授权。”

“可是简德拉说她有方法可以帮忙的。”

“呃，的确……但她没有资格。需要一些程序。”

“但是她向我解释得很清楚了。你把我标记为今天到达，然后就可以了。”

“是的，但即使我们这样做，呃，恐怕也不行了。因为昨天已经有两条来自法国的交易记录。”

“可是那两条并未成功。已经被取消了。”

“啊，是的，先生。”他慢条斯理地说着，仿佛在和一个白痴说话一样。“但是系统中已经录入了来自法国的交易记录，所以没办法通过更改日期来授权了。”

“什么意思？是说你不能帮忙了吗？”

“我们很想帮助您，先生。但是服务条款中写得很清楚，如果您出国需要使用信用卡，应该提前授权。而且您也在条款中签了字。您可以使用其他的信用卡。”

“我没有别的卡了。你……”我意识到自己的声音在这个天花板很低的屋子里显得过大，那个收银员正在看着我。“好吧，算了！”我非常生气地挂断了电话。可是冲电话发火一点意义也没有。是我把事情搞得一团糟：只能怪我自己。

我愤然走出礼品店，想尽快找到出口。我该怎样跟斯蒂芬解释呢？要是她发现我花了这么多钱看蜡像……我一路怒气冲冲地经过布拉德·皮特、麦当娜、一组时装模特和一对看着电视的悲天悯人的夫妇，进入儿童文学人物展示区，低声咒骂着高卢勇士[①]和一系列迪士

① 系列动画片，改编自漫画《阿斯特里克斯和奥普利克斯》，讲述了法国人的祖先高卢人的故事。

尼电影中的人物。但是当我看到了红头发的小男孩站在小王子的蜡像旁边，而他的奶奶正把相机对准他时，我强迫自己冷静下来。这些法国人是多么优雅、平和。那种文质彬彬和温文尔雅正是我享受这趟旅行的原因，这与家乡的愤怒和匆忙是多么不同。文明又优雅的人是不会低声咒骂着在博物馆里横冲直撞的。

况且，我既然来了——这将是我所做的最后一次奢侈的活动——最好去享受它。我深深吸了口气，在法国历史和文学展区放慢了脚步，读着指示牌上每个场景的简介：天主教和大革命时期的历史，艺术与科学的伟大时刻，还有非常血腥的杀戮：圣女贞德和马拉，巴黎圣母院的钟楼怪人，圣巴托罗缪惨案①，还有——在我沿参观路线穿过充满呻吟和铁链的当啷声的避难所后看到的——大瘟疫②。当看到一个黑衣人从积雪的排水沟里夺走一个死透的青灰色婴儿时我震惊了。海登会被这样的场景吓坏的，毫无疑问。那个小男孩的监护人会催促他闭上眼赶快离开吗？

再看看这个黑暗的屋子中央的这匹马，它张开鼻翼，惊恐地双目圆睁，背上驮着一个骑士。我绕过这匹马才发现那个骑士是一具挥剑的骷髅。太奇怪了：一个房间陈列着米老鼠，而毗邻的房间却摆着大动乱时期的骑士和感染瘟疫的婴儿。

屋子里有奇怪的味道，空气也不流通。有好一会儿我都没看见有

---

① 法国天主教徒发动的针对新教徒胡格诺派的一场大屠杀，始于1572年8月24日，圣巴托罗缪节的前夜，故得名。

② 指1347至1353年席卷整个欧洲的“黑死病”，夺走了数千万人的性命。

人从我身边经过。

我不由自主地被骷髅的眼窝吸引。那里面有微弱的光线。我好奇他们是怎样做出了这种惊人的效果，于是踮起脚、伸长脖子去看那个骑士，尽量不碰到那匹马。光束在内部穿行，由苍白色变成橘色，又变成了红色，我的余光里出现了折射的黄色光线，如同火星迸射，融入屋子的阴影。

我慢慢地转过头，空气似乎变得厚重凝固。一阵冷风从排水沟里的假雪中吹来，马的喉咙深处涌出一股腐烂的气味。我不想去看那放光的身影。

不看向她。因为我知道一定是她。

我定睛凝视着她。是佐伊，她个子很高，很美，就像她的母亲一样，就像她从未死去过一样。

她张开了嘴，在她说话之前我拼尽全力将目光从她身上移走，硬撑着走过最后一段通道，我感觉她在跟着我。我就是走不快。

谢天谢地，我终于看到了出口的标志。我推开门，来到了一个突然很明亮的铺着整洁瓷砖的房间。那里有一台红色的自动贩卖机和一个放着小册子的架子。鬼是不会来这间屋子的，一定是这样。鬼可能出现在那个有着恐怖、死亡还有幻觉的屋子，但肯定不会出现在这里，这个真实、平凡又温和的世界。

我慌乱地寻找着最终出口的门把手，那个白色的普通把手，想着如果我看到那对老人，那对情侣，那群意大利人和度过普通的一天的巴黎人，我便自由了，但我身后的门砰地关上了。她跟着我来到了这里。

她已经和我一样高了，那双史酷比的运动鞋在她靠近时摩擦地砖发出吱吱声。她微笑着，眼神没有改变。我张开双臂，她走进我的怀抱，我抱着她，她身上的味道和从前一样，也很像她的母亲。我把手伸进她黄色的头发中，紧紧搂着她，闻着她身上的味道。

“哗啦”一声，她把我推到了自动贩卖机上，毫无疑问这一切都是真实的。我能感到投币孔戳着我的脊背。她像以前一样攥住我的手指，就像以前一样，用她的鼻尖蹭我的鼻尖。这时她张开嘴：“是你杀了我，爸爸。是你杀了我，为什么，爸爸（法语）？”她的呼吸闻起来甜腻又腐败。接着，她吻我，像曾经的奥黛特那样，把我的下嘴唇吮吸到她的口中，然后咬了下去。

10. 斯蒂芬

“嗯嗯。麻烦你了，卡拉。”马克在客厅里踱来踱去，手机仿佛粘到了耳朵上。

我担心他因为给卡拉的手机打电话而用光所有的Skype话费，于是做了一个“快点”的口型，但是他却假装没看见。不管是什么在他外出给银行打电话时把他吓成那样，至少，他的状态已经恢复过来了——在我告诉他能在公寓里用Wi-Fi后，他便立即振作起来，很快就用Skype给卡拉打电话，也许这是为了避免我进一步询问而找的借口。

“那么警方说他们不肯帮忙是吗？嗯嗯。好的，明白了。”

从马克的话来看，很显然卡拉仍然没有珀蒂他们的消息，而我对警方不愿意介入的推测也是正确的。除非有迹象表明他们已被谋杀，否则对警方来说，珀蒂夫妇的爽约完全属于无关紧要的小事。我越听越生气：马克先是告诉卡拉这栋公寓的情况多么令人失望，然后又突然开始绘声绘色地描述着他在衣柜里看到的头发。他用戏谑的语气把整件事讲述成偶然发生的好玩的怪事，而不是像打发我那样说很可怕，然后逃到垃圾箱去了。她说了些让他大笑的话语，就是这样。

“行了，马克。该死的，早就该挂电话了。”我才不管卡拉会不会听到。他冲我皱了下眉头，然后举起一只手，仿佛我是个需要被告诫不要打扰大人谈话的顽皮的孩子。

“马克！”

“先挂了哈。啊哈，我知道。她就是有些紧张。再次感谢。”他挂断了电话，“现在开心了，斯蒂芬？到底怎么了？”

“我们需要省着点用Skype的话费。万一这里不能充值怎么办？”

“和海登通话又不用话费。电脑之间是免费的。”

“我知道，但是万一妈妈在外面，而我需要给她的手机打电话怎么办？”

“你是在小题大做，斯蒂芬。”

“好啊，那么我不该担心我现在可能无法和我的女儿通话吗？而之所以无法通话是因为你把我们所有的通话时间全用来和那个该死的女人聊天了。”

“卡拉是要帮助我们，斯蒂芬。”

“随便吧。”

他举起双手摆出投降的姿势说："好吧，好吧。我错了，好不好？"他大步走进厨房。

吵架吵得我直哆嗦，于是我查看着邮箱，竭力想分散一下我的注意力。换屋网站发来一条态度冷漠的信息，说他们会调查此事，我正准备回复，这时，突然"叮"的一声，另一封完全意想不到的邮件出现在我的收件箱里。

几个月前，在没告诉马克的情况下，我给几家海外的文稿代理人发了投稿信，询问他们是否愿意代理出版我为去年学习的网络写作课程而写的青少年小说。我一直没收到任何回复，在疯狂地查阅了几周他们的推特简讯之后，便把这件事抛诸脑后了。这封邮件就来自其中一位代理人，她是一个负责儿童小说的加拿大人，她提出想看一下全文的原稿。

在它被挤到其他邮件下面之前，我反复读了很多遍。"天哪，马克！"

"又怎么了？"他从厨房探出身子，仍然一副很生气的样子。看到我惊喜的表情后，他感到很惊讶，又用柔和的语气问："怎么了？"

我把那封邮件给他看，小心地观察着他的表情。起初的几秒钟，他一脸迷惑，随即便欣喜若狂。"天哪，斯蒂芬，这简直太棒了。为什么没告诉我你在向那些代理人投稿呢？"

是啊，我为什么没告诉他呢？"我不知道。也许是不想让你看到我失败。她可能还是会拒绝我。"

“胡说。她会喜欢的。那会是一本很棒的小册子。我们需要庆祝一下。”

我手指颤抖着回复了那个代理人，并且附上了我完整的原稿。一股暖流涌入我心间。这样可以缓解我自己没有工资收入的内疚感。海登刚出生那艰难的几个月过去之后，马克和我决定，最好由我留在家里照顾海登，直到她两岁能去托儿所。但是等到海登过了两岁生日，我还处于消极的网络求职状态，让时间匆匆流逝了。是恐惧感让我畏缩了吗？害怕像马克那样墨守成规地工作，还是只是因为缺乏事业心？当然，我在家要无聊死了——这就是我报名网络课程的原因——可是那样更轻松些。我知道我是一位好母亲，在这一点上我从未失败过。而且说句公道话，马克也从来没有因此指责过我。

马克把大衣递给我，领着我走出了公寓大楼——他的精神又饱满了起来，要么是因为我的好消息，要么是因为和卡拉聊过天。但我并不关心是哪个原因。

现在一回想起那天接下来的情景我就感到很心痛。我们直奔巴黎圣母院，当我们挤在一群游客当中，围在教堂入口前，我脑海中想的只有：*毕竟，我还是足够好的*。我几乎没感到天气有多寒冷，也不在意那灰色的天空和飘落的小雨。无论建筑还是平时容易让我感到烦躁压抑的人群，一切都是那样美丽、迷人。我们挤进了莎士比亚书店，在里面逛了一个多小时，然后在街边的小摊买了可丽饼，我们边走边吃，沿着塞纳河岸向蓬皮杜艺术中心漫步。考虑到预算，那天我们决定不去花很多钱参观美术馆。回家的路上，我们在“不二价”超市买了几瓶廉价的红酒、一些面包和冷盘肉。

我们一直聊天到午夜——我醉醺醺地坦白了闯入隔壁公寓的事，然后便轻轻地到床上去了。

那一晚我们没有做爱——我想是因为太累了——但从那些家伙闯入我家之后，我还是第一次感到由衷的开心。

我一夜无梦地酣睡到第二天早上十点左右，醒来时还有些微醺。马克不在我身旁，也不在公寓里。我在厨房里四处搜索，看看他有没有留字条给我，这时他突然闯进房门。

“斯蒂芬？”

“你去哪儿了？”

“走廊对面的公寓。天哪，你说得没错，那里很可怕。快看！”他往我手里塞进一张磨损了的名片。他双颊泛着红光，不停地拽着下嘴唇。我开始后悔告诉他我闯入的事情，我就知道他一定想亲自看个究竟。

“这是什么？”

“一张房产公司的名片，蓝天房屋中介公司。房地产经纪人，是这个意思吧？我在厨房的一个抽屉里找到的。这可以作为一条线索。说不定他们会代理这个地区的房产，可以联系到珀蒂他们。”

“你去翻他们的东西了？”

“谁的东西？住在那里的人早就走了。也没有什么。除了衣柜里有几件旧衣服之外，没有太多其他的东西。没什么大不了的。这是条线索，斯蒂芬。”他又说了一遍。

“所以我们现在可以当侦探了？”

“对。值得去和他们谈一下，不是吗？”

“名片看起来有年头了。”

他没有理会我，打开了iPad，让我念出印在名片上的字迹有些褪色的地址。“我们看看他们还在不在。”

我照他所说的，一个字母一个字母地念出来，他将这些输入谷歌搜索引擎中。“瞧！它还在。而且看起来离这儿不远——我们可以走着过去。”

我们按照马克下载好的路线很容易地找到了蓝天公司。它位于一家摩洛哥餐厅和一家高端（不分男女的）美发店之间。

进门时，一位和我一般大、穿西装的帅气男士热情地向我们打招呼。他一头金发，整齐地向后梳着，皮肤洁白无瑕，还佩戴着和眼睛颜色一样的蓝色领带。他就像商店里的模特一样穿搭完美，而我不禁为自己不修边幅的样子感到局促不安。我没有洗澡、头发乱蓬蓬的，甚至连妆都懒得化。

“请问你会说英语吗？（法语）”马克问。

“是的。请问有什么能帮到您？”他的英文和他的外表一样漂亮。

我等着马克解释我们的来意。他把名片拿给那位男士，告诉他大楼的地址，然后说明我们非常迫切地希望能够联系到所在公寓的主人。我本以为那位经纪人听到我们并非潜在客户就会对我们失去兴趣，但相反，他很有礼貌地聆听着，然后说："我们并不代理这栋房产，但是我的老板也许会知道些什么。他开这家公司很多年了。你们希望我给他打个电话，看看他会提供什么信息吗？"

"你真是太好了。"我说，在他冲我笑的时候不禁感到脸红。我瞥了一眼马克，想看看他有没有察觉到——没有，或者即使他察觉到了也不在意。

"好的。他在度假，但我想如果打给他，他应该不会介意的。也许他能帮到你们。"

在他给老板打电话的时候，我盯着那些用来出租和出售的房产的照片。就连最小的公寓价格也高得惊人。

对话开始变得有些复杂，他的语气听起来也非常严肃，我能听懂的只有那位经纪人常说的"好的"还有"真的吗"。

大概过了五分钟，他挂断电话，把指甲修剪得很整齐的双手合在一起，说："很有趣的情况。克鲁瓦先生说他曾经代理过那栋大楼很多年，但是从九十年代的某个时候开始就停止了。"

"他说原因了吗？"

"那栋大楼的麻烦很多。租客都待不长。他们搬进又搬出，而且不想付房租。他说有很多公司都遇到过同样的问题，所以没有人想继续接手。"

"那他说了为什么那些人不愿意住在那里吗？"

"没有。他也不太清楚这件事。"

“他说了这栋大楼的拥有者是谁吗？或者任何关于珀蒂夫妇的事情？”

“也没有。他不知道那个名字。”

马克又恢复了兴奋的表情：“我们方便和他交流一下吗？”

“可以。我把他的邮箱地址给你们。不过我不敢保证他会帮助您。他还要休假两周。”

我们对他千恩万谢后便一头扎进清晨的冷风中。

马克带路来到了蒙马特尔区，我们在能找到的最便宜的地方吃了些小食，喝了杯咖啡。他对弄清珀蒂夫妇的下落以及那栋大楼废弃的真相感到越来越兴奋，这样的情绪很有感染力。也许我从那时起就该知道他的内心已经开始扭曲。这样狂热的表现和他以前小心翼翼的生活态度大相径庭，但我仍然在为前一天关于出书的那个消息而兴奋，所以也没去理会。我们俩一边喝着温热的卡布奇诺，一边反复谈论着自己的推测。几小时过去了，这件神秘的事令我们着迷。等我们回家的时候，可以把它当成故事讲给别人听。你绝对想不到……这让我们感到很激动。

当我们回去时，米雷耶正瘫坐在公寓外的一个台阶上等我们。楼梯平台上的光线变了一下，我们刚好可以看到她穿的那件丑陋的斗篷，就像肮脏的降落伞一样围在她身上。她的脸颊一侧有着蓝色的污点，身上充满了体臭和尼古丁的味道。

她没有理马克，而是向我点头示意：“你还在这儿？”

“看来是这样的。”我尽可能说得满不在乎。

她怜悯地看着我，说："其他人都不会待这么久。"

马克和我交换了一下眼神。

"什么其他人？"他问道，"珀蒂夫妇吗？"

她终于肯放下身段，看向他的方向。"不是的。我告诉你我不认识那些人。我说的是其他的游客，就像你们一样，来自英国或者美国的一家人。他们只住了一晚。他们离开时我见到了。他们非常气愤。你们也必须离开。在他们离开后，这里好些了，但仍然很糟糕。"

"等等。这是什么时候的事？"

她耸了耸肩："我不知道。我总是记不住时间。"

"他们为什么要离开？为什么会感到气愤？"马克用像米雷耶一样激烈的眼神瞪着她，而我禁不住去想，要是他在那些人闯入我们家时也这么强硬就好了，这让我感到既对不起他又很罪恶。我们毫发未伤地摆脱了他们；如果当时反抗了，谁知道会发生什么？

她叹了口气，说："你们付得起Wi-Fi的钱吗？"她把那个词念成了"wee-fee"。

"他们为什么离开了？他们也住在这间公寓里吗？"他的声音越来越尖锐。

"冷静点，马克。"我低声说着。

米雷耶伸出一只手，掌心向上，说："给钱。"

马克打开钱包，笨手笨脚地找出了一张十欧元的纸币。

米雷耶一把抓住，站起身，从他手里夺走了钱包。

"嘿！"马克试着抢回来，可她举得高到让他够不着。

她全神贯注地盯着钱包透明夹层里海登的照片。就在那后面，我知道，有两张佐伊的折叠起来的照片。“你之前为什么没告诉我？”

“还给我。”

她用法语自言自语。拿着钱包的手变得软弱无力，眼看钱包就要掉在地上。马克从她那儿抢了回来。

她兀自点点头，然后再次直视我：“今晚见。”

“不好意思，你说什么？”

“今晚见。我们一起喝一杯。我会来这儿找你。”她转了一圈，便迈着沉重的脚步上楼了。

我们本应该叫住她，告诉她别来，但我们俩那时都太吃惊了。

“她刚刚是不请自来了吗？”等她走远时我对马克说。

“看来是这样的。”

“那要是她来的话，我们要不要假装出去了？”

他没理会我的问题。“你说珀蒂他们以前会不会也做过同样的事？邀请别人过来住在他们这破败不堪的公寓里？”

“即使邀请了，又是为什么呢？他们的动机是什么？我们又不付他们钱。”我有点不情愿地解释着我奇怪的推测：珀蒂夫妇正在煞费苦心地捉弄我们。希望他别在意。他也没有。

“而且她为什么对我们有孩子这件事感到如此惊讶？”

马克耸了耸肩：“也许是因为我们的年龄差很多？”

“你觉得是这样吗？”

“管它呢。走吧，我们进屋去。”

马克洗澡的时候，我用Skype打给妈妈，但是她不在线，打她的手机也没人接听。我给她留言，然后登录了脸书。我一直都在回避，有几个朋友留言问旅行怎么样。脸书是我与过去朋友圈的唯一真正的联系。大多数大学的朋友都在我怀孕、退学之后逐渐与我失去了联系。一开始我还试着和他们保持联系，时不时邀请他们相聚，但我们见面时会很尴尬，他们总是很快就离开了。他们谨慎地给予马克尊重，好像他是家长而不是我的丈夫。我想发布关于图书代理人的消息，可是怕高兴得太早，于是打消了这个念头。最后，我没有发布任何新状态便退出了。

马克洗完澡后便钻进厨房不见了，回来的时候手里挥舞着一把刀，说："该看看那些盒子里到底是什么。"

"你觉得这么做合适吗？"

"谁会来阻止我们呢？珀蒂他们——就算他们真的存在，在我看来也已经没有隐私权了。"他把刀插入第一个盒子的边缘，沿着胶带的封边划开。他很困惑地拽出一条散发着霉臭味、被随意堆在里面的白色婚纱。看起来很廉价：一件荧光涤纶面料的成品蛋糕裙和一大片廉价纱网做成的看上去很易燃的衬裙。就这些。

"看看下一个。"

第二个箱子里只装着一大堆乱七八糟的七十年代的法语烹饪书，还有一些生锈了的DIY工具。马克把刀扔到桌子上。"该死。"

"我们应该庆幸，幸好里面不是又一堆可怕的头发。或者更糟糕，身体部位或其他东西。"

马克有些灰心丧气地把书和工具放回到箱子里，然后溜达到浴室去了。

电脑响了一声，提示我有新邮件。我的心开始狂跳——会不会是图书代理人？我立即点开。

然而并不是代理人发来的。

11. 马克

后背上的一小块瘀青我解释得通——也许是不小心撞到了什么，但嘴唇内部的伤口我怎么也想不明白。我盯着浴室镜子中自己的脸，手指在嘴上她咬到的地方抚摸着。这件事的余韵一直萦绕在我脑中，仿佛是残留的梦境，但它却是真实发生的；我把手指按到破皮的地方，感到一阵刺痛，再次确认了我没有做梦。我不应该老想着这件事。

那个女孩不是佐伊，我一遍又一遍地告诉自己，因为这根本不可能。首先，佐伊不会说法语，脑海中有一个牵强的、恐慌的声音哄骗着我。那个女孩也许不止十四岁；她或许喝多了、吸毒了或者有其他原因。如果那样想就更能说得通，这也让我把注意力转移到别的事情上去了。

她说是我杀了她。她永远都不会原谅我。我的理智提醒着自己，那是我幻想出来的：我永远都不会原谅自己，而我也绝不原谅。孩子的去世不是一件可以被原谅的事。这件事本身就是不可饶恕的罪过。

“马克？”

“什么事？”我喊道。

“你绝不会相信的。”斯蒂芬在客厅里说。

我洗过手，用水抹了一把脸便出去找她：“怎么了？”

她从iPad上抬起眼：“没什么大事。珀蒂夫妇回复了。”

“哦，好啊。终于回复了。他们说了什么？”

她指着屏幕上的信息。斯蒂芬发送给他们的那封紧急邮件的回复只有两行字：

很抱歉我们没及时回复。刚刚抽出时间。希望你们能在我们漂亮的公寓里度过愉快的假期。

“很奇怪，啊？”她边说着，边起身把iPad的充电器插到插座里。

“他们的英语不太好，想起来了吗？我想要是让我用法语给谁写信的话，我也会写得很短。”

“话虽这么说，但是已经这么长时间了。他们肯定清楚我们很担心。”

我耸耸肩："也许就是所谓法国人的自由散漫。谁知道呢？但是只要他们没事就太好了。我们就不用再担心了。"

"我都不知道你担心过。"

"我就知道会没事的。"

"你认为他们会住在我们家里吗？邮件里说得太含糊了。"

"好主意。或许你应该问问他们。"

"好的。"她已经开始在iPad上打字了。"我也和卡拉说一声他们没事，而且总算要露面了。"

我看着她在电脑上方俯身，毛衣的领子垂得很低，露出一条丰盈美丽的乳沟。*是我娶了她，我想。有着那样乳沟的女孩选择和我在一起。*她发现我在偷看她，笑着站了起来。"我们晚饭做点好的吧，"我说，因为被逮到那样露骨地看她而感到尴尬。"毕竟，那个疯女人也要一起吃。"

"是米雷耶。她只说来喝酒。"

"但我们沿街就能买到非常新鲜又便宜的食材。我们何时有过这样的机会，做一顿法国农贸市场的大餐？我们可以再庆祝一下关于你的书的好消息。这感觉就像生活在旅游频道里一样。"

斯蒂芬点点头说："不错，好啊。"她吻了下我的脸颊，然后靠在我身上，于是我们紧紧地拥抱着彼此，感觉好温暖。我不知道上一次我们这样拥抱是什么时候了，天哪，这感觉真好。

将近一小时的时间里，我们用手指比画着买东西、讨价还价，听不懂的时候便微笑，应对着语言障碍，就这样买了一根西班牙辣肠，一些饱满的黑橄榄，一袋意大利面，几个形状奇特、体积巨大、有棱纹的番茄——他们称之为牛心番茄，一头大蒜，一把仿佛今早刚从农场摘下的、闻起来有泥土芳香的欧芹，一根法棍，一些孔泰奶酪，几个新鲜的梨子和橘子，当然，还有四瓶红酒，这些加起来没比我们在家买同样的东西贵多少。

我们从街边的门挤进公寓的庭院，斯蒂芬边走边聊着她看到一只狮子狗穿的皮夹克，而我想让这种气氛一直保持下去。路过半地下储藏室那破败的门时，我刻意赶走脑海中残留的所有黑暗——关于鬼魂、受害者，还有死亡。此时此刻，与我的妻子共度美好时光比任何阴郁的幻象都更重要，他们不会再来破坏我们的气氛了。

他们是谁，马克？

所有人，所有死去的人。

我们借着手机微弱的灯光，跌跌撞撞地在漆黑的楼梯间攀爬，来到了熟悉的楼层，开锁，推开厚重的门。我想办法打开了厨房的小窗户，这时斯蒂芬在播放音乐，整个客厅都欢乐起来，让人不禁想到了无忧无虑的少女们在黎明的海滩上扭动着臀部跳舞的场景；那是我初见斯蒂芬时她给我的感觉，年轻又快乐的她是那样与众不同又充满吸引力。我从来没幻想过有机会，或者有资格得到这样的机会——和她一起走在同一个梦幻海滩，带着我所有的伤痕、悔恨和悲哀与她生活在同一个星球。但此刻，她和我在一起，在巴黎的厨房里，一边扭着屁股一边把购物袋里面的东西拿出来。

斯蒂芬倒抽一口气："哦，该死！"

我的心忽然凉了半截。"出什么事了，斯蒂芬？"

"我们没买橄榄油。"

"天哪，你吓了我一大跳。"

"对不起。我再去一趟？"

"不用。我们可以切几片香肠，然后在热锅上抹几下，上面冒出的油足够让锅润滑起来了。"

"哇哦，好主意。我喜欢你一副烹饪大师的样子。"

我开了一瓶红酒——阿根廷的马尔贝克在法国首都的价格更划算——给我们两个人倒了一杯。斯蒂芬"咕咚"喝了一大口，然后一边洗餐盘一边随着乐曲哼着歌，随后便开始切番茄。我挤在她旁边，准备捣碎那一瓣瓣硕大又新鲜的大蒜。

"听我说，斯蒂芬。我想跟你说对不起。"

她什么也没说，只是切菜的速度慢了下来。

"你知道的，刚到这儿的几天已经让我看清了一些东西，是关于我自己的。在入室抢劫之后我真的很痛苦。我还不知道该如何去应对，如何给你和海登你们想要的。我想我的表现和你当初遇见的那个我很不一样。不像你……"我的声音越来越小。

她停下来，转过头看着我。"像我当初爱上的那个男人一样，"她说，"你可以这么说。""爱"和"男人"——自从遭到入室抢劫后，我很难再把这两个词用在自己身上。"我真的很爱你，马克。而且我也知道你最近很不容易。"

我点头笑着，过了好一会儿才能再次说出话来。“谢谢你。那个，对不起。你和卡拉是对的，我们需要这次旅行。”

她对卡拉的名字一直很回避，我真希望我能将说的话塞回嘴里。但让我感到意外的是，她忽然冲我甜甜地一笑，说：“既然说到这儿了，那么你和卡拉之间到底发生过什么呢？我自从遇见你就很想弄清楚。我们第一次一起去康斯坦博西听音乐会时，老实说，我以为你们俩在一起了。我很喜欢你，我也感觉到你在和我搭讪，但卡拉总是在旁边，就那么看着你。我回家和我的室友说你们是热衷于换妻游戏的生活放荡的人。”

“热衷于换妻游戏的生活放荡的人？”我脱口而出。“我的天哪。早知道我绝不会带她去的。她一直是圈子里的一员。”其实并不完全准确。奥黛特离开后，我们曾发生过一夜情。那是个错误——我喝多了又很难过，而卡拉就在身边。事后，我们俩都同意就当作什么都没发生，之后与斯蒂芬在一起时，我没有及时和她解释清楚这件事。她不会懂的。

“那是怎么回事呢？是不是她爱上你了？难道她嫉妒我们在一起？”

“不是的。”我从来没有被这么直接地问到这些问题，也从来没想过，根本毫不相干。“没有。她知道我有多么爱你。是你拯救了我。你是我从未想过的能够拥有的第二次机会。我经历过一些……”我停住了。关于佐伊，我最沉重的精神负担，她已经知道得够多了，而此刻佐伊也不属于这里，不属于今夜。

“听你这么说真开心。我总感觉自己和海登一样，正在和你生命中的其他人竞争，感觉我们俩从来没有真正那么重要过。”

“要是这样的话，我很高兴你知道我的感受。我爱海登。你知道的，她给了我做任何事的理由。让我不断地去尝试。而你是我生活中最重要的人。”我去亲她的脸颊，她把脸凑过来迎着这个吻，示意我一切都好，于是我把手伸到她衬衫的后摆，她再次倚进我怀中，在我的耳边低语：“我们待会儿继续。”然后便转过身去，继续切番茄。我竭力抑制着自己的兴奋——感觉像一个十几岁的小男孩——把酒倒满后便去处理欧芹，斯蒂芬在我身边挖着番茄籽。

“我也要道歉，”她过一会儿说，“你知道的，离开海登我很不开心。可是她在妈妈那里很好，事实上是玩得很开心，而我并没有想到她在那儿会过得那么好。真的很糟糕，不是吗？”

“不全是的。的确，这间公寓破败不堪。但整座城市和我们期待的一样美好，不是吗？”斯蒂芬点点头。“而且这些所见所闻是几年的治疗都无法买到的。不同的场景能给你不同的看法，这简直太神奇了。虽然是陈词滥调，但确实是这样的——度假就是……”

“是不是那句俗语：改变就是度假？”

“对，就是那句废话。要是这样，我随时都在度假。”她大笑着。

“来这里我感到很开心。”

她想了想，然后说：“我也是。”

我还是对那三个拿着刀的人有心理阴影，但我们现在离那个房子那么远，海登也是。我们都很安全。自从被袭击以来，那些人第一次深深地埋藏在我记忆里，我闻不到他们臭烘烘的气味，听不见他们咆哮着我听不懂的话，也听不见斯蒂芬近乎窒息的抽泣声。正是因为离得那么远，我才能掩盖无助的懦弱感，以及任由斯蒂芬从我面前被拖走、自己却被迫留在客厅时所产生的愧疚感。我当时由于极度恐惧，甚至不敢为家人活命而求情。自从经历了那个糟糕的夜晚，我第一次感到我们会没事。

将近八点的时候，米雷耶拧门把手的嘎嘎声告诉我们她来了。她似乎为这次晚饭特意打扮了一下：她在印花连衣裙外面穿了一件漂亮的红色外套，但是和那肮脏的针织披肩还有之前她穿过的那条松松垮垮的裤子配在一起显得相当不协调。她右手拿着满满一瓶雅文邑[①]。

“快进来。欢迎光临我们家，”斯蒂芬说，尽量表现出一副优雅的女主人姿态，“我来帮你拿大衣。”

米雷耶把那瓶白兰地丢在茶几上，脱掉大衣递给斯蒂芬，然后在客厅里踱着步子。“这里闻起来真香，”她说，“我好久都没做好吃的东西了。”她走到那扇我最终用厨房里的工具打开的百叶窗窗边，盯着下面的庭院，她的脸贴得太紧，窗户上甚至沾上了她呼吸时产生的哈气。“这个现在打开了。”

“是啊。”斯蒂芬说着瞟了我一眼。那个“现在”说明她以前来

① 一种白兰地。

过这里。从窗框的缝隙中透出的凉爽清新的空气与美味的饭菜香味混合在一起，驱散了公寓里原有的霉味和污秽的气息。我不知道米雷耶会不会介意——不知怎的，似乎总有些别扭——可她没再说话，只是拍了拍厚厚的棕色窗帘，把它拉开了一些，然后又拉回到一起。

“你要喝点什么吗？”我从茶几上拿起白兰地，“想喝点这个吗？加水还是冰块？”

她咧了咧嘴，我理解为微笑。“过一会儿你们喝吧。”

“要不要来些红酒？”斯蒂芬站在厨房门口，拿着一瓶红酒问道。

“红酒。好的。”

我不指望她会说什么，但是如果这种僵硬、奇怪、拘谨的气氛继续下去的话，这将会是一个难熬的夜晚。我希望她能很快放松下来。她在那张方形小餐桌边坐下来，我和她一起坐下。这时斯蒂芬把酒递给她，她呷了一口，然后就默默地望着窗外建筑深色的轮廓和笼罩其上的夜空。她非常矜持，完全与世隔绝，就像霍普①的画或者布列松②的照片中那些孤独的女人一样。她没有表现出一点之前对我们那种愤怒的防卫或者粗鲁的行为。仿佛她心中的火焰熄灭了。

我正准备起身去看一下煮意大利面的水，让斯蒂芬和我换一下位

① 爱德华·霍普（1882—1967），美国画家，都市写实画风的重要倡导者，善于发掘都市生活中的寂寥场景。

② 亨利·卡蒂埃-布列松（1908—2004），法国人，世界著名人文摄影家，“决定性瞬间”理论的创立者与实践者，被誉为“现代新闻摄影之父”。

置，以便和她聊点什么，这时米雷耶回头看着我，说："我知道我总是很不友好。这是因为我很害怕，而且只有我能照顾我自己，对吧？你们能做些家常菜真好，就像很久以前的这里一样。"

*聊聊你的家人，*我想对她说。*谁曾经和你住在一起？为什么现在这里没有人住了？而那间储藏室里的东西到底是怎么一回事？*可现在，不知怎的，我并不想知道。至少知道了珀蒂夫妇还活着，那么我们就可以顺利地过完这一周，然后回家。每个人对彼此都很友好——米雷耶、斯蒂芬和我——而且我想把这种和谐的气氛保持下去。

然而，斯蒂芬手拿洗碗布靠在厨房门口，问道："你是哪里人？"

"我一直住在巴黎。"

"你曾经和家人住在这里吗？你说过你没有孩子，是吗？"

我瞟了一眼斯蒂芬。"没有人想这样被审问，亲爱的。"

"你去把意大利面放到锅里怎么样？"她假笑了一下，一边叽叽喳喳地说着，一边把洗碗布扔给了我，然后坐在我的位置，面对着米雷耶。我忽然感到轻松了些，躲进厨房听着她们的谈话。

"你只有一个孩子，是吗？"米雷耶问。

"是的，一个女儿。两岁了。"

"我想你有两个女儿吧。"米雷耶说。

斯蒂芬想都没想就说："马克以前有一个——"她开始讲了。*我的天哪，斯蒂芬。*我大声地咳嗽了一下，于是她转移了话题。"需要给你添一些酒吗？"

“谢谢了。”

停顿有些尴尬，于是我接着说：“女士，你的英文很棒啊。”

“我曾在伦敦学习过一年。”

“学什么学科呢？”斯蒂芬问。

“起初学会计学，但是很快我就回到这里搞艺术了。”

“你在这栋大楼里住了多久？”

我透过门口望向斯蒂芬，将汤匙敲得咔嗒响，希望能让她注意到。这听上去像是警察在审问。

但米雷耶继续顺从地回答着问题，大概是源于她今晚忧伤的情绪。也许是她的大脑已经停止了思考。“很久了。这就是我不能轻易离开的原因。我的一生都在这里，即使他们想让我走。”

“谁？谁想让你走？”

如果斯蒂芬一直这样追问下去，米雷耶会拒不开口的，而我们也永远不会知道这栋大楼到底怎么回事了。我最后搅动了一下锅里的意大利面，然后出来坐在桌边，开始胡乱讲着我们的假期。每个人都喜欢听到游客赞扬他们的城市，于是我喋喋不休地说着我们是多么喜欢这里的建筑、复古的街道，还有前沿的产品，但是米雷耶打断了我：“我现在认识你了。我知道你的家人，还有你的小女儿。最后，我决定今晚离开。”

“离开哪儿？”斯蒂芬问，“这里吗？”

“是的（法语）。”

“为什么？”

“你不能逃避你的过去。”她看着我说，“它总是跟随着我。我以为它已经和上一批人一起离开了。可是没有（法语）。现在我必须把它带走，否则它就会跟着你们。”

“它？什么——”不等到斯蒂芬抢在我之前发问，我便说。

“够了！”米雷耶说。然后，语气又缓和了下来。“正如我说的，我以为它已经和上一批人一起离开了。他们遭受过痛苦，但还远远不够，我想。我错了。我为你感到难过。我为你的孩子感到难过。”

好吧，这一切开始变得可笑又令人毛骨悚然，而且真的毁了我们今天想在这里营造的氛围。这个女人是疯子，仅此而已，我们本来就不该指望从她那里得到什么信息。我站起身，拍了一下斯蒂芬的胳膊，说：“请到厨房帮我个小忙。不好意思，女士。”

斯蒂芬从桌子边抽出身，然后跟着我来到了厨房。

“现在它跟着你们。”我戏谑着，故意把盘子和煮意大利面的勺子弄得咔嗒响来盖住自己的声音。“她疯了。我们从她那里得不到任何信息。”

“她在试着表达自己，是这样的。我们就让她去说。我们把她说的内容和房产代理人说的对照一下，然后就会知道。”

“知道什么？这很重要吗？感觉我们是在打探和我们毫不相干的事。不要管了。”

“我想知道。”她说着，在意大利面上浇着酱汁。

我摇了摇头。我不想去劝阻斯蒂芬也不想吵架，所以我准备闭上嘴，去喝酒。这次晚餐聚会是个愚蠢的错误。我把法棍面包切成厚片，在将它们和奶酪摆在菜板上时，我听到窗户被抬起时发出的咯吱声。斯蒂芬正端着两盘意大利面走过去——我听到了斯蒂芬的尖叫、盘子落地的哗啦声。“米雷耶！不要！”

就在我转身从厨房的窗户往外看时，我发现米雷耶已经站到了外面的窗台上，挤在曾经放窗前花箱的生锈的架子上，敬礼，然后优雅地、头朝下跳了下去。她跳下去的时候，那印花的裙子泛着鲜艳的涟漪。

12. 斯蒂芬

米雷耶纵身跳出窗外时，我离她只有一大步远，但我并没有听到她身体摔在下面庭院的鹅卵石地面的声音。或者也许我确实听到了，只不过我在脑海中屏蔽了这段回忆。噪声充斥着我的双耳，手中端着的盘子掉在地上摔得粉碎；我依稀感觉双腿发软。但我没有尖叫，这一点我记得很清楚。

“斯蒂芬，斯蒂芬，她做了什么？”马克喊道。我还是一动不动。他朝窗边跑去时，我感觉到他狠狠地撞到了我的肩膀，他向下看去：“哦！该死！啊，糟了！我的天哪！”他转身面向我。“她还活着。她正试着移动，斯蒂芬。她还有呼吸。”

我忽然感到一阵头皮发麻，心跳加速，仿佛一股强烈的电流迅速穿过全身，随后便回过神来。“快打电话叫救护车，马克。给警察打电话。”我听起来相当镇静。我感到相当镇静。我知道这不正常。按理说，我应该早已慌作一团——目睹了米雷耶试图自杀本应引起我因遭遇入室抢劫而产生的创伤后应激障碍的恶化。

“号码是多少来着？该死……”

“用谷歌查，马克。”

“嗯……好主意。好的。”

我跨过地板上的意大利面，从沙发上抓起一个垫子和一张毯子冲向门口。

“斯蒂芬——你要做什么？”

“去米雷耶那里。她需要帮助。”

“等等。我和你一起去，先让我——”

“没时间了，马克。”然后我离开了房间。

只有一点血。她是头朝下跳下去的，一定是她在坠落时扭转了身体，此刻她侧身躺在地上，左胳膊呈极度扭曲状被压在身下，肩膀已经错位了。她的左脸已经压进卵石路里，但右眼还睁着；印花裙子掀了起来，露出了惨白的、满是伤疤的、长满深色体毛的大腿。

我俯身蹲在她身边，轻轻地把毯子盖在她身上。“米雷耶。”

她呼吸急促，发出口哨般的喘息：“哼，哼，哼，哼。”

“米雷耶，别动，好吗？救援很快就到。”

“嗯。”

她的头周围有一圈白色的小斑点。是牙齿碎片，那些是牙齿碎片，我以同样令人恐惧的冷静去思考着。她的右眼在眼窝中疯狂地向上翻动。

我想抬起她的头，把垫子塞到下面，可是又怕有加重伤情的危险。我抬头望向窗户。她从那里挤出来应该很不容易。窗框后出现了一个人影。

“马克！”

“他们很快就到，”他喊道，“我这就下来。”

我转回到米雷耶身边，然后拉起她的右手，放在了我的手中。她的手冰凉而瘫软，上面沾满了蓝色的油彩。天空下起了雨，我把那些马上要流进她眼中的雨水轻轻拭去。

她呻吟着，陷入了急促而艰难的呼吸中。她正试着抬起头。

“不要。别动，米雷耶。救护车马上就到。你会没事的。”

她想要说些什么。

我注视着她那只眼睛，但我并没有察觉出她认识我或者意识到她自己发生了什么的迹象。“嘘。试着保持冷静。他们马上就到。”

“我……我想……（法语）”

我必须凑得很近才能听到她说的话。“嘘。”

随后，她清楚地嘶吼出：“我很抱歉（法语）。”虽然是一句道歉的话，可不知怎的，听起来却像是在威胁。

我放下她的手，蹲坐着从她身边挪开。某个锋利的东西扎进了我的手掌——一小片牙齿碎屑。我迅速爬起身，在牛仔裤上用力地蹭我的手，想蹭掉它。几秒钟之后，我听到了啪啪的奔跑声，紧接着，庭院里到处都是灯光和说话声。当三个穿着工作服的医护人员围在米雷耶身边忙前忙后时，我被马克拉到了一边。

之后，内心的冷静逐渐退去。它已经完成了使命。我开始颤抖。接下来几小时的记忆变得零散而模糊，但我记得很清楚的是：当一位手腕上有星星刺青的年轻医护人员宣布她死亡的时候，我和马克在场。时间是八点四十五分。

马克带着一对表情严肃的警察上楼到公寓时，我站在信箱旁边，背朝庭院等待着。当他回来的时候，一位礼貌却很严肃的女警察要求我们拿上身份证件，然后开车把我们带到了最近的警察局。在上交了我们的护照并且分开向穿制服的警察交代情况之后，我们被领到一间充满咖啡味和油漆味的用途不明的屋子里。那些我曾经见过的、在城市里行走的法国警察的自动武器和冰冷的举止让我望而生畏，但没想到那一晚我们遇到的人都很同情我们而且能说流利的英语。

马克自始至终都紧紧地握着我的手。这次该由他来承担了。我不知道我们被留在那个屋子里待了多久，但感觉有好几个小时。我们几乎没有说话。每当他感到我需要安慰时，便会紧紧地握住我的手指。

终于，一个身材纤细、双手小巧、长着明显鱼尾纹的女士踏着沉重的脚步走进屋子，然后冲我们疲惫地微笑。“很抱歉让你们等这么久。我是克莱尔·米斯克警长。你们一定很累了。我们已经将今晚的事件告知了贵国领事馆，当外国公民涉嫌不明死亡事件时，这是必要的流程。”

“这并非不明死亡，”我脱口而出，“我们说过，是她自己跳下去的。”

女警察点点头。她的双眼布满血丝，指甲被咬得很秃。“你说的我知道。但这个事件，呃，目前还是被认定为不明，只是个专业术语。”

“对不起。”

“没关系。”

“我知道你们肯定也受到了惊吓。对你们的假期来说很糟糕，不是吗（法语）？”

马克看了我一眼，示意我息事宁人。

“南非大使馆会派人为我们提供帮助吗？”他问道。

“没有这个必要，先生（法语）。我们已经向他们保证，不会扣留你们太长时间。在这种情况下，检察官可能会要求全面调查，但我们已经证实……”

一位穿制服的警官从门外探头望了我们一眼，然后用法语对那位女警官说了些什么。

“啊，”她对我们说，“不好意思。我要离开一下，马上就回来。你们要喝点什么吗，咖啡还是水？”

“谢谢，不必了。”马克说。

我感觉内脏因为紧张而拧成一个结。“要是还有庭审的话，他们要我们留在法国怎么办，马克？要是他们认为我们……天哪，要是他们认为我们要为她的死承担一些责任怎么办？”

“他们不会的，不至于。”

“你怎么知道？”

“那位警官很和善，不是吗？而且要是我们真有麻烦，大使馆那边会有人出面的，这一点我敢肯定。”

“是吗？”

“真的，斯蒂芬。”

“告诉他们米雷耶跳楼前对我们说的那些话了吗？所有那些她不停嘟囔的疯言疯语？”

“我告诉了他们她在胡说八道，”他打断了我。“我说我们没有感觉到她要自杀的任何征兆。我说我们都不怎么认识她。”

“你觉得她有没有可能偷听过我们——”

“我已经把警察需要知道的一切都说了，斯蒂芬。”他的声音变得很冷漠。“她是个疯子。不要去想她说的那些话了。我们根本不认识她，而她也并不认识我们。这是事实。为什么要把它弄得那么复杂？”

随后，一位漂亮的黑发女士出现了，递给我们俩用塑料杯盛的黑咖啡，出人意料的是味道很不错。

她离开后，马克叹了口气，然后再次握住我的手说：“如果我的话让你感到不舒服，我很抱歉。会没事的，斯蒂芬。我们连更糟糕的事都经历过。”

我没精打采地把头靠在马克的肩膀上，打起了瞌睡，但是没有做梦。

那个眼周围长着很多皱纹的警官终于回来了，再次为扣留我们这么久而道歉。看到她把装着护照的文件袋放到面前的桌子上时，我忽然感到松了口气。“好了。我想应该告诉你们的是，我们也认识那个女人，就是那个自称米雷耶的女人。她有过案底。”

马克把手从我的手中抽出来。我都没有感觉到他手上有那么多汗。“‘自称米雷耶的女人’是什么意思？难道米雷耶不是她的真名吗？”

“是的（法语），很抱歉。只是，啊，我措辞的原因。这个女人在很多机构待过，我们正在试着联系她的家人，但我们已经和她的医生谈过，他说她经常有轻生的念头，之前也尝试过自杀。看起来这次她成功了。”

“太可怜了。”我倒吸了一口气，说句实话，我已经累到无法为她感到惋惜。马克又握紧我的手。

那位女警官浏览着我们的笔录。“当然，我已经看了你们的证词。你们说是她自己要来你们住的地方吃晚餐的，是吗？”

“是的。”

“而且在此之前你们也没察觉到任何，呃，她要自残的征兆？”

“是的，”马克说，“就像我说的，我们都不怎么认识她，我在楼梯间碰到过她几次，而且我真的只是认为她有些古怪，并无恶意。”

她点了点头。“好的（法语），知道了。不过看起来她是这样计划的。在你们面前自杀，从窗户跳出去。”

我感到马克在我旁边紧张起来。他就是打开那扇窗户的人，是他执着地弄开了百叶窗。如果他没把它打开，那么她会不会还活着？或者用其他方式自杀？

我再次开口：“那为什么是我们？我们只是陌生人。”

“谁知道呢？这个女人。她已经，呃……用英语说是……完了。她已经不正常了。事情还在调查中，但我们认为她是非法居住在那栋大楼里的。她并没有租那个单间。”

“她一直是非法占用吗？”

“是的（法语）。”

“我们还用回来接受审查吗？”

“如果检察官想全面调查此事的话，可能需要几个月才能完成。如果有需要，我们会和贵国大使馆联系并通知你们。我们已经获取了你们的详细信息。到目前为止，我们可以证实你们和此事无关。”

“我们可以走了吗？”

“是的（法语）。我们正试着和你们公寓的房主取得联系，通知他们发生的事。”

“但愿吧。”马克低声抱怨道。

“什么意思（法语）？”

“他们不太擅长和人沟通。”马克简要地向她讲述了我们和珀蒂夫妇接触的事：他们没有出现在我们的房子里，后来还给我们发来了难以理解的邮件。

“啊，我了解了。不过现在，我的上司说你们可以回到那里去了。”

我蓦地一惊：“等等——你说什么？那儿不是犯罪现场吗？”

“我们已经获取了所需的信息。当然，如果你们想到宾馆去住，也请随意。”

“我们……宾馆是没法住。”马克说。

“需要送你们回到公寓吗？”

“不了，谢谢。（法语）”

她把护照递还给我们，然后把我们送到门口，轻轻地和我们握了握手之后，便快步离开了。

“我们不能再回到那儿去，马克。”一等她走远我便说道。

“我知道。肯定不回去。”

“我们不能待在这儿，”我又说，“我不想待在这儿，我想回家，马克。我想今天就回家。”

他伸出一只胳膊搂住我，在我的发丝间吻了一下：“我知道。走，我们先离开这儿，然后想想办法。”

走出来的时候，外面已是阳光普照。我们已经在警局待了十多个小时，我本以为我们离开时外面还是下着小雨的夜晚，就好像时间为我们停止了一样。备受缺乏睡眠的折磨和紧张刺激后副作用的影响，我的身体开始像患了流感一样酸痛。而且我觉得很冷，刺骨的寒冷。卡拉的大衣还搭在公寓沙发的靠背上。我们被带到警局前，我忘记回去取它。我用力将羊绒开衫裹紧身体，和那些裹在羊毛或羊绒大衣里的游客、上班族相比，我好像光着身子一样，于是我让马克领着我去地铁站。我紧紧地抱着他，不管周围的人会怎么想，任由他牵着我上了地铁，穿过拥挤又混乱的地铁通道，来到外面我们熟悉的那条大道，直奔我们常去的那家星巴克。我再次感激店里的亲切温暖。

马克买了两杯卡布奇诺和一些（最后我们谁都没碰的）羊角面包，然后我们一起讨论着计划。首要任务是改签机票。马克拨通了法航的服务热线，随后电话被转接给一位又一位接线员。

他挂断电话，叹了口气："除非我们重新买机票，不过这不用考虑了，否则他们最早能让我们候补明晚的班机。"

"我不想明天走。我想现在就离开。"

"我知道。"他又叹了口气，"我已经尽力了，斯蒂芬。"

"对不起。我知道你尽力了，好吧。我们明摆着没有现金去住宾馆，是不是该去南非大使馆，告诉他们我们遇到了麻烦并寻求帮助？"

马克张开嘴，冲我微微一笑。"我们有住的地方，斯蒂芬。我们的大使馆和其他所有大使馆一样，不可能出钱让我们去住宾馆。你觉得你爸妈可以给我们汇些钱或者订个房间，帮我们渡过难关吗？"

我的心忽然跳了一下——我已经有好几个小时没想起海登了。"我不想让他们担心。而且，他们已经帮我们买了机票，肯定也没钱了。"

马克点头同意："好吧。那我去找卡拉帮忙吧。她可以帮我们在线预订一间。我们可以回家之后把钱还给她。”

好极了，卡拉来拯救我们了。她一定很喜欢这样。但他是对的。我们没有其他人可以求助了。

他打电话联系卡拉时，我去了洗手间。我不想看镜子中的自己，可事实上，我看起来并没有那么糟糕。我的睫毛膏还保持完好，眼周围只是稍微有些浮肿。我看起来并不像受到了很大的惊吓。

我回到桌旁时，马克正笑着说：“她正为我们在皮加勒区订房间。我联系得正是时候。她正准备出国，她在组织一个诗歌节。”和卡拉聊天总是一如既往地让他活力四射，没有什么能比这更奏效了。

“你告诉她发生了什么吗？”

“是的。她很关心。”

“太好了。”我笑得很僵硬。

“我们得去公寓取行李。我回去拿就好，你想在这儿等我吗？”

我很爱他这一点。他和我一样疲惫不堪。“不。”我深入自己的内心，寻找着那个冷静、克制的，和昨晚一样的斯蒂芬妮。我不能让他一个人回去。“让我们一起来结束这一切吧。”

我尽量避免近距离地看她死去的那个地方，但我的目光还是会不自觉地看过去。幸好昨晚的雨水已经把血迹冲刷掉了。

我没有抬头去看那扇窗，马克也是。

当我们“咚咚”地上楼时，我尽可能地贴近他。空气简直像凝固了一样，仿佛整栋大楼都屏住了呼吸。“和我说点什么，马克。”

“说什么呢？”

“什么都行。这儿太安静了。”

“好吧。你觉得警方已经和珀蒂他们取得联系了吗？”

“我有点怀疑。他们办事似乎很有效率，不过我想他们应该没有超能力。”

马克咯咯地笑着，紧张的气氛一下子轻松起来。

“准备好了吗？”当我们上到三楼的平台时，马克问道。

我点点头，然而在马克摆弄钥匙时退缩了。我们进屋的时候，一股浓烈、酸臭的番茄酱味迎面扑来。我不愿意呼吸得太深，仿佛空气有毒。我很抱歉（法语），米雷耶的声音萦绕在我的脑海中。她对什么感到抱歉呢？是在我们面前自杀还是其他事情？

站住，我对自己说，别过去。

有人——估计是一个警察——踩到了洒了一地的意大利面和酱汁上，我可以清晰地看出他的靴底纹路，就像做过痕迹鉴定一样。那扇窗户还是完全敞开着。昨夜的雨水飘进来，溅落到木地板上。我发现马克也看了那窗户一眼，但我摸不透他在想什么。我知道我们应该找个时间谈一下关于窗户的事。那不是你的错，我想说，但没说出口。

“你能打包行李吗？”他问道。“我要查看一下卡拉有没有发来预订信息。”

我跑进浴室，收拾好我的化妆品和洗发水，然后把我们的衣服——不管是穿过的还是干净的——统统扔进旅行箱，甚至连马克的衬衫都没有叠起来。我无法抑制住这样的感觉：如果没有在下一秒离开这栋公寓，我们将永远出不去了。我砰的一声合上箱盖，然后把箱子拽到了客厅。

“搞定了！”马克咧嘴笑着说，“她把预订信息发过来了。”

“离这儿远吗？”

“不远。我已经下载好路线了。你那边好了吗？”

“好了。”

“走。”他从我手里接过拉杆箱，朝门口走去。

我们下楼到一半时，我才发现把卡拉的大衣落在了屋里。“可恶。”

“怎么了？”

“卡拉的大衣。我落在沙发上了。”

“你来拿箱子，我帮你回去取。”

“不用了。我去吧。”

我需要去一趟。在我们永远离开这里之前，我需要确认那间公寓其实没什么可怕的。一个疯女人自私地决定在我们面前自杀。这就是全部。我很坚强。我不需要马克把我像孩子一样对待。

可当我打开门时，我还是屏住了呼吸，抓住衣服，不敢向窗户看一眼。因为我内心清楚地知道，如果我看过去，我会看到她站在那里，满是鲜血的嘴巴一张一合，把破碎的牙齿弄得噼啪作响，用威胁的口吻对我说她很抱歉。恐惧感从我的双腿蔓延到内脏，于是我拔腿就跑，重重地关上了门。直到我看见大厅内透进的阳光，内心的恐惧才消散。

“一切都还顺利吧？”当我来到马克身旁时，他问道。

我说不出话来，只是点点头，不慌不忙地系着纽扣。太愚蠢了。我刚刚被自己的想象给捉弄了——昨夜几乎一宿没睡，我的思绪被惊吓和疲惫扰乱了，就是这么回事。我抓了几粒氯巴占，一股脑塞进嘴里。天昏地暗的感觉在我们来到酒店门外时刚好袭来。这是一家小型精品酒店，大门上方罩着一个脏兮兮的酒红色遮阳篷。接待处用仿大理石做了一层装饰。镶在桌子上的薄木片都已经鼓起来并且有了裂痕。

“看起来还不错。”马克说。

我强颜欢笑。

旅馆的服务员，一位阿拉伯中年男子，热情地和我们打招呼。马克向他说明我们已经预订了房间。

“好的，知道了。要两点才能登记入住，不过你们可以把行李寄存在这儿。”

我们俩互相看了一眼。还要打发三个半小时。我们能做到。我们以前经历过更糟的。“好的。”马克和他交代了姓名，随后服务员去电脑前查看。“对不起。关于这个名字，没有任何记录。”

马克解释说，是我们的朋友帮忙预订的房间，并让他查看卡拉名下有没有预订信息。

“还是没有。很抱歉。”

“请问这是‘三只鸟’旅馆吗？”

“是的。”

我能看出来马克正努力保持着镇静。而我服下的药片也渐渐地抑制住我的紧张。

“稍等。”马克拿出手机，滑动着屏幕去找卡拉那封有预订确认信息的邮件。他把它拿给服务员。“请看。”

那个人叹了口气，又很同情地看了我一眼，说道：“哦。我知道怎么回事了。您看，您的朋友，她预订的是三月。可现在是二月。我觉得是出错了。”

“你能更改一下吗？”

男子抱歉地耸了耸肩。“恐怕不行。因为这是通过一个折扣网站预订的。你的朋友，必须由她来修改。”

“从你们这边没有办法解决是吗？”

“很抱歉，先生。我们无能为力。唯一的可能是，你们现在可以通过信用卡付款开一间房。我们有空房的。”

马克沮丧地拍打柜台，但是那个服务员并没有改变他同情的态度。“这个办法行不通。我能用一下你们的无线网吗？”

“当然可以。”

马克试图与卡拉取得联系时，我坐在一盆落满了灰的塑料木槿旁的一把椅子上，在星巴克喝下的咖啡在胃里一阵翻腾。

“没人接听。她肯定是已经出发去诗歌节了。”

“再试试看。”

“我已经留了三条语音信息了，斯蒂芬。该死。”他伸出一只手，胡乱地抓着头发。他急需理个发。

“现在呢？”我问。可是我已经知道了答案。

13. 马克

我们在杜伊勒里公园湿漉漉的长椅上挤作一团，由于天气过于寒冷，能看到落在金属表面的一层露水已经凝结成霜。天色已晚，巴黎市中心呈现出前所未有的黑暗，而四周却流光溢彩——椭圆形的路灯从灯柱上投下来的光在闪耀；里沃利街上驶过的黑色豪华轿车的前灯打着强光；排列在公园里砾石路上的一座座庄严的建筑投射出华丽而温暖的光辉；喷泉和玻璃金字塔也亮起了灯光；随后便是络绎不绝的游客们手中的相机、手机的闪光灯不停闪烁的光亮。

本该是绚丽浪漫的场景，但是我又冷又累，而且双脚很痛，脚掌上被刺破的地方比之前更疼了。斯蒂芬正伏在我的领口哭泣，不是因为她想从我这里得到安慰，而是因为她也感到同样的寒冷和疲惫。冰冷的细雨下得越来越大，逐渐转为雨夹雪，从河面上刮来的风将雪水吹得到处乱飞。

“我们得回去，”我告诉她说，“我们不能再待在这儿了。”

“我知道。”她躲在我的夹克衫里，用冻僵了的嘴唇喃喃地说。

我费力地站起身，全身的肌肉和筋骨都极不情愿。我向三只鸟旅店的那个男子保证过我们会成功预订并且回来，他才同意让我们把行李寄存在大厅，然后我们便出发了。我边走边想着我们是在巴黎，有很多可看的景观和可做的事，足够消磨一晚了，也许我们可以一直逛到明天，用这座“爱之城”的最后一晚补偿一下我们的旅程。我没有把这个想法告诉斯蒂芬，因为她还在为米雷耶的死而感到紧张，并且我知道，如果我说我们仍然能享受这趟旅行会让她觉得很冷漠。我并不是不在乎米雷耶，但让我感到惭愧的是，我很生她的气。斯蒂芬和我的关系刚开始好转——这趟旅行的确起到了它应有的作用：让我们俩的距离在遭到抢劫后第一次拉近了，它让我们欢笑。然后便……发生了那件事。

我任性地不去浪费更多时间想米雷耶的事，但我却不能说服斯蒂芬不去想她。我希望我们在这座城市最后的漫步能让她渐渐好转起来。或许我们可以一整晚都来散步，就像电影《爱在黎明破晓前》里那对年轻情侣一样。

不过那是十三小时之前的事了，而现在我已筋疲力尽。我们漫无目的地在冰冷的雨中游荡着。先是蹒跚着回到了蓬皮杜艺术中心，在他们宽广又温暖的大厅里避雨，并设法连接到免费的Wi-Fi。为了让斯蒂芬满意，我又试着联系了卡拉，但还是没人接听，这也是意料之中的事——她一到外地便从不开机。我们在极致奢华的旺多姆广场闲逛着，周围林立着各式各样的奢侈品店，店面装饰宏伟，高高在上的顶棚使那些开不起加长劳斯莱斯和宾利的普通人感到极其卑微。在穿着阿玛尼套装的门童的注视下，斯蒂芬和我感觉自己就像流浪汉一样。我们又从那里逛到河对岸，沿着圣日耳曼大道继续游荡，随后便来到了卢森堡公园；要是换作另一天，一切都会那样梦幻而美好，可现在我们却蹒跚而行，只能感到愈加严重的饥饿和疲惫。我开始从心底同情死亡行军[1]中的那些难民。我把这个想法说给斯蒂芬听，结果犯了大错。我本以为她能理解我的意思和态度，我并没有那么玩世不恭，她却立刻从我身边走开，哼了一声，说："我的天，马克。你总是那么'善解人意'。"直到又走过好几个长长的街区，天气变得更冷了，她才肯回到我身边。我开始感到膀胱疼痛——令人费解的是，从早上到现在我们只喝了一口公共喷泉的水，除此之外什么也没吃——于是我们随着指示标来到了罗浮宫，这儿的大厅里肯定有卫生间。随后我们便来到现在所在的这个纪念公园，在最后的半小时里，坐在这条长椅上冻成一团。

漫步一整夜这样的经历可以让我们的关系得到改善。好吧，没错。《爱在黎明破晓前》里那对情侣都很年轻，而且度过的是夏天的

① 指第二次世界大战中的巴丹死亡行军。菲律宾巴丹半岛上的美菲守军近8万人于1942年4月向日军投降，之后被押解到100公里外的战俘营，一路无食无水，又遭日军刺死、枪杀，最后约有1.5万人死去。

夜晚。最后，斯蒂芬和我还是没能逃脱珀蒂夫妇的公寓。

“《爱在黎明破晓前》的故事发生在维也纳。”斯蒂芬说。

我盯着她，甚至没有意识到自己说话有多么大声。为什么她会和我唱反调？“嗯，我很确定是在巴黎。开头就是在莎士比亚书店里朗读作品。那一系列电影我都看过好几遍了，所以……”可我正说着，就发现她是对的。

“巴黎的是第二部，那时候他们更疲惫，更忧伤，也更老了。”

“该死，你说得对。对不起。”在发现自己大错特错之前，我一直都那么自以为是：这就是对我生活的该死的总结。

斯蒂芬拽着我的胳膊站了起来，于是我也振作精神，感觉自己还有用。“知道是哪里不对劲了。我们应该去维也纳。”我把大衣敞开，她依偎进来，我们就这样走了几步，才发现真的行不通。我的大衣无法容纳两个人，而且我们俩的大腿碰到一起会使行走变得困难。我们松开了彼此，但当她挎紧我的胳膊、将我拉近时，我还是很开心。也许她只是为了取暖，我提醒着自己，不过也可能不是。

虽然天色已晚，广场上仍然有熙熙攘攘的游客和行人，我看到卖可丽饼和热巧克力的推车前正聚集着越来越多的人。

“我饿死了，”我说。“我们买点那个吃吧。”

“我们有多少钱？”

直到明天我们都没有足够的钱好好吃饭，更别提买去机场的郊区快线车票了。“还够用。”我撒了谎，固执地不去面对现实，明天的问题明天再说吧。如果现在能和我亲爱的妻子在巴黎一起享受一份能多益榛子酱可丽饼和一杯热巧克力的话，这一周所有的不快都会大大减轻。

所以，当意识到这里的小吃比巴黎九区的相同商品贵了足足一倍时，我不得不承受着随之而来的恐慌和罪恶感，但我还是付了钱，因为我们已经点好了，而那个男子已经在铁板上涂好了面糊，并且我也不知道怎样用法语说："哦，这样的话，可以不要了吗，或者就来一个吧。"我们身后还有人在排队。

可丽饼和热巧克力简直美味至极，于是所有的悔恨都烟消云散。此时此刻，我宁愿为了它们，也为了斯蒂芬脸上的表情去卖房子。她今天第一次有了笑容。我小心翼翼地去摸她的脸颊，为她擦掉蹭到脸上的一抹榛子酱，正琢磨着如何处理沾满了榛子酱的指尖，想着是不是该把它舔干净，出乎意料的是，斯蒂芬凑了过来，把我的手指放进她嘴里，下一秒，我们便紧紧抱在一起亲吻。我全神贯注地享受着这个时刻，却又不禁跳出来远观我们的样子——我们是在巴黎的情侣，和那些不完美的、满腹牢骚的情侣一样：都有各自的烦心事，却能暂时将其抛到一边，因为他们深爱着彼此。这一点就是我希望我们能在这一周里体会到的。它让我感到生活的重担忽然减轻了，仿佛得到了解放。

"我很抱歉，"斯蒂芬在我的脸旁说，"为今天发生的所有事情。只是……已经……"

"我知道。你不需要为任何事道歉。我也要说对不起。"她审时度势地噘起了嘴，而我知道自己最好不要再说下去了，不要再往她的耳朵里塞我那些浪漫的无稽之谈。尽管如此，我还是想将此时此刻牢牢记在心里。“我们已经成功了一半，斯蒂芬。我们会没事的。”

“嗯，”她说着，停顿了一下，“我很冷。”

“我们回去吧。会没事的。我觉得那公寓不会再有什么能吓到我们了。”

尽管我们只剩下很少的钱，还是找到最近的地铁站——我的身体状态让我无法走回公寓了——不到一刻钟，我们便爬上了皮加勒的台阶。转错了几个弯之后，我们才找到三只鸟酒店，想要取回行李，可是大门已经上了锁，大厅里一片昏暗，只有一盏台灯还亮着。前台没有人。

我在外面按着门铃，听不到里面有任何回应。我敲了敲门，向门内窥探着。

“肯定关门了。”斯蒂芬说。

“连个标牌之类的都没有。他们应该把营业时间写在什么地方。”

斯蒂芬只是“啧”了一声，便转身继续走。我在后面急忙追赶，感觉所有的关节都在用力呼喊。“我们直接进去得了。”她随后又喃喃地说着什么，像是“不能总是事事顺心”的话，但我不太确定。

“你刚刚说什么？”

她没有再重复，只是气冲冲地走着，而我一瘸一拐地跟在后面，直到她带着我来到了公寓大楼临街的大门。我们迈过门槛、进入潮湿的庭院的那一刻，我感到心灰意冷，手机发出的模糊的光亮与杜伊勒里公园里的欢快与明亮相比有太大的落差，我故意避免把光投在卵石路上，然后便艰难地踏上了我们以为再也不会见到的破败的楼梯。楼内似乎有些不一样：在寂静中，我们能感觉到米雷耶不在了——我们几乎可以设想烟味、白兰地和油彩的味道全都消失，但只是幻想罢了。

我推开房门，斯蒂芬开了灯，前一晚的饭菜味道扑鼻而来。闻起来有些坏了，但还好不是很糟。至少这儿闻起来有一丝味道，一丝生活气息，而不是遍布大楼各个角落的发霉又空旷的感觉。

斯蒂芬一言不发，脱掉靴子走进浴室，留我一个人挣扎着用冻僵的手指脱掉湿漉漉的牛仔裤和毛衣，然后钻进被子里。这感觉真好——我已经将近两天没有睡觉了，身体终于完全放松下来，瘫软在床上。

我的眼皮越发沉重，这时斯蒂芬匆忙进屋，用毛巾用力地擦着身子。“真糟糕，竟然没有热水了。”她说。

如果换作状态好的时候，我也许会帮助她想些办法暖和起来，可现在我没有任何主意，而且也知道她不会领情，于是为了让自己看起来态度积极，我从床上爬起来，去房门那边查看电路板。我不知道自己要看什么，但斯蒂芬裹着毯子来到我身后，说：“所有的电闸都开启了。我检查过了。我们这就去睡觉吧。我太累了。”于是我们回到床上，搂住彼此，我再次感到我们只是在借着对方的体温取暖，就这样紧贴着过夜。

很快斯蒂芬那边响起了一阵断断续续的鼾声，她的呼吸浅浅地起伏着。我也试着入睡，知道只要我们能一觉睡到明早就可以永远地离开这里了。尽管很疲惫，或者正因为太疲惫了，我无法放松下来，那些反复出现的想法一直追踪着我，不停地在脑海中盘旋。一幅幅混乱的画面在眼前闪过，从警察局墙内几小时漫长的等待、温柔的嗓音和浓烈的咖啡味，到我们忍受着寒冷、饥饿和劳累走过的一大圈街道。你可能会觉得我的筋骨和肌肉在这温暖的、波浪起伏的床上足够得到些许的慰藉和放松，可恰恰相反，当我回想起米雷耶纵身跳出窗外的情景时，它们变得异常紧张。那个画面被蜡像馆的女孩所取代——她结实、高挑的身体和那散发着香味的长发。那就是佐伊，你这个傻瓜。我听到有人在说，是一个脸上一直挂着猥琐微笑的蜡像演员。我一定是睡着了，因为我此刻正在大楼地下的储藏室里翻着那堆被丢弃的衣服，我疯狂地找着，把它们甩到身后沾满血迹的床垫上，每一件都使我身后的某个人痛苦地疾呼。我转过身去，用手撕扯被单，奋力地想要把被子从那个哭泣的流着血的女孩身上移开，但无论我多么用力，就算拼尽全力去撕扯，也无法拽下裹尸布，因为那是佐伊，我所了解的佐伊，七岁的佐伊，她就埋在那一堆脏衣服下面，低声又绝望地哭泣着，吃力地呼吸。咳咳地喘息着。

我忽然惊醒，斯蒂芬翻了下身子，转到另一边继续睡。我深深地吸着气，想要平复一下自己的内心，大口地吸入佐伊需要的空气，浑身冒着冷汗，面颊由于受到刺激而变得通红。随着画面渐渐模糊，一部分梦境还在持续：呜咽的声音、持续的呻吟声夹杂着一阵阵高低起伏的尖锐恸哭声。佐伊在最疲惫、难过的时候就是这样哭的。这次不只是猫叫声这么简单，我很清楚。呜咽中还伴着说话声，听不清那声音在喃喃地说着什么——猫发不出这样的声音。

我看向斯蒂芬的背影，只是想确认一下——虽然那哭声来自比这张床远得多的地方。她的身体随着呼吸缓慢而有节奏地上下起伏着，很均匀。不是她。

米雷耶已经去世了。没有人在这里了。

我闭上双眼，努力地想入睡。我困极了。我在头上压了一个枕头，可那哭声还是跟随我到枕头下面。我听到那忧伤的喃喃自语中出现了一个词：爸爸。

佐伊小的时候，一般都是奥黛特夜里过去照看，但有时她睡得很熟，我便起身去看佐伊。有时，我要想方设法安抚她，感觉自己就像个英雄；有时，佐伊从噩梦中惊醒，需要有人来赶走她心中的怪兽，她会喊我，而不是奥黛特。她会呼唤我：爸爸。

那不是佐伊，你这个白痴。佐伊已经死去了。是你杀了她。

爸爸。

我需要透透气。我蹒跚着走出卧室，径直走到窗边，想要把它抬起来，可是它又卡住了，打不开。我差一点就要把窗户敲碎，这时我改变了主意，穿上衣服和鞋子，抓起钥匙便走下了楼。我懒得用手机照明，飞快地走下漆黑的楼梯，想要逃避恐慌，但它已经住在我的内心深处。不知不觉，我已经来到了院子里，站在米雷耶掉落的地方，抬头望着一片橘黄色的夜空，深深地吸入一整个胸腔的空气，好像它们能净化我一样。

这的确起到了一定的作用，至少我没有再听到佐伊的哭声。我逐渐恢复了意识。我站在那里，大衣里面只穿着内衣，赤脚穿着鞋，双腿已经冻麻，铺着鹅卵石小路的庭院是那样熟悉，但还是有些不对劲。随后我便意识到：从那扇肮脏的窗户透过来一束昏暗的灯光。

有人住在那儿，住在储藏室。这就能解释声音的来源了——说话声、哭声。我应该到此为止，已经找到了打扰我睡眠的罪魁祸首，我应该感到满足；这样我就更容易入睡了，不是吗？

我不应该走近窗户，或者去那扇门附近的任何地方——那扇表面剥落的房门看起来就像通往屠宰场的最后一道栅栏。我应该就这样回到楼上，在这疲惫不堪的夜晚余下的时间里陪在斯蒂芬身边。但是最后一个梦境的碎片还是萦绕在我的脑海中：缺氧的佐伊在那块令人窒息的裹尸布下面挣扎着寻求帮助。

我的双脚不知不觉地将我带到了窗前，我向里面窥视；我的决定没起到任何作用。古老的电灯泡发出昏暗的橘色灯光，将储藏室点亮，光线被表面积满了厚厚一层尘土的家具防尘罩所吸收。

可是这里一个人也没有；没有任何动静，没有人挣扎着呼出最后一口气。

我只是太累了，我一边告诉自己，一边停下来深吸一口气。蒙蒙细雨中透出的沉寂笼罩在鹅卵石路上，庭院里万籁俱寂，与不停歇的城市隔绝开来，隔壁大楼沉睡的窗户在上空若隐若现，此时的清新让

我的精神也振作了起来。我应该就此回到床上去；一切在早上都会好很多。我转过身，气喘吁吁地向大楼走去，心脏还在不规律地怦怦直跳，正走着，又被庭院另一端发出的哗啦声吓了一跳，与此同时，楼梯井入口的顶灯闪了一下。

我忽然想到那个灯之前从来就没亮过，怀疑是不是斯蒂芬下楼来找我了——不可能是别人——但是，一个小小的影子从我面前的墙上蹒跚而过，身后跟着另一个。然后又是一阵异常的哭号，但这次我听出来了——那只该死的猫。让我差点吓出心脏病。

我走到了上次看见它的那个排水渠，蹲下来向里面看去，但是什么也看不见。我本不该久留，却把手伸进管道里，想要把猫抓出来。下水道里有鱼和污水的腐臭味，我把胳膊抽出来的时候，尽量不去想米雷耶流出的血可能凝固在那里。我将大衣的袖子推到了上臂，小臂上沾满了污秽物。

当听到身后有穿着轻便鞋子的脚步声时，我便又直起身。我没太想好怎样跟斯蒂芬解释自己的行为——衣冠不整地蹲在下水道口。我缓慢地转过身。

七岁的佐伊向我微笑着，双手背在身后。她只穿着牛仔裤和T恤衫，一头长发在雨中淋湿，变得更黑暗了。

“你在外面做什么，佐伊？”我说，不管是真是假。“你一定冻坏了。快来。”我站起来，脱掉大衣递给她，但在我看到她手里的东西时，衣服掉了下来。

“我有东西给你看。”

一只猫被她掐得嗞嗞地低吼、咆哮着。佐伊强壮的双手死死地攥着它的腿，不让它乱踢乱抓。它一边挣扎、扭动着头想要咬她，一边发出低沉的怒吼。

“快放下它，佐伊。让它走。”

“可是为什么呢，爸爸？我知道你讨厌它。它一直让你无法入睡。”

我顾不上颤抖的身躯和即将从袒露着的胸口跳出来的心脏，恳求着走向她。“宝贝，我从来没教过你去伤害小动物。我一直告诉你这是很不好的行为。”

她没有理我。“我也讨厌它。它让我窒息。”她边说边换了下手，用右手抓住猫的头。

“不！不要！”

太迟了。佐伊掐住猫的脖子，用力去拧，那只猫不停地尖叫着。我听到咔吧一声，随后它便安静下来，佐伊开始从它身上扯下来一把毛发。我跑过去，从她手中抢走了动物的尸体，鲜血从它的口中流到了我身上。

“你做了什么？”

是斯蒂芬的声音。我抬头去看她。“不是我。是她弄的。”我指向佐伊所站的位置，但是她已经不见了。

“把它放下来，马克。放下它。我们赶快离开这个鬼地方。”

我想要站稳，却感到一阵眩晕。我看看自己的胳膊，上面全是污秽的泥垢和血迹，然后又看向我的腹部和大腿。“可是我得清理一下，穿好衣服。”

“你待在这里。我去拿毛巾和行李。别想着再回到那栋楼里。我们要离开这个该死的地方，现在就走。”

在那之后，我一定是被不堪忍受的疲惫和寒冷所击倒，因为我不记得斯蒂芬什么时候回来，用珀蒂家的细长的浴巾擦拭我的身子，为我穿好还很潮湿的牛仔裤，然后强行给我披上了大衣。她把浴巾丢在院子里，盖在了那只猫的尸体上，随后便领着我来到外面的人行道上，关上我身后的门。我蹒跚地走在灰色的街道上，斯蒂芬气鼓鼓地跟在后面。

我在墙上靠了一会儿，睁开眼睛时，看到斯蒂芬在一栋大楼的大厅里，正在向站在桌子后面的男人喊着什么。我知道我应该过去帮她，应该参与进去，可是太冷了。我抓紧了衣领，随后斯蒂芬又带我走向了上坡路。

“拿着这个，马克。”斯蒂芬说着把小帆布背包的带子挎在我背上，费力地拉着身后的两个拉杆箱。我晃了晃头，揉了揉眼睛，想让自己清醒一下去帮助她，但是我太累了。“你能相信吗？那个浑蛋竟然说不能把行李给我们，因为服务生本来就不负责看管行李。‘都在标识（阿拉伯语）里写着呢，我们都应该感到庆幸。’我真是受够了这个地方。”

不知道斯蒂芬是怎样把我和行李都搬到皮加勒地铁站的，此时我们已经下车，穿过了一个换乘点来到了一个拥挤的小型轻轨站。虽然天还没亮，我们周围却挤满了人，上班族已经开始了他们的一天。

车上的时钟显示五点五十二分。走过这段路后我们又在车里坐了一会儿，这让我的精神重新振作了些，积攒了力气说出：“不是我干的，斯蒂芬。”

她只是摇了摇头。

“我们去哪儿？”

“到巴黎北站乘机场的郊区快线。”

“可候补航班只有今晚十一点的那班。”

她转过来瞪着我，说：“你觉得我会想在这座城市多待一分钟吗？你有什么提议呢？观光？也许去爬埃菲尔铁塔，吃一顿米其林三星午餐，然后再去找个在路上被撞死的动物尸体？”

车厢里的人盯着我们。“嘘！”我低声说。“我告诉过你了：不是我干的。是——”

“闭嘴，马克。不要再和我说一个字。”她把两只手交叉在胸前，看向别处。

当列车到达巴黎北站时，至少我有足够的力气背起背包、拉着自己的拉杆箱了。我们俩沉默不语地穿过地铁站里混乱的楼层，最终找到了自动售票机。我停下来，在拿出钱包之前看了一眼四周；现在是周五的清晨，车站里人来人往，其中很多人看起来都非常危险，连帽衫和运动鞋让他们看上去像典型的第一世界的犯罪分子。我有点为自己感到惭愧，彩色的旅行箱和迟疑的脚步让人从几米外就能看出我们是随时等着被骗的游客。

可是当我把钱包拿出来，才发现一切担心都是多余的，我只剩下两欧元三十五分和一张毫无用处的信用卡。斯蒂芬从她的兜里翻出了另外一欧元四十分。我们的车票需要二十欧元。

“看，”斯蒂芬指着横在巴黎郊区快线B线入口的十字转门闸机说，“每个人都过了那道栅栏门，他们都没有票。我们也可以跟在某人后面溜到另一边。大家都这么做。”

“没门，斯蒂芬。无票乘车是违法的。我才不管大家是不是都这么做。”

“什么？那有其他办法吗？”

我什么也没有对她说；我开不了口，只能冒险走到大厅，捧起双手，摆了个全球通用的乞讨的手势。虽然这样很丢人，但是总比受环境所迫逼自己去做违法的事要好。

斯蒂芬并没有试图阻止我；她只是抱怨着：“你一定是在逗我。”然后把行李拉到附近的栏杆旁，坐在其中一个箱子上面，双手托着腮。此时此刻，我真想藏进地底；即使路过的歹徒或者骗子把我揍成烂泥，抢走我的一切，把我碾成灰，我也不会觉得沮丧。

这真是屈辱的四十分钟。我不知道是谁的尴尬更让我感到火辣辣的痛——我自己的，还是斯蒂芬的。她就坐在栏杆旁，只希望自己不在这儿，在天涯海角都无所谓；只要不认识我，和任何人认识都无所谓。就在我让自己如此荒唐、漫无目的地、有操守地站着时，那些个子高大的孩子嘲笑我，游客们从我身边飞快地掠过，赶着上班的人叫我滚蛋，直到一位肤色较深、戴着白色法国军帽的男子出现，他微笑着走近我。他的妻子、儿子和女儿在他身后耐心地看着。他的妻子围着彩色的希贾布[1]，他女儿的则是一条长长的紫色的。他的儿子——简直是缩小版的父亲——穿了一套整洁的西装，用英语对我说："我的兄弟，今天我们向真主阿拉祈求些什么？"

我坦白地说："我和我的妻子需要十六欧二十五分买通往机场的轻轨票。"

那个男子拿出一个钱包，从里面掏出来两张五欧元和一张十欧元纸币递给了我。我能看见钱包里一分钱都不剩。我觉得我应该拒绝，可忽然又觉得这似乎是我今天所做的最不诚实的一件事。

"谢谢，"我说，"谢谢你（法语）。把你的地址告诉我，我会把钱还给你。"

"不用了（法语），"他说，"在你祈祷的时候，想着苏莱曼和他的家人，好吗？"

"谢谢你。"我望着这家人离去的身影再次道谢，感觉自己像个骗子。我永远都不会为那个人祈祷。我没有信仰，也不祈祷。我根本没什么可以给他。

"现在开心了？"我走到斯蒂芬旁边时，她说，"收下一位可能比我们还穷的人的钱。"

"是的，的确很开心。"我说。

"很好，马克。真是太好了。"她盯着我足足看了五秒钟，我可以看到她眼中燃烧的怨恨，她还是无法克制住。"我很高兴你能捍

① 穆斯林女性戴的头巾，用来遮盖头发、耳朵和脖子。

卫自己那套神圣的道德。可你却无法在你的妻儿被一群拿着武器的人拽进卧室时出来保护她们！”在我流露出委屈之前，她便转身离开了。

14. 斯蒂芬

飞机在被雨水打湿的跑道上滑行时，我才开始放松下来。之前，我一度以为空姐会拍拍我的肩膀，带着歉意微笑着说：“对不起，女士，有个问题。您和您一团糟、焦躁不安的丈夫得滚下飞机。”然后我们又要身无分文地在机场滞留一天——这是在机场光滑的塑料椅子上喝着难以下咽的咖啡、坐了十小时后不可避免的想法。

到达戴高乐机场之后，我们坐在一眼就能看见法航托运柜台的地方，离出口就几米远。每当机场的自动门滑开，就有带着淡淡烟味的冷风扑向我们，可是我毫不在意。我们的航班还要等好几个小时才能办理登机，但是我非常迫切地想赶快登机，除非能看到柜台，否则我根本无法放松下来。

马克痛苦地睡了一小时，头向后仰着，张着嘴，像死尸一样一动不动。我则由于过度紧张而无法入睡，于是拿出那本一周来都躺在背包最下面的凯特·阿特金森[①]的小说，尽量不去怨恨那些排在自助值机设备前、无忧无虑度假的旅客和商人，不过我一个字都看不进去。我把三十分钟的免费Wi-Fi都用光了，却仅仅给母亲写了一封邮件，告诉她一切都很好并且第二天会和她联系。直到确信我们能够登机之前，我不想让家人知道我们更改航班的事，不想再出什么岔子。之后，我便踱着步，吃了一点不新鲜的羊角面包，来来回回地拉着拉杆箱，去卫生间往脸上扑了些水并换了件衣服（尽管有冷风从门外吹进来，在几小时的缓慢煎熬中，我身上的两层T恤衫都湿透了）。登机口一开放，我便起身徘徊在候补处。想要挤进飞机的不止我们两个，不过女值机员很善良，假装相信了我们家有急事的借口。或许马克才是帮我们争取到机会的人。我已经在卫生间把他的大衣洗了一下，在凝结的动物血块和一团纠缠在一起的猫毛堵塞水池时尽力忍住呕吐的冲动。然而，他双眼布满了血丝，一副忧虑不安的样子。他看上去真像一个奔丧的人。

当飞机开始平稳飞行时，我的紧张情绪又缓解了不少。由于坐在窗边的女士一直在专心致志地看书，我的邻座——一位三十岁左右、长着金色眉毛的德国人——便把注意力放在了我身上。他想聊天，而我需要转移注意力。他伸出一只手，我轻轻地握了一下，感觉到自己

---

① 凯特·阿特金森（1951— ），英国著名畅销小说作家，代表作是2013年出版的《生命不息》。

的手掌很湿。那时我才注意到，我的指甲缝里全是污垢，便握拳把它们藏在掌心里。

“你是南非人吗？”他问道。

“是的。开普敦人。”

“啊。我要去约翰内斯堡。我第一次去那里。”

他在候补处的队伍里见过我们，便主动提出可以和马克换座位——因为是最后时刻登机，我和马克没能坐在一起——但是我告诉他不用麻烦了。既然我们安全地离开了巴黎，就不用他来照顾我了。我怕自己会和他争吵，会质问他：你究竟是怎么了？他把我吓坏了，这种恐惧正在转化成愤怒。幸好那位金发帅哥只专注于谈论他自己，没时间询问我为什么不愿坐在丈夫身边。他正前往南非，去见一位在网上结识的南非女孩，满脑子都是对幸福爱情的憧憬。那不会长久的，我想说。有一天你会醒来，发现她怀里抱着一只死猫。

我机械地嚼着嘴里的鸡肉和西蓝花，在喝一小瓶碳酸饮料时喝得太快，导致胃液不停向上涌。机舱里暗了下来，我的邻座终于厌倦了这种脱口秀一样的聊天，此刻聚精会神地看着面前的屏幕，随着《龙虎少年队2》的剧情不自觉地大笑着。我用空港杂志的一角挖去指甲里的污秽。它黏黏的，在一个免税广告上留下了血红色的污迹。我知道那是什么，竭力让自己不去想它。

我们真不该回到那栋楼里。我们被雨浇成了落汤鸡，精神几近崩溃；我们身无分文，衣服还被扣在了卡拉订的该死的酒店里。我们两个都不是能露宿街头或者在公交车站、火车站过夜的人。不过老实说，当我们辛苦地爬上那熟悉的楼梯，呼吸着熟悉的灰尘和腐败食物的恶臭时，除了疲惫，我什么感觉都没有：没有恐惧，没有惊慌，没有悲伤，也不为米雷耶感到难过。我完蛋了。

我几乎立刻就昏睡过去了。我不知道自己是怎么醒来的，我不记得做了什么梦。前一秒马克还和我搂在一起；随后，他便从床边消失了。我坐起身听着声响，但是没有听到他在公寓里走动的声音。“马克？”我喊道，由于还没完全清醒，声音听上去有些恍惚。

我跳下床，打开了所有的灯，依旧头昏脑涨的，从浴室转悠到厨房又转回来。房间里只有我赤足踏在地板上的响声，不知怎的，这让我想起了那毒害我们家的阴影。马克不在。不知为什么，我认为他就在楼上米雷耶的屋里。我懒得穿衣服——因为此刻，我开始感到恐慌，而且我几乎没意识到自己是半裸着的——也没去看马克有没有留下钥匙。我离开了公寓，砰的一声关上了门，只穿着内衣跑上了楼。

米雷耶家的房门半掩着。“马克？”我轻声唤道，但是可以感觉到这个单间公寓里空无一人。虽然这很像私闯民宅，我还是忍不住向里面窥探，伸手打开灯。里面仍旧是一股烟和松油混合的恶臭，不过现在还有些许其他味道——像是薰衣草。有人，也许是一个警察，把所有的画都翻了过来，所以当我走进屋子深处，发现许多大眼睛的小孩包围着我。我这才意识到所有的画都画着同一个黑头发的孩子，却处于不同的情绪中：饱含敌意的，咧嘴大笑的，放声大哭的，惊声尖叫的。由于画风很潦草，这没有让我感到毛骨悚然，但是他们的表情里有着莫名的孤独和绝望，这使得他们看起来并不是那么庸俗可笑。

我伸出一只手想要触摸他们，却又收了回来，无端地觉得他们在某种程度上影响着我。笔记本不见了，床罩和咖啡壶也是。一条残破的灯芯绒裤子凄凉地堆在角落里。

大楼内部传来沉闷的铮鸣——是入口大门轰然关上的声音吗？我回到房间外面，飞快地奔向我们的公寓，祈祷着在我窥探米雷耶房间的时候马克已经回来了。可是我没带钥匙，我被反锁在外面了。我用手掌拍打公寓的门：“马克！你在吗？马克！”

我又冲向隔壁的公寓，用手指在门的顶部摸索着。钥匙不见了。我把耳朵贴到门上，可是除了自己的心跳声什么也听不见。马克一定是去外面干什么了。

现在我开始感到刺骨的寒冷，起了一身鸡皮疙瘩。我迅速下了楼，推开大门，跑到庭院。

“马克？”

他漆黑的身影蹒跚着出现在拐角处。

“谢天谢地。你来楼下干什么？”他的肩膀在抖动。不太对劲。我慢慢地靠近他。他的胳膊下夹着什么。一团黑乎乎的东西。起初我看不清那是什么，伸手去摸，手指一碰到毛发便立即缩了回来，毛皮裹着的肉身余温尚存。它是某种动物，一定刚刚咽气。他换了个姿势，我看出来了，那是只猫。我感到无法站稳，忘记了寒冷和刺痛我光着的脚掌的石子，喊道：“把它放下来，马克。放下它。我们赶快离开这个鬼地方。”

他嘀咕着，但是我听不清他说了什么，也无法在黑暗中看到他的眼神。

“把钥匙给我。”我翻着他的大衣口袋，竭尽全力不让自己蹭到那只猫。当我的手指握到了金属物体时，我终于松了口气。我不该把他一个人丢在那里，但我认为自己当时根本无法将他扶进公寓。“放下那该死的东西，在这儿等着。我两分钟后就回来。”

我奋力地冲上楼，一阵从未有过的恐慌敲打着我。我的脑海中只有一个想法：真糟糕。简直是太糟糕了。是什么让他想要把那只死猫捡起来呢？他跑到大街上就是为了找它吗？

我抓起浴巾，迅速穿好衣服——我的牛仔裤还是湿的，不过根本顾不得了——收拾好其他物品，又跑回到他身边。

当我返回的时候，他稍微清醒了些，而且已经把那只猫扔到了庭院的角落里。当我费力地弄掉他衣服上最大片的污物、不时地因为腐烂的肉味感到恶心的时候，他什么也没对我说。我又问他究竟是怎么想的，他低声说以为它还活着所以想去救它。我可以原谅他在郊区快线车站的荒谬行为——拒绝像其他人一样蒙混通过十字转门闸机；他总是这样，为他的道德准则感到自豪——可我并不确定是否能原谅他向那家人乞讨的行为。马克吓到他们了。他也吓到我了。幸亏他们没有叫警察。如果一个双目圆睁、满脸胡楂、袖子上沾满了猫毛的男人走近我，我也会交出钱包的。更糟的是，马克竟然对他们的恐惧不以为意，还因他的所作所为得意扬扬：看，斯蒂芬，这世上还是好人多。

这段回忆使我感到恶心，腹内的胃酸让我阵阵作呕。我悄悄溜出座位，艰难地朝机舱尾部的洗手间走去。坐在过道另一边的马克正目不转睛地看着面前的屏幕，手指按住耳机。当我经过时，他没有抬头。

总算顺利地进入了洗手间，我锁上门，坐在金属坐便器上，盯着从垃圾桶溢出的一堆肮脏的擦手巾。恶心的感觉已经减轻了，但胃里还是一阵翻腾。还有不到八小时我们就能到家了。在出发之前，我曾设想旅行归来的心情一定会非常放松，精力充沛，对生活充满信心，有足够的火力去抵御那些入室抢匪的挥之不去的幢幢黑影。我琢磨着，或许可以对他说我非常想见海登（这是真的），然后开车去蒙塔古的父母家住一阵子。他们计划周日把海登送回来，我可以简单地说我想亲自去接她。我可以——或者更重要的是，我应该一回去就把马克一个人留在家里吗？不行。他的状态不好。我迟早都要面对那个房子；躲到蒙塔古不过是在拖延时间而已。除非，一个声音小声地说，你别回去。

之后我感到无比惭愧。我怎么可以这样想？坐在洗手间里，那个臭气熏天的洗手间里，我下定了决心。无论马克经历了什么，这都是我们的问题。虽然我还在怨恨他遭到入室抢劫时的举动，但那是我自己的问题。我原谅他当时的所作所为。我爱他。这毫无疑问。至于他那反常的行为——虐待死猫、骚扰那家人，也许就是长期缺乏睡眠、创伤后应激障碍和压力过大导致的。我站起身，凝视着水池上方有些变形的镜子中的自己。我们一起经历过海登出生后最困难的第一个月；我们共同创造了一个生命。我早就知道他饱受创伤，我早就知道自己陷入的是怎样的境地。你没有从孩子的离世中解脱。你不能逃避自己的过去。我希望我可以说不是自尊心的原因，但是我并不诚实。没有人看好我们的感情，我的父母、朋友，尤其是卡拉。我必须要证明他们错了。

我离开了洗手间，这次在回座位的路上，我拍了一下马克的肩膀。他猛地一回头，看到是我后便放松地笑了笑。我想告诉他，坐在我旁边的那个人想要和他换座位，可话到嘴边又收了回去。分开几小时没什么大不了。

“你在那边还好吧？”他问。

“很好啊。”

虽然光线很暗，我还是仔细地看着他的脸，寻找反常的迹象。坐在他旁边的女人饶有兴趣地打量着我。女人们都喜欢马克，她们一直都是。

“斯蒂芬，在机场发生的事我很抱歉。”

“在机场？”啊，糟了，我想，难道他还做了什么我不知道的事吗？“在机场怎么了，马克？”

“你知道的，我蒙头大睡，让你一个人搞定所有的事。”

“哦。这样啊。没关系。”

“有关系。真的。”他冲我咧着嘴坏坏一笑，“人家错了啦，斯蒂芬。”我笑起来，感到很温馨，想起了去巴黎的轻轨上那个蹩脚的歌手。他都能开玩笑了，至少可以说明他没事了。

“试着睡一会儿吧。”他在我手上亲了一下，于是我回到了自己的座位。我感到轻松下来，几乎可以说服自己是我把猫的事小题大做了。毕竟，那时我刚醒。我吓了一跳，有些神志不清。也许我本来就记错了。或许他真的以为还能救它。让自己平静下来之后，我几分钟就睡着了。

德国的金发帅哥在飞机着陆时将我唤醒。他肯定在我睡觉时从我身前跨出去到过洗手间——新刮了胡子，还换了件干净整洁的白衬衫。大家都陆续地下了飞机，我在出口外紧张地等着马克一起走。两天没刮的胡子让他看起来很憔悴、衰老，但他似乎比前一天镇定了些，不再那么烦躁不安、心慌意乱了。我们在排队安检和取行李时都没怎么说话，大多数时候只是像两个彬彬有礼的陌生人一样客套寒暄："睡得好吗？""早餐是不是太难吃了？""我们要不要在转机去开普敦前喝点咖啡？"

一大簇铝膜气球在机场到达大厅隔离带外面的人群上空跳动着，我的精神一下子受到了鼓舞。这里太热闹了，到处都是喧闹声和缤纷的色彩；在灰蒙蒙的地方待过之后，我再次感受到真实的生活。有人尖叫了一声，我们都吓了一跳，然后我看到德国帅哥跑向一位女士，她手里抓着一大把拴着气球的彩带。她至少比他胖四十斤，可是他轻而易举地就抱起她转了一圈，他们俩大声笑着。他们接吻了，周围的人笑着鼓掌，气球缓缓地飘散开来。

我用胳膊推了推马克，说："坐飞机的时候那个人是我的邻座。他告诉我他正——"

马克紧紧地攥着我的手腕，疼得我直皱眉。他死死地盯着前面的某个东西——或者某个人，就在我们周围的一大群人中间。他的眼神追随着一个梳着暗灰色辫子的不到十岁的小女孩的脚步。

“怎么了？”

“我以为她……”他松开了我的胳膊。“没什么，”他不自然地笑着说。“什么事也没有。真的。我们回家吧。”

15. 马克

“帮你倒满吗，亲爱的？”

我该回家了，但是午后炎热的太阳晒得身子暖烘烘的，让人感觉无比困倦。我很想回家，帮忙一起给海登洗澡，但是我知道斯蒂芬很享受和海登独处的快乐时光。今早扬和里娜把海登从他们的民宿送回来的时候，斯蒂芬开心极了，眼中甚至泛起了泪花。我找了个借口去看卡拉——“我应该去把钥匙取回来并感谢她这段时间如此费心”——斯蒂芬完全是在催促着我赶紧离开房子，她非常想和我分开一段时间。

我们昨天下午刚一进屋，她便放下包，在房子里四处转了起来。“这个被动过。”她指着一直放在卧室窗户下的梳妆台说。我还没来得及走过去，她又走到对面的书架。“有人把这些书平放在这里了。”我说可能是海登，也许是卡拉来的时候把它们拿出来的，但是她又走开了。“你闻到什么味了吗？”“是我们放在这儿的吗？”“我们是不是把这个百叶窗拉下来了？”

一起经历了上一周的遭遇之后，我知道我应该更体恤她才对。斯蒂芬说得对：房子里的东西的确看起来不太一样——它们很不一样，但是之前的心理阴影让我们一直保持着过度的警觉，这实在是太令人心力交瘁了，我只好刻意无视它。如果在这儿都不能给我家的感觉，地球上哪里还有我的容身之处？我迫切地需要平静下来。于是我逃到了这家治愈系咖啡馆，来见我体贴的老朋友，瘫坐在椅子上，好像自己没有骨头一样。我没有在我的妻儿身边凝视曾经历的痛楚。真行呀，马克。我现在该回去了，夏日的骄阳在海上闪闪发光，一阵强风让我感到凉爽。我从这里能看到半边天空。“好啊，谢谢了。”我对卡拉说。

我一直对漂亮的头发毫无抵抗力。奥黛特的头发让她看起来像一位美国的美女皇后，如同阳光般普照她曾光顾的每一个房间；它是那样浓密、柔顺又有光泽，我们做爱的时候，她会让它滑过我的身体，让我感到温暖的生命在冲击着我。我试图使自己在它的芳香中窒息。每当那样的时刻，奥黛特都拥抱我，把我搂在怀里，让我逃离整个世界，一次又一次地欲仙欲死。奥黛特的头发重新长出来时，它奇怪地成了卷曲状而且是暗淡的褐色。

虽然奥黛特竭力保持着勇敢乐观的心态，但佐伊还是在某个化疗期间发现她在镜子前哭泣，手里攥着一团头发。“你怎么了，妈妈？”佐伊问。“我太丑了。”她说。佐伊只是摇摇头，五分钟后又决然地回来，手里抓着她所有的娃娃，每个都被剪光了头发。“看，她们很美，妈妈，和你一样。”随后，佐伊把剪下来的娃娃的塑料头发都收在一个小的保鲜盒里，“为了以后，她们好些的时候。”

也许是酒精的缘故，或者是太阳、微风、斯蒂芬的远离——我就是控制不住自己，伸手去摸卡拉的发梢。“真美，”我说，“新染的颜色吗？”

卡拉轻轻把头发扯走，冲我皱着眉，带着挑逗？带着宠溺？噘起嘴。“你那天打电话时听起来很奇怪。”她放肆地学着我的声音，“‘我们必须离开这里，现在，卡拉。’发生了什么？”

我慢慢地喝了一大口酒——自杀、鬼魂、死猫。从何说起？如果开口了，又该如何结束？我放下杯子，希望空气的温度能驱散血液中因回想起那个地方而产生的恶心和不寒而栗。“只能说那间公寓和描述的并不相符。”

“你和我说过，记得吗？”

“说过吗？”

“马克，亲爱的，这件事我们在Skype上聊了好久。衣柜里有头发之类的。”她打了个冷战。“呃。你不该就那样将就了。你应该马上去住宾馆。”

“你知道这是什么感觉。你以为自己可以适应，会没事的。直到发现事情不是这样时，一切都太迟了。”

但是从她的表情中我能看出来，她清楚我隐瞒了什么：我们住不起宾馆，就算是在紧急关头，即使那该死的信用卡能使用。我们俩之间有太大的差距——她仍是生机勃勃的开普敦大学的一名高薪教授，而我已经沦落到在一个办公园区的大学的袖珍格子间里谋生。这让我们俩都很尴尬。她的生活在向上发展，而我则在走下坡路。我不再是她曾经认识的出众的前途无量的小伙子，我是个可怜虫。一瞬间，我产生起身离开的冲动，但服务生走过来，给我们拿来另一瓶酒，于是我又靠在了椅子上。这里还是比那里好，我的身体说着。

这一周经历的一个好处就是我的大脑仍然进行着欧元的换算，这里的一瓶酒和那里的一杯酒一样便宜。我没有把这个想法和卡拉说，因为我不想表现得很吝啬。

卡拉喝了一大口酒："最后酒店的事情怎么解决的？"

在回程的航班上，我一直在盘算卡拉是不是故意订错酒店日期的，或者至少是她的潜意识让她这样做，因为卡拉一直是个冷静而自制的人，几乎不会犯那样的错误。很可能是她想让我们过得不愉快，让治愈我们婚姻的度假以失败告终。"我们根本没住在那里，"我还是决定这么说，"我们想别的办法了。"我用深色的玻璃杯做掩护，在她的脸上搜寻一丝线索，但是从她的表情中什么都读不出来。她一直在帮助我，我不认为她曾意图破坏我的幸福。

"你们又和那栋公寓的房主取得联系了吗？找出他们没出现在你们那里的原因了吗？斯蒂芬似乎相当担心他们。"

"是的，确实如此。她怀疑他们是不是在开普敦迷路了或者遇到了劫机，可你也知道，出于礼貌他们至少应该让我们知道他们还活着。”

“尽管如此，他们一直没出现还是很奇怪，不是吗？为什么要登出换屋广告，安排你们住进他们那里，自己却不出现？真是令人费解。”

“的确如此。”我假装打了个哈欠，希望这样能阻止她锲而不舍的追问。斯蒂芬和我曾因为探究珀蒂家重重谜团的真相而针锋相对，可是既然我们回家了，似乎也没有必要再为此事而困扰。

“她这样操心真是太体贴了，”卡拉说，“斯蒂芬是个好女孩。”

我没有理会卡拉的语气，又重新聊了一会儿我们回来的事。“你不会碰巧挪动过我们房子里的东西吧？”

卡拉透过太阳镜的上方看着我：“什么？”

“我们发现有些东西被挪了位置，好像有人在那儿待过。”卡拉打量着我。也许是她带着那个家伙——他到底叫什么来着？——过来待了一阵，来一场“户外探险”。“非常欢迎你来，你知道的，可以像在自己家一样随便。”

“我进去过两次，”她说，“去给花浇水，查看东西，是为了帮你们。我没有挪动过东西。”

她的语气很冷淡，我也不想让她生气，我最不希望的就是今天再发生任何争执。“这太好了，真的。谢谢你的帮助。你总是那么……”

“那么什么？”

“热心。”

现在，她哼了一声，讽刺地笑了笑，又恢复了常态。“这样啊，好吧。”

我冲她咧着嘴笑了一秒钟，然后摇了摇杯里的酒，说：“不过，也不全是糟糕的事。我在那儿领悟了一些事情。当你从日常的琐事中抽离出来，会发现更广阔、更丰富的世界。”卡拉凑过来，点了点头，鼓励我接着说下去，可我发现自己再也找不到那感觉了——好像抓住了遥远的梦里的某个线索。我向外望着下方的停车场，一个嬉皮士正站在他那辆迷你库珀（Mini Cooper）的车尾和停车场管理员吵架。“虽然只是一周的时间，可回来后感觉很奇怪。”

“我特别能理解你的感受。在里士满待了两天后，那里真安宁……空气好清新，你知道的。我告诉过你杰米·桑德森也在场吗？不敢相信，她又带了一个小鲜肉。你肯定会觉得她年轻了三十岁。在那儿的头一晚，我们应邀去吃晚餐。是里士满风情的晚宴，我猜。所有的诗人应该都到场了，只有泰里和马西娅还有他们的随行人员在伊丽莎白港租了辆小面包车，结果中途迷了路。我只能想象其中一个成员……”她开始滔滔不绝地讲起整个故事的时候，我没再去听。

说真的，我在这里做什么，为什么不是在家里和我的家人在一起？我知道这并不代表我不忠。即使真到了那个地步，我也绝不会因为卡拉而放弃斯蒂芬，何况一切还远不至此，也永远不会这样。卡拉时常会让我想起生活没变糟糕时那个年轻的、充满力量的自己，正因如此，我现在才会坐在这里。而且，此时此刻，我很想斯蒂芬。这趟旅行本应该让我们得到治愈，可结果却一团糟，我们现在的关系比以前还要糟糕。今天早上她把海登抱到怀里时，竟然背对着我，把海登从我面前挡住。她竟然不信任我，怕我会对自己的亲生女儿怎样。我本该高兴的，因为她不知怎的说服了自己那只猫已经死了，而我穿着内衣在雨天站在庭院里是因为我当时精神错乱，并非一个疯疯癫癫的罪犯。

我必须处理好那件事，让她再次信任我，放心和我在一起；我不知道该怎么做，但我知道提起佐伊对这件事没好处，这就是我在约翰内斯堡机场的大厅什么也没有说的原因。

和卡拉坐在这里也许于事无补，但我还是往酒杯里斟满了酒，并点了些小吃。

我到家时已经九点多了。有人在我的停车位弄翻了一只带轮子的大型垃圾箱，我把车停在了邻居家的厢货旁边，就在我下车准备去挪垃圾箱时，不知怎的在车边绊了一下。我走近了才发现，三只巨大的老鼠从箱口掉到了地上，里面散发出的一股腐败的恶臭钻进了我的鼻子，让我作呕。我跌跌撞撞地回到车里，决定把车停在其他地方，在几个房子外的地方找了个空位。

家里很安静，所有的灯都关着；我摸索着把钥匙插进锁孔，进屋的时候尽可能轻地关上门，走过客厅的时候顺手开了灯。楼上，海登和斯蒂芬在我们的床上缩成一团，都睡得很熟。我在门口看了一分钟，然后下楼走进厨房，在橱柜里翻到一碗椒盐脆饼和花生米，给自己倒了一大杯威士忌。要么现在就昏睡过去，明早像一摊烂泥一样起来，要么再让宿醉的感觉多停留一会儿。

斯蒂芬曾经不愿搬进来，她想买一栋新房子。“难道回忆不会让你难过吗？”她曾问道，那时她总会问这样的问题，会努力直面我的过去，好像驱走鬼魂最好的方式就是要面对他们说出他们的名字。她那时年轻，带着天真又充满活力的乐观主义。可她对抗不了现实。房地产市场正处于萧条时期，即使我们在这种行情下能把房子卖掉，除去所交税款和手续费，剩下的钱也不够另一栋宜居的房子的首付。仅凭我在大学的工资，我们是永远无法拿到全额贷款的。于是，我们只能苟活于这栋被佐伊的鬼魂还有那些卑鄙入侵者玷污的房子里。

也许是我把一切想错了；也许我们才是这栋房子的入侵者，他们只是想让我们离开。也许我们才是需要被驱走的鬼魂。

我又咕噜一声喝了口威士忌，把电视打开，调到一场足球比赛的重播，按下静音。我不知道上次独占这间客厅是什么时候了。海登入睡后，斯蒂芬和我不是累得倒头便睡，就是坐起来聊天。经历了那些之后，我希望能有自己的空间，可就算我现在有了，这种安静也让我不是很舒服。

我坐在一把椅子上，脱下鞋袜，漫不经心地抠着脚掌被刺破的伤口。由于我涂了些消毒剂在上面，它愈合得相当好，但是却在脚底中间留下了深深的缝隙，就像地震后的裂沟一样。我把目光转移到比赛上，发现屏幕上有一道刺眼的光，我仔细观看——光来自我身后那面墙墙边的落地灯。我站起身，调暗灯光，调整了灯架的位置，发现它确实从原来的地方被移动过。它底座的轮廓能通过桌面积聚的灰尘看出。事实上，这可能发生在入室抢劫后，我们出发之前的任何时候。但是关于卧室里的书的判断，斯蒂芬是对的。我们从来没把书平着堆放过，卡拉也不会无缘无故地动它们。可能是海登，我提醒着自己，但是并没有说服自己。海登在玩书的时候，可能会把它们丢在地板上，但不会整齐地堆起来。

借着球赛在墙上闪烁的光亮，我在屋子里扫视了一圈。由于酒精让我迷离，而且没有卡拉在身边责备，我看这间屋子的感觉开始变得和斯蒂芬昨天一样。这里的书架上确实有东西被动过。那个空隙里曾经摆放过东西。我走近架子，才发现自己胆怯得很荒谬，并没有东西向我扑来。我朝书架探着脖子，脚踩到了地板上某个嘎吱作响的东西。我蹲下来，拾起掉在地上的三个相框，把它们重新排列好，放回架子上。其中一个相框的玻璃已经完全脱落，里面装着斯蒂芬的父亲去年拍的照片——斯蒂芬、海登、我，还有里娜在民宿的外面，其他两个相框上布满了蜘蛛网。

我把杯子放在书架上的照片旁，去厨房取了一个簸箕。不知为何，我记起奥黛特曾站在那里，在砧板上卷着面团。那甚至是佐伊出生前的事了。我还记得那些夜晚，我的新婚妻子站在我们的新家，身上沾着面粉，双手黏黏的。我会悄悄地靠近她，舔她的脖子，知道她不想用手去碰任何东西。她会笑着，向后仰着靠进我怀里。

我摆脱掉鬼魂，在水池下面到处翻找着簸箕，当我再出来、路过走廊的时候，发现楼上的灯亮了。我敢发誓回家的时候，房子里是一片漆黑的。我蹑手蹑脚地上了楼，木头发出的吱吱响声都会吓得我一哆嗦。灯光是从海登的屋里射过来的。

走开吧，心中的一个我大叫。别去管它，那个声音说，我脑海中浮现出一幅幅画面。天哪，懦弱是如此容易。不过，只有两种可能：要么有人在上面，要么没人。就这么简单。更可能的是，那里没有人，但如果有可怕的蒙面人出现在我女儿的房间，我不可能让他们待在那里威胁我的家人，不会再发生了。在继续往下想之前，我已经拧开了卧室的门把手，推门而入。

就在我扫视着屋子和门后时，心脏猛地跳了一下。那里没有人，但是……

佐伊的爱丽儿人鱼公主的娃娃躺在海登的床头柜上，头发被胡乱地剪短，都能看见橡胶头皮了。它本应和佐伊其他的玩具一起被胶带牢牢地密封在储藏室的底层。那个公主用受了伤的、谴责的目光抬眼瞪着我。

她说得对。是我杀了她。

我太累了。奥黛特前一天晚上住院了，原计划第二天早上打车回家，但是医生还想让她再待几小时，于是我千不该万不该带着同样疲惫的佐伊去买东西。她一直在闹脾气——不说话而且闷闷不乐，却突然对一个她并不觉得有趣的笑话发出尖锐的假笑声。我也开始因她而感到暴躁易怒，最后在车里彻底崩溃了。我让她先进屋，然后我把买的东西都拖进去。我看见她平静了下来，坐在客厅的地毯上玩着游戏。我知道这一切都不是她的错，也一直为她应对得如此出色而深深地感到骄傲，同时很惊恐——我七岁的女儿甚至要应对如此糟糕的事情，而我却无能为力。我给了她一盒聪明豆[①]和一碗薯片——星期六的奖励，然后我们一起依偎在沙发上看《玩具总动员》。她开始晃腿，我厉声责骂了她，她便哭了起来，于是我向她道歉，去找奥黛特用来装镇静剂的药盒，她只有在极不舒服的日子才会服用。我不想在佐伊面前表现出疲惫和厌倦。没想到药效这么强，我刚走回去、蜷缩在沙发上，就感觉平静多了。

梦中，我和奥黛特还有佐伊在游泳。我们泡在一个海边的游泳池里，那是前一年我们在克尼斯纳租的公寓附带的。佐伊把鹅卵石排列在泳池里的第一级台阶上，奥黛特向下看着她。我在泳池的另一边，但是我看不太清楚她们，因为我们之间飘着被风吹起的树叶和灰尘，我眼里进了东西。树叶变成了乌鸦，随后又变成一大片黑压压的暴风云。我奋力高呼，警告她们快到室内去，可她们就是听不见。根本没有任何声响，连风都是无声无息的。突然间，尘土都落了下来，天空又变成了蓝色，我聚焦视线看向奥黛特的脸，她正茫然地微笑着，看着佐伊惬意地摆着石头，在我的注视下，她的头发一缕缕地飘落下来，身体渐渐变得枯槁。我竭力向她们游去，却移动不了。现在我身边有猫的声音，它向外呕着一团团毛发，不知用了什么方法，让我无法靠近。每次划动手臂——咳，咳，窒息的声音——那喘息声都把我

① 雀巢公司生产的一种五颜六色的巧克力豆。

拉了回来。我正在蹬水的脚踝也被咳咳的喘息声套住。

当奥黛特看着我时，她手中的钥匙滑落在地。佐伊躺在我的怀中，面色发青，呕出的白沫溢在她的唇边——那盒跟聪明豆颜色一样鲜艳的药片已经一干二净——是我的疏忽杀了她。

我使劲摇晃着她的尸体，想让时间倒流，取出她吞下的所有毒药，自己全部服下。我多希望死的人是我而不是她。我仍在用力地摇着，不过一切都太迟了，这时奥黛特将我拉起，一把推开。

此刻，我飞快地下楼，到储藏间查看佐伊的那些箱子。它们本来没有理由被挪动，但是那空地——我曾经在那里堆了七年毫无意义的东西——已经被清理干净了，佐伊的生命和所有她最爱的、剪短了头发的公主从坏掉的纸壳箱中散落出来。

我马上明白了这意味着什么。我不能将她从眼前挪走。我们才是这栋房子里的鬼魂——斯蒂芬、海登和我。佐伊想要回她的家。

我知道她想让我做什么。我打开佐伊的衣橱，在一堆床单被罩和衣服下面胡乱抓着，直到摸到那个密封的塑料整理袋，把它拽了出来。我把海登的床单被罩都拆下来，把被子塞进佐伊的被罩里，那是她去世前几个月选的，画着橘色和灰色的V形图案，因为她已经过了用《飞天小女警》图案的东西的年龄了。我将被罩配上淡紫色的床单和橘红色的枕套。最后，正当我把海登的床单被罩团成一团、准备丢在过道时，我发现斯蒂芬正站在门口，注视着我。

16. 斯蒂芬

我们从机场乘坐空港大巴回家。起初，家里和我们出发前一模一样。散落的葵百合雄蕊让我立即发现了屋子有些混乱的迹象，那是我为珀蒂夫妇准备的，摆放在大厅桌子上。不过，除此之外，这个地方闻起来依然有家具的蜡香。马克去解除警报时，我等待着那自从遭到入侵后便深入心中的紧张感涌来。然而并没有。回到开普敦也没有让我放松下来，虽然在经历过一周灰色的乌云和寒冷的气温后，晴朗的天空和正午的高温本该让我开心起来。

这毕竟只是栋房子，只是砖头和水泥罢了。比珀蒂夫妇的鬼地方要熟悉和舒适得多，它只是不讨人喜欢。至少，我不喜欢。

马克溜到厨房去煮咖啡，留我自己一人把旅行箱拖到了楼上的卧室。我非常想赶紧洗个澡，洗洗头发，刷刷牙。直到我擦干身体、在抽屉里翻找干净的内衣时，才发觉有些不对劲。平常我放置整齐的袜子散乱地跟胸罩堆在一起。我几乎快要说服自己这是在整理行李时慌慌张张弄乱的，这时，我的目光不由自主地移到写字台旁的书架上。我的塔娜·法兰奇[①]和安·克利芙丝[②]的小说——这些不值得陈列在楼下架子里的书——现在都横着堆放着。我很确定这不是我干的。梳妆台看上去像是被移动了几英寸——它周围的地板上还有新出现的划痕。

恐慌感席卷而来。警察曾经提醒过我们，小偷经常会回到犯罪现场，去偷那些用保险费重置的东西。但是没有。他们不可能进来。我们能看出来。没有其他物品丢失。唯一的解释就是卡拉动过我的东西。她是唯一有钥匙的人。她怎么能这样做？最起码她不该这样明目张胆。有个东西让我把羽绒被掀了起来。在我睡的那半边床上，一根卷曲的金黄色头发落在雪白的被单上。我战战兢兢地把它从布上摘下来，扔进马桶，然后洗了手。它属于卡拉的那些小白脸之一吗？难道她曾和她的备胎男友在我们的床上做爱吗？并没有其他迹象表明有人曾躺在这里——被单上没有褶皱，而且闻起来还有柔顺剂的味道——但我还是把它们从床垫上撤下来，团在洗衣篮里。

接下来，我查看了海登的房间。门是关着的——正如我离开时那样——而且我也不觉得有人进过那个屋子。她的一小堆毛绒玩具还在

① 塔娜·法兰奇（1973— ），爱尔兰知名小说家，著有《带我回去》《神秘森林》等。
② 安·克利芙丝（1954— ），英国杰出新生代犯罪小说作家，著有《黑乌鸦》等。

窗台上摆成一排，她的衣服整齐地叠放在抽屉里。我坐在床上，等着心中的焦虑慢慢消退。

我下楼时，马克坐在餐桌旁，拿着iPad整理垃圾邮件。

他心不在焉地看了我一眼。“洗完澡感觉好点了吗？”

“不，其实没有。”

“怎么了？”

“卡拉到处翻看我们的东西。我是说，看我的东西。”我无法控制自己，还是流露出恼怒的语气。

“啊？”

“她翻了我放内衣的抽屉。”

“你认为卡拉翻看了你的内衣？她为什么要这么做？”

“我怎么知道？不仅如此，她还胡乱摆弄我的书。它们和我放的不一样。”

“你究竟在谴责她什么呢，斯蒂芬？你确定吗？”

“我想说的就是，你能不能问问她有没有在我们离开期间翻乱或挪动了房子里的东西？我的意思是，这样做不太讲究，不是吗？”

他摇了摇头。“好吧。我们想一想。她同意帮我们接待珀蒂夫妇，可是等了几小时他们也没出现。随后，她帮我们询问他们的消息——就这一点，至少我认为已经超出了她所承诺的。然后，在我们陷入困境时，她还帮我们订酒店——”

“可日期是错的。”

“那只是无心之过，斯蒂芬。我们欠了她那么大的人情，而你所做的就是谴责她翻了你的东西。就算她翻看了你的几本书又怎样？你到底怎么了？”

我怎么了？我怎么了？我把反驳的话咽了回去。“我没有别的意思，马克。我很感激卡拉，真的。”当然是谎话。要不是她，当初我们也不会去巴黎。

“你确定你没乱放东西吗？我们出发前，你真的非常紧张。”

我当然很确定。“也许……也许只是我的想象罢了。对不起。你现在不该因为这事烦心。”

他的情绪缓和下来，叹了口气，在我的胳膊上拍了拍——就像对朋友做的那样，而不是对妻子或者爱人。“对不起，我不该责备你。听着，你介意我把工作赶完吗？”

他又把注意力转回到iPad上。我给自己冲了杯绿茶，端着它回到楼上海登的房间，那是整座房子里唯一能让我真正放松下来的地方。我亲手粉刷的蛋壳蓝的墙，为了一首歌从加姆特里网买的带大黄蜂把手的五斗橱，还有表姐从英国寄给我的迪士尼公主的夜明灯，这些东西都能抚慰我的心绪。

这是整座房子里唯一没有被入侵者玷污的房间。

我刚搬进来和马克一起住时，本计划着把整座房子改造一番，摆脱佐伊的鬼魂。这里处处都是醒目的、证明她存在过的痕迹，从复古冰箱到天然松木桌椅，甚至墙上朴素的涂料。我花了大把的时间滚动浏览着装饰品网页，可是时间不知不觉地过去了，当马克离开大学后，我们余下的现金只够用来填补奥黛特搬走时匆忙带走的必需品。

佐伊的房间情况则不同。现在看来有点奇怪的是，我一直没有贸然进入，直到怀孕将近五个月，已经没有时间重新布置了。我知道奥黛特搬去英国时带走了佐伊的大部分衣服和玩具，但是在那个房间四处一看，总有一种被闯入的感觉。我猜马克有时候会进去，门总是关着的——我们家的蓝胡子[①]密室。当我终于鼓足勇气仔细向里面瞧时，惊讶地发现里面是那样空旷。地板上没有铺地毯，窗户上没有挂窗帘，被子还在床上，被整齐地卷放在床尾，但是不见枕头。我试探着打开了衣柜，里面除了一堆叠放在落了灰的架子上的被单和一件孤零零地挂在木质衣挂上的粉色连帽夹克外，便没有其他东西了。

我本计划委婉地提出重新装修这个话题。但是最后，我却在一个晚上脱口而出——那天马克喝了几杯红酒，而且看上去情绪还不错。

那是我们第一次真正地争吵。

不过，现在，这个房间属于海登和我。

我又一次想立即坐进车里，开到蒙塔古去把她接回家。至少，我应该先给我的家人打个电话，让他们知道我们已经到家了。但我现在很疲惫，为什么要让他们担心呢？于是，我决定发一封邮件告诉他们我们明天过去，正如之前计划的。让他们再和外孙女共度最后一天。随后，我忽然想到还没给海登买礼物。我想起巴黎的童装店里那让人

---

① 法国诗人夏尔·佩罗创作的童话故事的主角，《格林童话》初版有收录。蓝胡子国王出远门之前将城堡中的所有钥匙都交给王后，告诉她有一个房间不能进去。王后经不住诱惑，打开门进入了那个房间，结果发现很多女性尸体像人偶一样挂在墙上。钥匙上沾了血，怎么都擦不掉。蓝胡子回家后发现了，要杀掉王后，就像杀掉前几位妻子一样。

尴尬的场景了——我当然想给她买点什么，现在我非常想立即把这件事解决了。

我抓起钥匙，和马克喊了声去商店，然后便跑了出去。

体会了夏天的炎热后，商场里显得清凉宜人，不过一切都太过刺眼和热闹了。这里人山人海，店铺林立；我感到自己格格不入，很难为情，眼前的色彩逐渐模糊。我脚步沉重地在超市的通道里走来走去，胡乱地把商品放进购物车，努力去回忆我们到底需要什么：牛奶、鸡蛋、培根、酸奶、海登的麦片，以及晚饭吃的东西。当我来到陈列玩具的过道时，已经筋疲力尽了。我花了二十分钟从一堆批量生产的劣质货中挑选送给她的东西。最后，我选了一个美人鱼芭比娃娃，那种我曾发誓永远都不会给她买的、很炫的小女孩的礼物。低血糖让我感到头晕目眩，于是我在收款处加了一罐可乐和一块家庭装的牛奶巧克力。在停车场，我坐在闷热的车里，T恤衫紧贴着我的后背，我吃光了这两样食物，然后把“证据”藏在了副驾驶的座位下面。

我回到家时，马克正坐在客厅里茫然地看着橄榄球赛，尽管他平时很少观看。迅速补充的糖分让我感觉迷迷糊糊，皮肤由于蒸发的汗水而变得黏糊糊。我还得再洗个澡。“你想吃点东西吗，马克？我买了鸡蛋和培根。”

“我不饿。”

“可你自从下飞机就没吃东西。”

他也没洗澡，但是我没有提这件事。事实上，他还穿着前两天的衣服。我不愿去想他那件沾了猫血的大衣，我想把它送给下一个按门铃的乞讨者。“没关系。不管怎样，谢谢了，斯蒂芬。”

“要我给你放洗澡水吗？”

他不情愿地把视线从屏幕上移开，打了个哈欠。“我自己来吧。对了，我想去睡一会儿。你介意吗？”

“可时间还早。”而且你臭得像一只死猫。

“我知道。如果你想让我陪你，我可以不睡。”

“没关系。你上去之前能不能检查一下门窗，然后把警报装置设置好？”

他做这些时，我在屋中踱着步子，然后坐在厨房里闷闷不乐。该死的卡拉。我真想拿剪刀在她的大衣上划个口子，在上面倒上石蜡，一把火烧了。

那天晚上我一宿没睡。我在线看了一部电影，讲的是一帮有很多严重问题的性瘾者，在影片的最后十分钟神奇地解决了各种问题，之后我又耐着性子看完一部以新西兰为背景的恐怖悬疑电视剧。我一直竖起耳朵听着房子发出的吱嘎声。我知道那只是老房子因天气炎热受热膨胀造成的，但是每一声都会让我紧张不安。终于，我在清晨的金色阳光悄悄泛起时睡着了，感觉只睡了五分钟，便被马克在我面前摇晃手机的动作弄醒了。“你爸妈发来短信了。他们已经下了N2高速，几分钟后就到。”

“几点了？”

“快到一点半了。”

“真的？”阳光透过防盗护栏射进来，刺得我睁不开眼。我的脖子由于睡眠姿势很别扭而感到酸痛。“你为什么不叫醒我？”*为什么你昨晚不准时回家来找我？*

“我不想打扰你。”

至少他已经刮了胡子，看起来整洁又精力充沛。我感觉嘴里很黏而且有异味。“我要去刷牙。你去迎接一下，告诉他们我马上就好。”我一跃而起，一想到海登要回家了便立即有了精神。

“不了。”

“等等——怎么回事？”

“不了。是这样的，斯蒂芬。我不想见到他们。我想待在卧室里。我今天早上没心情听你父亲说三道四。”

“海登要回来了。你不想见她吗？”

“当然想。但我可以等你爸妈走了再看她。拜托了，斯蒂芬，我只是现在没法接待他们。”

“那我要说你在哪里呢？”

“告诉他们我在倒时差。”

根本没时间争论下去，因为几秒钟后，门铃响了。我打开门时，海登尖叫着跑进我怀里，我把脸埋进她的头发，呼吸着婴儿洗发水的香味，竭力忍住不哭。我告诉爸妈马克还在睡觉，把他们带到了厨房。我为他们泡茶的时候，海登拆开了我给她买的糟糕的礼物，那个娃娃——当然，她很喜欢——并且把它介绍给外婆送给她的高级得多的艾莎公主。

她没有问爸爸在哪儿。

我爸爸在一楼走来走去，反复查看防盗护栏，抱怨着马克买的警报器太廉价，我则哄骗妈妈，说着巴黎的旅行——夸张地赞美那儿的风景、公寓和食物——并且答应她下载好照片就立刻通过邮件发给她（另一个谎言：我们根本没有在这次糟糕透顶的旅行中拍什么照片，虽然应该给珀蒂夫妇那差劲的公寓拍些照片发给换屋网站。）他们没待太久：当晚他们的民宿还要接待一对夫妇。我拥抱并感谢了他们，尽量不因为母亲对离别的小题大做而感到生气——我知道她想让海登哭闹起来——然后走到门廊，目送他们离开。

我们回到屋里时，马克已经下了楼。

“看！”我高兴地向海登喊着。“爸爸在这儿。快去亲亲他。”

她让他抱了抱，然后扭动着挣脱了，摇摇摆摆地走到芭比和艾莎公主那里。

“她看起来很开心。”马克说。

“她过得不错。”

“太好了。”他避开我的目光。“斯蒂芬，你介意我出去一会儿吗？”

“去哪儿？”

“去和卡拉见一面。可以吗？最好把备用钥匙从她那儿取回来。”

“可是我本希望我们今天能和海登一起做些什么。她刚回家。”

“我不会去太久的。我会弥补你的，我保证。”

他看上去基本恢复了常态。我真的想和他争吵吗？就算他不去见卡拉，她总会有机会来这里的。这我应付不来。“好吧。”

“真的？”

“是的呀。去吧。但是别太久。”

不知是什么原因，马克刚走几分钟，我便焦躁不安起来，以前那种紧张的感觉又开始逐渐增强。我让海登坐在电视机前，然后去设置警报器。我在房子里踱步，反复确认两扇门都关着并上了门闩。屋里闷热难耐，可我连开一扇窗的想法都不敢有。

我正想着喝点烈性酒，这时警报声大作。惊吓来得太突然又出乎意料，导致几秒钟之后我才明白发生了什么。

海登也在尖叫。

我冲到客厅，把她抱进怀里，然后只是站在那儿，紧紧地闭上眼睛，紧紧地搂着她。我动不了，仿佛瘫痪了一样；我在等待冰冷的刀锋抵住我的喉咙。有个声音咆哮着，质问保险箱藏在哪儿。我们的警报器没有和任何一家私人安保公司相连接——我们付不起月租费。除非有邻居报警，否则我们孤立无援。没有人进来。手机，我需要手机。我拍了拍衣服口袋，但不在里面。该死！我到底放哪儿了？

“妈妈！妈妈！妈妈！”海登一声又一声地喊着。突然袭来的一阵新的恐慌让我恢复了行动能力。出去，出去，出去！我跑到前门，手指笨拙地打开防盗门锁。我们来到门廊时，有东西在海登的手指里发出哗啦啦的响声。我低头望去，只见破碎的紧急按钮落在石板上。我颤抖地把海登抓到我身边，弯腰把它捡起来。屋里的警报还继续尖叫着，随后终于停止了。

“海登？”我尽量用温柔的语气说，“你碰了这个吗？你按了这个红色的按钮吗？”

她点了点头。“是的，妈妈。”

我深深地吸了一大口潮湿的空气。“你不可以再碰它，听到了吗，海登？”

她抖动着嘴唇。“对不起，妈妈。”

“没关系。只是个错误。”我用手掌擦去她脸上的泪水。

“你没事吧？”一个男子的声音说。我用手挡在眼睛上遮阳。一个和我年纪相仿、又高又瘦的男生站在大门外。我认出他是住在隔壁的一个学生。

我的脉搏慢了下来。我咽了下口水。“没事。多谢了。我的女儿按了紧急按钮。对不起，希望没打扰到你。”

“没关系。习惯了。我来自约翰内斯堡。”他向我咧嘴一笑。“不管怎样，已经发生了很多次。”

“发生了什么？”

“你们的警报。响过很多次。”

仿佛有一个冰冷的拳头给了我重重一击。“什么时候的事？”

“前几天。”

“我们不在家，刚回来。”

“是的。我发现了。我给警察打了几次电话，但他们没露面。我查看了你们的门窗，但它们都锁得很牢固。估计就是误报。”

“你太好了。”

“小事一桩。”他耸了耸肩。“我听说你家遭到入室抢劫了。我表兄他们家也是。那些闯进去的家伙拿枪口抵着他们来……”看出我惶恐不安的神情，他的话音渐渐停止。“对不起。你不想听这些的。对了，我叫卡里姆。”

“我叫斯蒂芬，这是海登。”海登抽回最后几滴眼泪，冲他羞涩地笑了笑。

“哇哦。好可爱的小孩。那个住在这儿的家伙是你父亲吗？”

血液涌上双颊，让我本来就很热的脸变得滚烫。“不是。他是我老公。”

“我真是笨死了。”

我大笑着。搭讪的感觉真好。“不要在意这些。”

有人在按车笛，唤着他的名字。“得走了。我们要去克利夫顿。临时起意，你懂的。”

“太棒了。”何止是太棒了。嫉妒的小气泡浮现出来：我想象不出那般无忧无虑是怎样一种感觉。心血来潮就去海边，喝着啤酒，谈天说地。

“是啊。去游泳。真他妈热。”他赶紧把手捂到嘴上。“对不起。不能在孩子面前说脏话。”

“她听过更糟糕的。”我挠海登的痒痒，她扭着身子，咯咯地笑着。

“她真的太可爱了。”

“再次感谢你帮我们查看屋子。我欠你一瓶啤酒。或者六瓶。”

“嘿，别放在心上。如果有需要随时找我。回见。”他又冲我咧嘴笑了笑，随后便漫步离开了。

回到房子里，我决定不去重置警报系统——如果系统有故障，我不想再冒险让海登因为它误报而受到惊吓。为了转移自己的注意力，我全情投入地和她一起玩。我们玩海盗和换装游戏，用得宝积木堆房子，我还用她全新的艾莎公主娃娃和廉价的人鱼芭比给她表演木偶剧。渐渐地，我感到压力消失了。当海登变得烦躁时，我把她安放在沙发上，给了她一瓶果汁；她打盹时，我坐在她身边。

我坐在那儿，听着海登睡眠时的呼吸，让我的思绪从头到尾回顾着烦扰我的那些事。虽然警报器有故障，但房子是安全的。我爸爸已经确认过了。没人闯进来。海登也很好。这是最重要的。也没必要老是想着巴黎的事。在法国发生的那些事纯属倒霉。有没有可能是入室抢劫带来的事后恐慌让每件事都受到了传染，让一切看起来都比实际情况更糟糕？当然，毋庸置疑的是珀蒂夫妇他们的确很奇怪，我们也没办法摆脱米雷耶的所作所为，可是那位女警官也说了，她患有精神疾病。马克和我只是在一个错误的时间来到了一个错误的地方。就算卡拉翻了我的东西，又能怎样呢？如果她的生活极度缺乏成就感，导致她以窥探别人的东西为乐，那是她的问题，不是我的。而且我也没有什么要隐藏的东西。没有奇怪的性爱玩具、日记或私密的情书。马克的情况则完全不同：他一直承担着压力，毫无疑问。他到家时，我已经坚持——为了海登——让他去做专业的心理咨询。

我给他发了条短信——是四点发出的，他已经离开两个多小时了——但是他没有回复。

他回家时已经将近九点半了。我在我的卧室里给海登念故事时睡着了，地板上吱嘎吱嘎的声音把我惊醒，伴着那熟悉的令人窒息的猛烈声响。但我并没有匆忙站起来，我懒得起身，只想就这么躺着，什么也不做：如果那些家伙回来了，随他们去吧。我之所以会这么想，也许和马克一样，也到达了崩溃的边缘。我不确定自己还能承受多少那无尽袭来的、令人感到大起大落的恐惧：夜晚的噪声，无端的偏执妄想。

我费了很大的力气抓起紧急按钮，踮着脚走进阴暗的走廊，一直告诉自己：*那就是马克，那就是马克。*

海登房间的灯开着，门半敞着。“你在里面吗，马克？”

我小心翼翼地朝里面迈着步子。他正在她的床上方弯着腰，把被子从被罩里拽出来。另一个被罩团在脚边。“马克。”

他转过身，目光呆滞地看着我，就像一个被突然叫醒的梦游者一样。

“你在干什么？”

几秒过去了，接着，“我觉得这个也许脏了，应该换一下。”

“那个还很好，很干净。我们出发前我刚洗过。”

“天哪。”他勉强地笑了笑。“我不知道自己在想什么，斯蒂芬。也许我变得有些洁癖。也许是因为今天晒了太久的太阳？”

“马克……”

“真的。别那样看着我，斯蒂芬。我没事。”

我帮他把海登的被子塞回到被罩里。他呼出的气息中透着明显的酒臭味；他开车回家时酒精浓度肯定超标了。

“妈妈？”海登摇摇晃晃地走出我们的卧室。

马克走向她。“我来把她放到床上。”

“没关系。我来吧。”我冲过去，一把搂过海登。我不想让他碰她。她把大拇指悄悄塞进嘴里，把头埋进我的肩膀，那是她不安时的表现。她已经意识到了萦绕在房子里的紧张气氛。“你为什么不去睡觉呢，马克？”我用愉快得过头的语气说。看，海登，我们还是一个快乐的大家庭。你的爸爸没有疯掉，哦不，不，不。“你需要休息，马克。尤其是之后……而且你明天还要去上班，不是吗？”

“对啊，是的。你说得对。”

我冲他特别假地笑了一下，然后带着海登一起下楼到厨房。当我把海登抱回她的房间时，马克已经不在了，我们的卧室门是关着的。太好了。我躺在海登旁边，尽可能地紧紧挨着她。今晚和他聊天是没有意义的。他喝醉了。明天我会坚决要求他去看心理医生。或者……或者什么？让他离开，直到他自己把问题处理好？不。我们是一家人。我们曾经很幸福，无忧无虑。

海登把被子踢到腿下面，把我弄醒了。我坐起身，把艾莎公主撞到了地板上。马克摆弄的那个被罩在房间的角落里团成一团，上面带着俗气的V形花纹，我肯定不会给海登买这样的东西。我过去捡起它，把它抖开。它已经起球、有多处褪色，上面还沾满了灰尘。这到底是哪儿来的?

但我知道。这是佐伊的。这肯定是佐伊的。

我把它团成一团，蹑手蹑脚地下了楼。在厨房里，我把它塞进一个垃圾袋——至少这一次不在乎有谁或者什么东西潜伏在外面——然后飞快地跑出去，跑到带轮子的垃圾箱旁。我拽出里面原有的垃圾袋，把被罩扔进箱底那一摊已经生了蛆的腐臭的脏水中，关上了盖子。

17. 马克

为了避开桑特的凝视，我感到双眼很累，所以当一只猫嗞嗞地叫着跑出去，让两只硕大的猎狗飞快地蹿下沙发，伴着一阵阵低声吠叫，砰的一声破门而出，院子里的鸡被吓得嘎嘎大叫，我仿佛得到了解脱。至少我有借口去看别处。

心理医生的诊所在遥远的波特拉里山区的一个小农场里。你一定以为在南部的郊区，每个中产阶级家庭都会有两个住得很近的心理医师，但桑特·朱伯特是那里唯一一个和大学普通医疗服务机构签约的注册心理医生。有很多精神科医师五分钟内就能接待我，但我不想接受药物治疗。不管它是什么，都不是可以简单地用药物抑制住的事情。我之前尝试过，但是并没有效果。

“我没有妄想症，斯蒂芬，”我说，“我不是精神病。我并不危险。”

斯蒂芬把海登搂得更紧了，越过她的肩膀，愤怒地低声说：“那为什么你的女儿在哭？为什么你对我大吼大叫？”

“我没有大吼大叫。”我喊道，随即住了口。

多么俗气的场景，在千千万万个不幸又沮丧的家庭里上演过无数次了。我们也不例外。我换了个语气，放下手。“你想要我做什么，斯蒂芬？怎样做才能让你信任我？”

“这和信任无关，马克。我担心你，仅此而已。你难道不明白吗？”

“然后呢？我能做什么？”我匆匆看了一眼海登，压低了声音，仿佛这样她就听不到我说的话。“自从我们回来，你就不让我和她待在一起。”

“你在怪我吗？有时候我觉得你必须喝得半醉才能接近她。”她喘了口气。“我知道你承受着很多压力。也许有很多的事情你想不明白，而你一直在压抑着。说出来会对你更好。”我无法分辨她的表情是为了加强语气还是出于恐慌。“我们只希望你能感觉好一些。”

一切的导火索是我一直等到我以为斯蒂芬睡着的时候，把佐伊的被单从垃圾箱里捡了回来，想要铺回她的床上。我知道佐伊想要我做什么，但是没法向斯蒂芬解释。我所做的一切都只是为了安抚佐伊。我一直在哀悼，看在上帝的分儿上——你无法渡过难关；悲痛一阵阵袭来，永远挥之不去。斯蒂芬永远也不会明白这种悲痛。如果她失去了海登，她可能会光着身子满街乱跑，尖叫着拔掉所有头发，每个人都会迁就她。但如果我想以某种私密的方式去缅怀我的女儿，我就突然间成了精神病。

这不公平，我内心那个受挫的小孩抱怨着，这样悲哀、可怜的恳求让我感觉更加被疏远。就在那时，我想与之抗争到底，坚持自己的立场，维护我逐渐被削弱的权利，但是一瞬间，一切都改变了。在斯蒂芬激动地来回走动时，海登停止了哭泣，把她的脸搭在斯蒂芬的肩头；抬起她的小手，把头发帘撩起一个小缝隙，偷偷地看着我。我本能地冲她笑了笑，眨了眨眼——我一看到她就会这么做。她也冲我笑着，虽然有些犹豫，但是很温暖。

“我只是想让一切好起来。”我说。而不是，不管怎么想都是我错了。

“那就证明给我们看。证明你的意愿，然后我们看看接下来怎么办。”虽然她用的是安抚的话语，但是语气冰冷，她的身躯就像堡垒的一堵墙。这就是争吵的结果，那一晚所能达成的双方最能接受的共识。

我在贝尔维尔的开拓者路上被拦在一辆摇摇晃晃的大货车后面，开得缓慢的车子赶超了更慢的那些，虽然已留出足够的提前量，十一点的那场治疗我还是迟到了。我按照桑特给的路线，沿着一系列辅路开到了一条满是车辙印的土路上——我的小现代底盘太低了。我按下大门对讲机上的按钮。当我扫视着房子外墙安装在预制混凝土墙板上那些带刺的铁丝网和电线时，对讲机发出了噼噼啪啪和嗞嗞的声响。我坐稳，报出自己的名字，电动门打开了。我顺着车辙，沿着栅栏开向坐落在一片柏树中的楼群。五十岁上下的桑特·朱伯特——全身裹着印度丝绸，看不清身材和体型——引导我把车停在三辆货车中的一辆旁边。

我正要迈出车门，只见两条大猎犬从一个门口蹿出来奔向我，耳朵上下拍打，这么远我都能看见挂在它们黑色嘴唇上的一圈口水。也许人类的原始大脑注定会在生命的最后一刻察觉到如此美妙的细节。我僵住了。桑特并没有去阻止，它们奔跑起来，然后在距离我半米的地方用爪子刹住脚步，其间她只是面无表情地望着我。

“它们喜欢你。”她拖着酒庄的长调慢吞吞地说，好像我通过了某种测试，好像那些狗能辨认出我确实是我口中的那个我。

它们闻着我的鞋子，摇晃着尖尖的尾巴，我注视着它们。我本该说一些风趣又镇定的话，比如“如果它们不喜欢的话，会吃掉我吗”，却由于开车导致的紧张加上受到了两只狗的惊吓而张口结舌，只说了句：“嘿。”我跟着她走向其中一间矮一点的外屋，感觉越来越难受。难道心理医生不应该让她的患者放松下来吗？难道这不是治疗的目的吗？

所以，当她带我来到乱糟糟的谈话室时，我所有敞开心扉的想法都萎缩了，她说：“希望你不要介意那些狗也一起进来坐。”我真的很介意，因为这两只大丹犬就这样跟着我们进来，趴在盖着破旧的棕色床单的沙发上。可我又是谁，又能说什么？这并不是我期待的宁静而简约的心理咨询室，也不像我见过的任何一家医生的办公室。桑特的屋子里全是陈旧的家具，就和它们那披着纱、看不出形态的主人一样，还铺着一堆搭配很不协调、沾满了毛发和泥巴的地毯。屋里有一股马汗味和狗呼吸的臭味，从窗户透过来的昏暗光线下，一群苍蝇在懒洋洋地嗡嗡作响；这屋子是间地下室，被泥土包裹，我们好像躲在一棵大树盘根错节的枝干之中。

好吧，当我在她指给我的扶手椅上坐好时，我想，这间屋子的确让我感到远离了上班的商务区，远离了我的家，远离了开拓者路上无聊的挑战、沿途的汽车餐厅和混凝土政府办公楼，被放逐到一个臭气熏天的霍比特人地洞里。我要好好感谢那些塞在不相配的架子上的大部头书籍，占据了屋子的大部分空间，形成了很多可供躲藏的天然角落。但随后我看着她时，她像一个性冷淡的女舍监一样审视着我；我把后背挺直，往椅子前端挪了挪。我可不是会被低劣的把戏套出实话的小孩。这是典型的心理医生会用的手段：盯着你看，直到你说出点什么，而你说的第一句话往往是最能透露心思的，他们全程都会通过它来判定你。我不想首先打破僵局；她可以盯着我，想看多久就看多久。当然，我有一辈子的时间可以倾吐，但为什么是此时此刻？为什么要在这儿？我本应该说出对斯蒂芬和奥黛特的罪恶感，但我不会说给这个怪人。

也许只是过了三十秒，感觉却像是一小时，我的目光不自然地四处游移，但就是不看她，我意识到我这种固执的沉默和可能说的第一句话一样能透露心思，可事已至此，如果没保持住沉默，那也许就是我性格中最值得谴责的地方，或者说缺陷。我很倔强，却过于脆弱，无法坚持任何原则。所以，当猫嗞嗞地叫着、呼噜呼噜地跑出去，让鸡群陷入了狂乱，那两只狗在桑特和我之间吠叫着，然后猛地破门而出时，我终于可以如获特赦地看向别处，说些无关痛痒的话。“你不想去看看吗？”

但这句话并非无关痛痒，确实不是。我知道那些狗是来保护桑特的，她房子周围的高耸围墙也是。我很好奇这里发生过的事情，是什么导致了如此高级的防御系统，这肯定不是预防措施。这里肯定被无数位靠救济金生活的人袭击过，那些人绝望又贫穷，就住在她周围杂乱不堪的城郊处。这让那三个男人的身影闪现到我的脑海中，让我又听到了斯蒂芬恐惧的呜咽声。我曾祈祷再也不要听到这些。桑特嬉皮士般的消极状态让我觉得整个建筑似乎又加了一层保护膜。

她只是撇了撇嘴，摇摇头。“不用，没关系。”她说，然后继续盯着我，右手放在椅子扶手上的记事本上，没有轻轻地敲着手指，没有不耐烦，只是等待着。

我没有力气再来一轮眼神躲避战了，于是清了清嗓子，说：“我想知道我们是否可以一次就完成治疗。”

“完成？”

“医疗补助只够四次，所以我们也不可能进行太深入的治疗。那么也许接下来几天可以完成治疗，不知道您是否有时间？”

“看看情况。我们等会儿可以讨论一下折扣。”

我耸耸肩，很清楚无论她给出什么样的折扣，我都不会支付的。

现在不说就没机会说了。

“你今天为什么过来，马克？”

“为了证明我有意愿。”

那只棕色的狗慢悠悠地回到沙发上的位置，伸着懒腰，放了个屁。桑特依旧是面无表情，但是我笑了。我想是因为如果有机会选择，我宁愿做一只有生气的狗，也不愿意做一只总是神经质的高冷散步的猫。

自从旅行回来，我第一次允许自己想起佐伊对那只猫的所作所为，在脑中回放当时的场景，并不是斯蒂芬想让我们记住的那样，而是真正发生的样子。这一切都不是巧合，我说服自己。那些守卫的大狗、凶猛的猫、带刺的电线和带电的栅栏，这个女人知道我，她了解我，或许比我想象的还要多。或许我最终会来到这间发霉的屋子是有原因的。

“有意愿去做什么？”她问。

“哦，这只是个玩笑。我妻子说过的话。”

“私房笑话是任何关系中重要的晴雨表，”她说。“是一种除他人之外的复杂密码，暗示了你们的亲密、共鸣，甚至是心电感应。但是我不知道你，马克，那么……如果你来这儿寻求我的帮助……”

“我知道，”我说，“我来这儿是有原因的，而且我想，最好告诉您是什么。但我不知道从何说起。”

她让我想了很长一段时间，但当我还是想不出时，她说：“那告诉我，对接下来的四次治疗你有什么期待。你住在伍德斯托克，是吗？那么远。你一路开车到这里有什么期待？你害怕什么？”

“总的来说？”

她终于对我报以微微抽动的嘴角。“现在我们可以说得具体一些。你希望这次治疗达到什么效果？有什么事让你担心？”

我换了个姿势，靠在沙发上。我不知道上次有人询问我的期望和恐惧是什么时候了。我知道这是一个策略。我知道这是奉承，但她却让我放松下来，有了交谈的欲望。在这一小时里诚实地回答她的问题比抵触要容易得多。毕竟，这是我大老远过来的原因。

“我想我希望这次治疗能起作用。我的妻子想让我过来。我想让她满意。”

“她现在不满意。”这不是一个问句，所以我没有回应。“她想让你表达你的意愿去……去做什么？去体谅她？去改变你的行为？”

“是的，而我不觉得我需要改变什么。我没有问题。”

“可是你的妻子认为你有。告诉我，她觉得你哪儿有问题会有帮助吗？”

我考虑了一下。“不了，那并不重要。我只是想让她再次信任我。”我想加上*信任我并让我和女儿正常相处*，但那听起来很糟糕，而且我也不想在接下来的治疗中花时间去说服这个陌生人：我从未伤害过海登，也没有要伤害她的想法。我不想把我的女儿们卷入谈话内容。“我只是觉得……我们不交谈的时候……我感觉很孤独。她是我的朋友，我很想她。”

“那么，虽然你认为自己没有问题，但你还是来到这里，希望能够解决问题，这样你就不再孤独了。”

我皱了皱眉；确实可以这样总结。

“我知道了。”桑特说。

我回家的时候迷路了。我以为在回贝尔维尔的路上左拐就可以绕开那些缓慢的货车，但那条路一直没有回头路，最后我蜿蜒地开过了埃尔希斯河、恩伯格和菲利皮。那些开着五颜六色改装车的危险的孩子徘徊在崎岖不平的路上，但他们都没看我和我那毫无吸引力的现代一眼。直到将近一小时后，开到了巴登鲍威尔公路我才找到方向。通常，这样的旅行会让我紧张、愤怒，但这次治疗后，我感觉自己游离了，分裂成两部分，从自我中抽离出来，仿佛我的身体是与世隔绝的泡影，而我是一个鬼魂，从外部看着它。没有人能伤害一个鬼魂。

我把车停在一个沙丘旁的临时停车场，向一群坐在丘顶看着钓竿的人打着招呼。我从他们的后面绕过，顺着玻璃、塑料碎片及碎石混合成的小路踏步而行，找到一块相对干净的、沙子堆成的土坡，坐了上去，看着海鸥在钓鱼线上方盘旋，一匹匹白马在汹涌的水面上蹦跳着。强劲的海风带着丝丝咸味，偶尔还有人们身上的臭味。尽管如此，风景依旧很美：湛蓝的天空，白色的沙滩，还有凉爽的靛蓝色海水。我不确定以前是否来到这片海岸上坐过——那不是你能停留的地方——即使我想让佐伊加入我，也不确定她是否找得到路。

我到家时已经是傍晚时分。我进屋时，斯蒂芬正在给海登洗澡，我把东西收进储藏室后，站在门口，和她们打招呼。斯蒂芬头也不回地咕哝了句："嘿！"；我没想过海登会给我回应，因为她正在玩她的鱼。我在壁柜的镜子中看到了自己：我的脸被严重地晒伤了。我抬起手指摸了摸滚烫的双颊，注意到上面的裂纹。我低头向下看，翻过手，仔细地看着：我的手背上有几行抓痕，有些已经结痂、沾着凝固的血迹。手指甲里满是黑泥。

我走到水池边洗手，肥皂蜇得伤口很疼，棕色的水终于变得清澈了。

"治疗怎么样？"斯蒂芬问。

"很好，"我说。"真的很不错。让我很惊讶。我以为会——"

"你今天下午去哪儿了？"

"我休息了一整天。"我把手按在栏杆上颜色最深的毛巾上。

"我知道。但你去哪儿了？"

"就是开车溜达了一圈。好久没去海岸那边转转了。"

"你没和卡拉在一起，是吗？"

我叹了口气。*是辩解还是简单地回答？*"没有。"

她接了一壶水，让海登躺在她的胳膊上，温柔地把她黑色的鬈发拢在一起，一边捋着一边往上浇水。她太擅长做这件事了；海登没有尖叫，她躺下去，叹着气。斯蒂芬往海登头发上涂着婴儿洗发水，按摩、揉搓着，拧干，然后冲洗干净，看得我简直入迷了。她在海登的头发上缠了一条毛巾，把她抬了出来。

"不嘛，妈妈！"海登喊道。"我要鱼！"

"该跳出来了，小淘气。要把你擦干，晚饭前可以玩一会儿。"

海登继续抱怨着，但是斯蒂芬不听，一分钟就给她擦干了。

“我来收拾这里吧。”我说。

“谢了。”斯蒂芬答道。她给海登披上《冰雪奇缘》图案的浴袍，把她抱到了卧室，我为自己感到很羞愧。如果去接受心理治疗和为她们打扫可以驱走这种感觉，让她再次爱我，我就会去做——这不是在自我否定；我正在抓紧生命中最后一丝美好。

我拔起塞子，把玩具收到一起，放进浴盆角落的桶里。我把香皂捡出来，打开手持花洒清洗浴盆。下水很缓慢，海登的头发堵在了排水口。我把头发捡出来，它们令人满意地纠缠在一起，闪烁着蓝色的光亮，充满了生命力。我难以舍弃它们，于是把水挤干，带在了身边。

18. 斯蒂芬

我刚把佐伊的被套扔进垃圾箱不到一小时，便撞见马克在楼上的过道里拖拽着它（他一定是趁我回到海登的房间时，悄悄溜出房子，从带轮子的大垃圾箱里挖出来的）。就在那时，我给他下了最后通牒："要么你接受专业治疗，要么我和海登离开。"我没有提高声调，没有争吵。他只是低头看了看地上那堆恶臭的布，仿佛他是第一次见到，然后点点头，承诺第二天就去预约。我没有陪他去治疗，但我很确定他遵守了承诺，因为来自心理医生桑特某某（我想不起她的姓了）的账单陆续寄到家里。显而易见的是，马克的全部治疗费用并不在我们的医疗补助范围内。我无视那些账单，我也会无视那必然随之而来的律师函。桑特某某可以将我告上法庭。她本该帮助马克，可她失败了。也许我们都失败了。

马克可能同意了接受治疗，但从巴黎回来后的这些天，我还是无法摆脱这种不安的感觉——有人曾经翻乱过我们的东西。我无法证明是卡拉翻动过，但那些物品细微的位置变动像是刻意要让我怀疑自己，我不禁觉得存在着某种恶意。每天我都会发现一点新的怪事：一件我几个月没有穿过的夹克的口袋翻了出来；一支我很少涂的口红被用到只剩下底部。每次遇到这些不对劲的地方，我都努力说服自己那只是凭空想象，但我睡不好，而疲惫又加剧了焦虑和猜疑。

那晚，马克做完第一次心理治疗后回家有些晚，警报在凌晨三点响起。我正和海登躺在床上，这时它突然尖叫起来，在我刚刚设法获得几分钟的睡眠时猛然惊醒了我，使我胸前展开的书滑到了地上。这一次，海登没有尖叫，她只是坐起身来睡眼惺忪地抱怨着噪声。我努力为了她保持着镇静。“没事的，宝贝，我会让它停下来的。”

我向门口跑去。“马克！”我朝漆黑的走廊低声喊着，竖起耳朵听是否有陌生的脚步声或者说话声。他没过来。没有回应。“马克！”我脑海中闪现出一幕幕可怕的场景：他们又闯进来了，他们捉住了他。他们在折磨他，掰断他的手指，用熨斗烫他的皮肤，用枕头把他闷死。不知为何，我想到了比这更糟糕的场景：他正躲起来，把自己安全地锁在浴室里，让我和海登独自应对。

海登的声音让我回过神来并采取行动。“我头疼，妈妈。”

“没事的，宝贝。它很快就会停下来的，你看。”

我不能让他们进来。我不能让他们逮到我们。可我能做什么呢？

门上没有锁。我试着把五斗橱挪到门口，却没有力气，只能让它偏离墙一点点，我后背的肌肉紧绷起来。随着它摇晃着离开了墙，在海登的夜灯射出的昏暗灯光下，我发现一个黑色的物体躺在五斗橱后面的踢脚板旁：一把陌生的发刷，齿上缠着金色的发丝。我听到了脚步声，把海登紧紧搂进怀中，还是不知道该采取什么行动。门被一把撞开，出现的却是马克——就是马克。他根本就没抛弃我们。他看起来非常沉着冷静，甚至还有空穿好了牛仔裤和运动衫。

他咔嗒一声打开了主灯，让我们感觉很刺眼。“你们俩还好吗？”

“我一直在喊你，马克。我很担心……我以为……我不知道……”

“我一直在查看房子。一切都很安全。”

“你确定吗？”

“非常确定。我一直试着让警报停止，但密码无效。”

我把海登的重量移到我的臀部。她重得让我有些抱不动了。马克向她伸出手。“来，让爸爸抱抱。”我犹豫了一下，把海登递给了他。我本应该为他这种关心女儿的表现感到欣慰，但相反，我感到很不安。

“你去看看能不能关掉它？”他对我说。

“好啊，不过我们是不是该叫警察过来，以防万一？”

“我检查过房子了，斯蒂芬。为什么要浪费他们的时间呢？”

内心一个罪恶的声音在尖声说，如果我有工作，如果当初我没选择留在家里带海登，那么我们也许就付得起把警报器连接到安保公司每月所需的五百兰特了。也许又是个误报，不是吗？“似乎在我们离开期间它也总响。”

“谁说的？”

“我们的邻居——一个学生告诉我的。”

“你为什么没告诉我？”

“我本想告诉你的。但你最近一直心烦意乱的，马克。”更不用说快要精神错乱了。

“太吵了，爸爸！”海登哭了起来。

“你能去试着关掉它吗，斯蒂芬？”他又说了一遍。

我跑到楼下去摆弄警报器。我刚摸了一下操控板，它就停住了。我没有重置，因为考虑到就算有人闯了进来，它也没有用。相反，我在房子里疾走着，反复检查了门窗，每次听到什么响声都让我吓一跳。

当我回到海登的房间时，马克正在把五斗橱移回原来的地方。我已经记不起那后面的发刷了。海登舒服地躺进了床里，眼睑正往下垂着。

马克冲我笑了笑。“不错。明天我会找人过来看一下。也许只是电路松了。”

他关了主灯。他那被拉长的身影缓缓飘过海登的被子，就像可怕的诺斯费拉图①的身影。我打了个寒战。海登此时正平稳地呼吸着。

① 电影史上第一部以吸血鬼为题材的恐怖片《诺斯费拉图》的主角。

“她睡着了，斯蒂芬。走吧。睡觉去。”

我一想到要把海登一个人留在屋里就受不了。或许是我接受不了独自和马克睡在一起。“不。我想在这儿和海登一起睡。”

“把她带到我们的卧室怎么样？”

我注视着他。他从一开始就反对让她睡在我们的卧室。我们从没讨论过为什么，但我自认为那曾是佐伊的习惯，而他也不鼓励海登这种依恋的行为。“现在把她搬过去似乎有些晚了。”

“那好吧。睡个好觉。”他在我的脸颊上轻轻地亲了一下，随后离开了房间。我爬进海登的被窝里，很确信自己睡不着了，但睡意立即向我袭来。

海登抚着我的头发，把我弄醒了。明亮的阳光从窗帘的缝隙中透进来。“妈妈！妈妈，快起来。妈妈，看。”她指着床下说。

“什么？”

“看，好傻！快看那个可笑的女人。”

“什么可笑的女人？”

“看！”

我滚下床，无力地跪趴在地上。床下面只有一双海登的袜子和美人鱼芭比。我把它拽出来，递给她。“是这位可笑的女人吗？”

海登把手放在臀部，惟妙惟肖地模仿着我妈妈对爸爸发火时的样子。“不是的，妈妈！”她用舌头发出啧啧的声音，从我手中拿走了美人鱼芭比。

“爸爸去哪儿了？”现在几点了？当我找到手机时已经将近九点

了——我把它放在了海登屋里的床头柜上，但昨晚却愚蠢地没想起来用它。海登一般六点就起来了。天哪，将近三小时没有人看管她吗？我抱着她来到楼下，看到马克在餐桌上留下的字条后放松下来，上面说他试图早点叫醒我，但没有叫起来，于是一直等到他听到我醒来，便立刻出发了。他为什么不喊我？他一定是蹑手蹑脚地离开家的；我没有听到房门的吱嘎声和大门关上时刺耳的砰砰声。

“爸爸给你做早饭了吗，海登？”

她点点头：“讨厌的麦片。”

“那你吃了吗？”

“没，妈妈。我想吃带笑脸的鸡蛋。”

“要说‘请问我能吃带笑脸的鸡蛋吗？’”

“求你了，妈妈。”她甜甜地说着。

我给海登煮了个鸡蛋，像往常一样在蛋壳上画上笑脸，把吐司切成窄条，让她能蘸着蛋黄吃。我不想吃东西；那天早上，我甚至不知道自己能否喝得下咖啡。

“勺勺，妈妈！”海登说。

“说请！”我厉声回道。

“请，妈妈。”

我打开抽屉，寻找那些她喜欢的有特殊装饰的勺子，可大部分都在洗碗机里，而我昨晚忘记启动了。我在一堆刀叉中乱翻着，金属间碰撞发出刺耳的声音——终于找到一把，可上面长了一层厚厚的黑色霉菌。我将那把勺子直接扔进了垃圾桶，然后把抽屉猛地拔出来放到操作台上。装餐具的塑料托盘一尘不染，其余的餐具也是如此。这说不通啊。也许是马克或者我偶然间没注意，将一把脏勺子放进了抽屉。

海登又喊着要勺子，于是我心不在焉地从洗碗机里拿了一把，洗了洗，砰的一声丢在她面前。随后，我检查了厨房其他地方。其他东西看起来没有被移动过，可就是感觉不对。我疑神疑鬼地想着：也许这一切是一个精心布置的陷阱——就像我写的一本犯罪小说一样——有人刻意设计让我疯掉。就是为了让我和马克关系破裂。

或许我才是那个需要看心理医生的人。不。简直是一派胡言。我才没疯。

“妈妈！看！”海登咧着嘴冲我笑着，往瓷砖地上扔了一片黄油吐司。

“不许这样，海登。”

她又扔了一片。

“海登。我在警告你。”

她咯咯地笑着，接着，确认了我在看着她后，拿起最后一片扔了下去。她这样做并非存心惹我生气；她只是在玩游戏，但那时我不会那样想。我勃然大怒，抓起她的碗扔进了水池、摔得粉碎，我喊着：“我都说了，别扔了！”我以前从未对海登吼叫过，就在那一瞬间，我俩都惊恐地望着彼此。

然后，海登倒抽了口气，大哭了起来。我把她从婴儿餐椅里抱出来，搂向我。“对……不……起，妈……妈。”她抽泣着，结结巴巴地说。

“不。是妈妈错了，宝贝。”

接着，我们俩都哭了起来。这场景就像电影里的剧照一样，清晰地铭刻在我的脑海中。我在厨房中央和海登抱头痛哭，周围的瓷砖上丢着被踩扁的涂抹了蛋黄的吐司。

“别哭了，妈妈。”海登向后靠着，轻抚着我的脸。“我让你和艾莎公主一起玩。”

当我们俩都平静下来了，我给海登穿好衣服，让她玩iPad，自己则在一旁清理地上的烂摊子和碗的碎片，同时压制着不断涌起的罪恶感。她丝毫没有表现出受到我刚才可怕的行为所影响的迹象，每当她玩的游戏进入下一关时，都会不停地喊着：“妈妈！看！”又一阵罪恶感击中了我：自打我们从巴黎回来，我就一直用储存着各种诱人的儿童游戏的iPad来替我“看管”孩子。

收拾好残局后，我突然有一种想坦白自己的所作所为的冲动。我给马克打电话，但是他的手机关机了。我打算打给妈妈，随即改变了主意。到头来，我只能向他们两个人寻求帮助，这样的事实让我感觉很可悲。我在手提包里翻找着紧急镇静剂，但是那盒氯巴占已经空了。我原本只想服用两周：那种药物只是用来缓解遭到入室抢劫后产生的紧张感的短期解决方案。如果我还需要——我很确定我需要——那就意味着我还要去见医生，而这项费用很可能不包含在马克的医疗补助里。我得将就一下。考虑到佐伊的死因和马克现在脆弱的心理状态，我不太可能告诉马克我想买镇静剂。于是，我用警察局里的咨询师传授的呼吸练习法来代替药物，直到内心不再涌现紧张的感觉。

离开房子可能会好一些。也许我该做我前几天就想做的事：去海边。之后，海登和我可以用购物来打发时间。她喜欢去匹克恩培超市，喜欢坐在购物车里被推着到处走。可既然她正全神贯注地玩着游戏，我决定等她玩腻了再提出带她出去，于是便查看了邮件。没有那个出版代理人的任何消息，但我不允许自己因此陷入多疑的旋涡中。我点开脸书的网页，翻看着别人随意晒出来的状态，很庆幸自己没有发布任何关于我们计划去巴黎旅行的状态。

我正想退出登录，这时，我的谷歌邮箱中咻地弹出一封来自珀蒂夫妇的邮件：

> 对于那个死在公寓庭院中的女人给你们带来的麻烦，我们感到很抱歉。另外，我们还要对没能抵达你们在非洲的房子而表示抱歉。能否告诉我们你们在公寓时或者现在还经历了什么？如果你能为其他想要住在这里的客人留个好评那就太好了。祝你们愉快。

我发出一声大笑，吓了海登一跳。给出评价？给出好评？我迫不及待地想把这条消息告诉马克，于是又拨了他的手机。这次直接转接到了语音信箱。我把邮件转发给他，然后发了条短信，催促他查看邮件。

谢天谢地，海登又沉迷于iPad中，于是我自娱自乐地写了一篇关于珀蒂那里的评价：

> 珀蒂夫妇——如果那是他们的真实姓名的话——不仅没有出现在我们的房子里，也没有通知我们他们改变了安排，而且他们的公寓是个该死的墓穴，与他们在网站上描述的完全不符。它让人想到了电影《闪灵》中的旅馆，只是条件没那么好，而且更吓人。整栋大楼里只住着一个疯女人，她不请自来地到了我们的公寓，然后自己跳出了窗外。这栋公寓对那些喜欢遭受精神刺激、享受充满食物和粪便臭气的空荡荡的大楼里可怕气氛的人来说简直棒极了。

我没有把它发送给他们，相反我写道：你们是在逗我吗？好评？滚吧。还有，为什么你们那栋该死的大楼里没有其他人住？

这一封我也没有发送（它还在我的草稿箱里）。我又写了一封很愤怒的邮件来投诉我们的遭遇，然后发送到换屋网站，并抄送给了珀蒂夫妇。现在，我无法抑制自己的怒火，盯着电脑屏幕。是时候离开家出去释放一下了。我收拾好防晒霜、海登的沙滩玩具和毛巾，把它们塞进包里，然后出门。我把她放进安全座椅里，系好安全带，在我发动引擎时，她开心地自言自语。它只是在空转。电池用完了。交流发电机一直出问题，我知道它迟早会坏掉的。尽管知道是无用功，我还是一次又一次试着发动。裙子被汗水浸湿了，贴在我的后背上。由于没法开空调，海登和我必须尽快离开车里。我用拳头击打着方向盘，无声地咒骂：“该死，该死，该死！”这样海登就不会听到我的“大声诅咒”。仅仅一天之内，她已经目睹了太多母亲的失控行为。

我答应过她去海边了，现在该怎么办？没有了车，这一天的时间长得遥遥无期。海登和我可以走着去公园，但这个时候，天气像蒸笼里一样闷热。我们也不能坐中巴或者出租车去海边：马克让我承诺永远不会带着海登乘坐其中任何一种交通工具，因为他觉得不安全，我也非常同意。

我爬出车外，给她解开安全座椅的安全带。奇怪的是，她没有询问或者抱怨计划改变。

“嘿。”

我转身看到住在隔壁的年轻男人。“嘿，卡里姆。”我努力想朝他微笑，但只能做出一副愁眉苦脸的表情。

“车遇到问题了？”

“嗯哼，是我自己的问题。它需要一个新的发电机，但我一拖再拖，现在电池没电了。”

“我应该帮你跨接启动的，但我只有一个小摩托。”

“多谢了。反正我们只是想去海边。”海登冲他害羞地挥了挥手，“你想进来喝杯咖啡吗？”我还没意识到，这话就脱口而出了。

他大吃一惊。“现在吗？”

“是啊。是这样的，我只是有这想法。如果你没有时间，也没关系。”

他看了一眼手机上的时间。“好啊。为什么不呢？我得去工作，但是喝杯咖啡的时间还是有的。”

“太棒了。”这次我发自内心地笑了。我不在乎他只是出于礼貌，还是他也许读懂了我眼中的绝望。

我煮咖啡时，他非常善良地和海登还有美人鱼芭比玩着《冰雪奇缘》。我感到焦虑又兴奋，好像在约会一样。我知道这听上去很过分，但我已经很久都没有和同龄人一起消磨时间了。

“昨晚的事很抱歉。”我说着，这时海登沉浸在艾莎公主和她的得宝积木城堡中（天知道美人鱼芭比哪儿去了），他和我一起坐在厨房的操作台旁。

他有些疑惑地看着我：“这次为什么抱歉？”

“我们的报警器。昨晚它又响了。我们很快就会找人修理的，我保证。”我思忖着，*是在我们买个新发动机之前还是之后呢？*

“哦。我没有听到。”

“你昨晚出去了？”

“没。我整晚都在。奇怪的是我没有被吵醒——我睡觉很轻。嘿，我一直想问来着，你们去哪儿了？”

“什么时候？”

“你上次和我说过你们去度假了。”

我呷了口滚烫的咖啡：“巴黎。”

“哇哦，真棒。”

“并非如此。”

接下来，我发现自己告诉了他一切。呃，几乎全部：我省略了发现马克抓着死猫的事。卡里姆是个很棒的倾听者，只有当我讲到马克在衣柜里发现头发的时候，他才打断了我。

“等等……头发？什么样的头发？”

“被剪下来的头发之类的。马克说有好几桶。”我没有提到马克扔掉它们回来后焦躁不安的举动，也没在意其实我根本没有亲眼见到头发这个事实。

“哟。”

我和他讲了我们晚上听到的怪异噪声，还有地理位置那么好的大楼竟然没有人住，真奇怪。接着，我讲到了米雷耶自杀的事。描述时，我着重强调了事件的离奇和经历的恐怖。我也知道那听上去并不可信。

“简直是太乱了。”我讲完故事时他说，我顺便补充了珀蒂夫妇让我给他们好评的那条消息。

我和他还不熟，所以没法判断他是否相信整个故事。

他喝光了他那杯。“那个，谢谢你的咖啡，但我得走了。”

“真的？我再给你倒一杯吧。”我知道我听起来很绝望，可还是不在乎。我不想一个人待着，不希望只有海登和我在家数着时间，直到马克回来。

“抱歉。”他开始朝门口走去。“我要迟到了。不过，咖啡真的很好喝。”

他朝海登挥了挥手，我跟着他来到大门口。我靠过去，伸手帮他开门，裸露的胳膊轻拂到他的手臂。“谢谢你倾听。”我说。

“故事真精彩。谢谢你的咖啡。”

“卡里姆……我和你说的关于巴黎的事。那都是真的。我知道它听起来什么样。很抱歉向你倾诉这些，我们几乎都不怎么认识对方，你一定认为我有点——”

他摆手，没有让我继续说下去。“我知道你没有说胡话骗我。谢谢你告诉我这些。我为你们的遭遇感到难过。”他停顿了一下。“我们有空再聊。”

有一刹那，我感觉我们之间有一股电流穿过——我很确定那并非我的想象，或者寻求自我满足的虚荣心作祟——随后他离开了。

虽然还是有些慌乱，但奇怪的是，我感觉轻松了些，而且没有之前那么焦躁不安了，于是我又给马克打了个电话，留言说了车的事，让他换一个发电机。管它多少钱呢。我打扫了房子，谢天谢地这次没再发现任何东西挪了位置，之后我在冰箱里翻找晚饭要吃的东西。

几小时过去了。

当晚六点，马克还是没有回家。我吃了些东西，给海登洗了澡。我一遍又一遍地给他打电话，已经不记得打过几次了。他最后一节课是在三点，除非他们让他临时代晚上的课——如果是这样，他肯定会告诉我——他几小时前就该到家了。

时间从晚上七点慢慢地拖到七点半。我把海登放到床上，她几乎立刻就入睡了。我来回踱着步子，考虑着是不是应该给医院打个电话，或者报警。但在前一天晚上的心理咨询结束后，他也做了类似的事情。这个地区平日里黄昏时的响声——邻居家的狗叫声，轮胎尖锐的摩擦声，都充满了诡异、危险的气息。

最后，我终于屈服，给卡拉打了电话："马克和你在一起吗？"她刚接听，我便质问道。

"没有啊。他为什么会和我在一起呢？他今天不是又去接受心理治疗了吗？"

是吗？那他为什么没告诉我？"他还没回家。"

"你给他打过手机了吗？"

"打过很多次。他没接。"我不关心她会不会觉得我们的婚姻出现了危机。

"你听起来很紧张，斯蒂芬。"

"说得太客气了。"

"真遗憾，斯蒂芬，你很不容易，我知道的。巴黎发生的事情真的很让人难过。最要紧的是……"我听到电话背景里模糊的谈笑声，她正在参加一个派对，可能是在饭店里。"听着。马克和我说了，你觉得家里有些东西被移动过。我一直在想，在我查看房子时或许碰到了一些物品。但我肯定没有故意挪动东西，连一杯咖啡都没冲。"

我不知道该说些什么。也许那只是我自己的想象。可能是我在临去巴黎前匆忙的大扫除中重新整理过卧室的书，结果忘记了？我想我该为指责她而道歉——即使不是当面指责她翻看我的东西——可事实是，我还是怀疑，除了无意中碰到家具，她还做了别的事情。最终，我只好说："这间房子感觉不对劲。"

"当然，斯蒂芬。你们在里面被残忍地对待过。这完全可以理解。紧接着你们在巴黎又经历了那么倒霉的事。总之，你能忍受在那里待五分钟就是奇迹了。而且现在马克又不在家。你想让我过去吗？”

“不了！我是说，多谢了，但我不能麻烦你。听起来你好像在外面。”

“不是什么重要的事。不麻烦的，我就在你们那个区。我十分钟就到。”

还没等我劝阻她，电话就被挂断了。但老实说，我为不用一个人待着而稍微放下心来。我看了几分钟的《我要做厨神》澳大利亚版。门铃响起时，我吓了一大跳，但还是下定决心走过去。卡拉到了，她穿了件镶着金线花边的西藏僧袍，身上带着浓浓的酒气。也许，我想，这就是她表现得如此体贴的原因：她喝多了。像往常一样，她给了我一个飞吻。“我也给马克打电话了，”我刚让她进来，她便说，“没人接听。”

她用冰凉的手指抓着我的手腕，把我拉进厨房。“来呀。你需要喝一杯。”

我还没来得及阻止她，她便从马克那些美蕾酒庄的红酒中拿出了一瓶——那是马克大学时期的老朋友送给他的礼物——然后在抽屉里翻找着开瓶器。她给自己和我各倒了一杯，然后在厨房里转悠着，带着我从未有过的霸道与自信。

她靠在橱柜上，喝了一小口酒。“你知道，我一直在想你说的关于房子的那些事。关于‘脏东西’。”

我也啜了一口自己杯中的酒，尝起来很柔滑，带着木头的芳香，好闻极了。现在我知道马克想把它留到特殊场合再喝的原因了。“那也许只是我——”

她一只手摆了摆，打断我：“我知道它听起来什么感觉。什么‘脏东西’云云，确实是迷信，但听我说完。”她夸张地喝了一大口酒。“天哪，真好喝。要不要请人来除掉它们？”

“除掉什么？”

“那些‘脏东西’。”

“你是说驱魔人？”

“像巫师，或术士。”

我笑了起来。卡拉没有笑。“你是认真的吗？”

卡拉点头道：“认真的。”

“卡拉，马克和我都是无神论者。我们俩甚至和宗教一点都不沾边。”

“是的，我知道。但那又有什么坏处呢？也许，它只存在于你的脑海中，只是你的想象。但话说回来，你们也许在巴黎碰到了一些邪气，把它带了回来。你们在那儿并不愉快。为什么不考虑一下这方面的事情？”

我回想起米雷耶自杀前说的话，现在听起来不像是胡言乱语，而更像是某种警告：*我以为它已经和上一批人一起离开了……现在我必须把它带走，否则它就会跟着你们。*“就算是想请巫师，我怎样联系他们呢？”我听说过的巫师都是江湖骗子，那些在开普敦火车站发传单来宣传自己业务的人，从肺结核到勃起功能障碍什么都能治。

“我认识一位。她十年前感受到召唤，从荷兰来到了这里。”

“等等……她是白人吗？”

她悲伤地摇了摇头。“不是所有的荷兰人都是白人，斯蒂芬。”但连卡拉都能看出来我没心情听人说教，于是她换了语气，“不过，是的。她的确碰巧是个白人。那又怎样？”

“那你请过她吗？”如果请过的话，因为什么事呢？

“没有，但是我在一个朋友的新书发布会上结识了她，我们一见如故。”

好吧，原来是这么回事。我想当着她的面大笑。我考虑问问看，一个人怎么能从阿姆斯特丹得到“召唤”，但我不想陷入关于文化剽窃的讨论中。相反，我只是说了句：“好啊，为什么不呢？”然后考虑接下来我们可以试着请神父、拉比[①]，最后，如果那些都失败了，就请离婚律师。

但卡拉已经用手机发了短信。回复立刻弹了出来，整个过程简直就像提前安排好的一样。“她后天能过来。”

我刚想回复她，却听到海登在叫我。“我马上就回来。”

卡拉挥手让我离开，抓起酒瓶又给自己倒了一杯。

海登在床上坐了起来，头发乱蓬蓬的，她的夜灯在墙上投射出公主形状的影子。“怎么了，小淘气？”

---

① 希伯来语rabbi的音译，原为犹太人对师长的尊称。后指犹太教徒中学过《圣经》和《塔木德》，负责执行教规、律法及主持宗教仪式的人。

“妈妈。它在那下面。我听到了。”

“在什么下面？”

“床，妈妈。”她现在低声地说着。她看起来并不害怕，只是困了。

“是什么？又是那个女人吗？”

“我不知道，妈妈。”

“那下面什么都没有，海登，但妈妈还是会去看看，好吗？”

“好的，妈妈。”

我再次用手支撑着跪下去，盯着漆黑的床底。刹那间，一个长着扁平的、没有五官的脸和很多条腿的鬼影疾速向我飞来，就像一只活板门蛛猛然飞扑而来。我一闪躲，头撞到了床脚。我眨了眨眼睛再看去时，除了之前看到的那只长袜子，什么都没有。

19. 马克

“所以爱伦·坡真正处理的是生理欲望，是一种对违背社会常规、无法抒发的欲望在生理和心理上的表达。隐藏在他们心中的另一个自我让他们表现出了不被上流社会所认可的欲望。当然，在《化身博士》这部作品中也是如此。我们从史蒂文森[1]、斯托克[2]、吉尔曼[3]的作品中得知上流社会的建构其实是一块最薄的遮羞布，掩盖着腐化堕落的深渊。”

---

① 罗伯特·路易斯·史蒂文森（1850—1894），英国著名小说家，代表作有长篇小说《金银岛》《化身博士》等。

② 布莱姆·斯托克（1847—1912），爱尔兰小说家，最有名的作品是《德古拉》。

③ 夏洛特·帕金斯·吉尔曼（1860—1935），美国作家、女权主义者，代表作有《黄壁纸》。

我害怕抬起头看学生们。不知为什么，这节课刚好讲到我真正感兴趣的地方；今天的课堂与之前那么多年相比少了勉为其难、矫揉造作和委曲求全。某种东西在我的心中点击了一下，我感觉自己能深刻地理解这个主题，就像刚开始学习它时一样。但如果我抬头看看，我知道自己会如往常一样，面对由二十三张木然厌倦的脸组成的令人沮丧的墙。我想我可以理解那些发现自己被放逐到这门讨厌的课程的大一学生——原以为很简单、靠死记硬背就能得到学分，他们会发现当初的选择是错的。但那些明明对内容（全部关于性、死亡、梦想和血腥）有所了解后才选修这门课程的大三学生，却同样冷漠又不感兴趣，这一点让我迷惑不解。他们为什么要选这门课？他们为什么会在这儿？

我扫了一眼笔记，揉了揉太阳穴。我已经习惯了这种持续的疲劳感，但这并不能阻止我对睡眠的渴望。那该死的警报昨晚——或者说是今天凌晨，管它什么时候——又响了起来。斯蒂芬失控了，海登大哭起来。这个小女孩在屋里看到自己的妈妈惊慌失措，肯定会有那样的反应。至于我，我在排查故障时感觉到惊人的镇静。我想这是我进步的一个表现。我能够让自己从那种场景里走出来，开始相信最坏的事情已经过去了，我们会没事的。他们不会再回来了。那些怪兽在巴黎用最坏的招数对付我们，我们活着回来了。我们会没事的。

我感觉很好，真的。心理治疗很有趣，就像脑力训练一样。我能看到那些精神分析的主题怎样在我这学期所教授的小说里得到体现，但是真正需要心理治疗的人是斯蒂芬。她总是独自和海登待在房间里——她本可以通过和人倾诉来进行调节——昨晚的事情发生后，我开始怀疑这会不会是孟乔森综合征[①]，斯蒂芬让海登感到恐惧，这样她就能去拯救她。如果真是这样，我不能让它继续发展下去。

听到面前咯咯的笑声，我才意识到自己停顿太久了。“抱歉，我讲到哪里了？”

“他们只是孩子，”每当我站在办公室茶水间向林迪抱怨我的学生没有兴趣的时候，她总是这样提醒我，“他们太累了。他们晚上要做兼职，挣钱来缴学费或者买毒品，他们遭受着恐慌的袭击和噩梦的困扰，他们会有感情问题。生活本身就有太多意想不到的事情让他们分神。不要觉得他们是在针对你。”

于是，我低着头，继续讲道：“我们永远不能确定爱伦·坡小说中的场景仅仅是他笔下的主人公歇斯底里的想象还是真实发生过的。你们知道——”

“对不起，有个问题。”

我几乎没有听到，重复地说了几个词后，一阵吱吱嘎嘎挪动东西的声音让我停了下来，终于把目光从桌面上那群聚精会神的隐形观众身上移开，抬头看向我面前那群真正的年轻人，他们正在座位上转过身、伸长脖子看是谁在教室后面说话。一开始，我看不见她，过了好一会儿，我的双眼才能聚焦到几米外。透过教室宽敞的窗户上百叶

---

① 18世纪，德国有一个叫孟乔森的人，总是用装病来吸引别人关注，伪装得惟妙惟肖，后来医学上就将这种以装病来博取同情和关心的现象称为孟乔森综合征。

窗的缝隙，明亮的阳光闪耀着，孩子们的脸都被分割成光亮和阴影两部分。

由于近视，我眯着眼睛看向说话的方向，她用圆润的外国口音继续问：“请问您所谓的‘真实发生过的’是什么意思呢？这是小说，不是吗？”她在教室后面，完全被坐在她前排、把桌子挪到一起的三名学生挡住了。我对她的声音并不熟悉，不像对其他同学那样熟悉得可以辨认出来——新学期刚开始，她可能是从其他班级转过来的——但同时，又存在着某种熟悉、温暖的东西，让我与之产生共鸣。

“嗯，是的，这是小说，但根据故事的结构来看，在作者、叙述人、主人公和读者之间的某些层面存在着真实性，”我说着，通过对理论的讨论来避开问题，“在这种情况下，我所说的真实是基于叙述层面的；而叙述者所描述的分离与——”

接着，她前排的一名男生转回到座位上，那名学生被一束闪耀的光线照射着。我说不出话来。我认识这个女孩，我立刻认出了她。我每天都会想到她，我每晚试着入睡时都会想到她。她是蜡像馆的那个女孩，是在金色的阳光中闪耀的佐伊，还活着的十四岁的佐伊。我移走目光，低下了头。

我不知道接下来的课自己是如何熬过来的，但是二十分钟后，我听到了座椅挪动的哗啦声。那时，我几乎不敢再抬头看一眼，随着学生们陆续地离开，我怀疑她是自己想象出来的，因为并没有看到和奥黛特一样尖声说话的金发天使跟他们一起离开。

我看着他们离开，最后，几名学生转过身，“哦啦啦……”其中一个咕哝着，其他几个人咯咯地笑起来。他们正看向我的身后。

我也转过身，看到她一声不响地站在我身后，手指摆弄着披在身上的一缕长发，用史酷比运动鞋其中一只的鞋尖蹭着灰色的小方地毯，这双鞋就像我在佐伊的最后一个冬天给她买的那双一样。

“走，爸爸。快来看。”她说。

我转过身，扫视了一圈，既是为了确认教室里除了我和她之外没有别人，也希望我再转回身去时就看不见那个女孩了。可她还在那儿，于是我把钱包和钥匙揣进衣服兜里，跟着她来到了走廊，穿过楼梯井的门，她一言不发，也没向后看，领着我爬到了大楼的六楼。她旋转着登上通往屋顶安全出口的最后半截台阶，而我气喘吁吁地紧跟上她年轻的步伐。我推开那经常被吸烟者用压扁的油漆罐卡住的紧急出口的大门，双眼适应着刺眼的银色光芒，大口喘着气，而她正坐在探出去的房檐上，懒洋洋地晃着双腿。

当我走近时，她终于转过身看着我。在阳光下，我终于看清了她的脸。她不是佐伊——像是和她一个模子里刻出来的，但她的脸是个面具。除了脸上轻松的笑容，她的双眼中透出过于卖力的状态，仿佛她正集中精力扮演着一个角色。至少我可以那样告诉自己，因为佐伊已经死去了。

“过来看看。”她又说，我又一次听出了圆润声音里的一丝口音。

我强迫自己坐到了她旁边，我的手摸到发黏的镀银面，感觉很烫。从房檐上可以俯瞰到一个横跨窄巷的屋顶，上面有一群肮脏的鸽子，上下点着头，在抢一块吃剩的馅饼，它们没有注意到，一只身上满是灰尘的灰色的猫正在一堆板条箱旁边的阴影里观察着它们。桌山[①]在一群盒子般的大楼上方若隐若现，而那些大楼散落在它投下的阴影中，这时，饭店里的香味、垃圾和尾气的混合味道夹杂在强风中扑面而来。一缕发丝被轻轻吹起，飘到女孩的眼中，她用手拂去，然后又缠起一缕，像在教室里一样用手指摆弄着。

“你想让我看什么？”我说。

她皱了皱眉，好像因为我假装很想到上面来而感到失望。

那只灰色的猫一直用它那双黄色的眼睛向上看着我们，抖动着尾巴，因为我们的出现而表示恼怒。现在它转过去了，扭着屁股悄悄地朝那群鸟走去。

“快看那个。”她说。

“看什么？”

“那个讨厌的东西。”

“什么东西？”

“那只猫，爸爸。我讨厌猫，”她说着，声音中透着一些冷漠又刺耳的东西，“它们让我窒息。”

我感觉心里一紧。“你是谁？”我问，“你为什么会在这儿？”

她只是耸耸肩作为回应。

---

① Table Mountain，南非的平顶山，耸立于开普半岛北端，可俯瞰开普敦市和桌湾。

“你对她做了什么？”

这时，她转过来。“对谁？”

“对我的女儿。对佐伊。在她小的时候。”

“她长大了。”她那双绿色的眼睛死死盯住我的双眼，我很害怕她会靠过来亲我、咬我，就像在蜡像馆那样。现在，我的大腿在屋檐上感到很烫，于是我支撑着站起身。这时，对面的屋顶上出现了打斗声和吵闹的噗噗声。那只猫跳到了一群鸽子中，它们很惊慌，零散地飞到了空中，直奔我们而来。我下意识地抬起胳膊保护自己的头和脸，我发誓我感觉到那群鸟盘旋着，找到了方向，然后成群地飞走了，它们的翅膀和爪子都刮到了我。

当我平静下来后，我看到那个女孩在屋顶的边缘，正在把腿翻到外面去。我迅速朝她走去，只见她坐下来，抬起双手收拢面前的发丝，扭转发束，在脑后松松地绾了一个结。

“快停下！”我说。“小心！”

她转向我。“为什么，爸爸？”

“因为我……”

“我一直都在。”她向前倾倒，从边缘翻了下去。

当然，等我跑过去向下看时，人行道上并没有人。

直到回到办公室时，我还在发抖。幸好林迪那屋的门是关着的，我才躲过她好心的询问。虽然现在是我答疑的时间，可我还是锁上了办公室的门，坐在办公桌旁。这只是我的想象，我告诉自己，但思绪却离奇地无法被大脑掌控。刚刚发生的事至少有一部分是真实的，但我没法说出从何时何地起现实变成了想象。我试着去直接回忆事件的顺序，但总有一些无法记起的空白片段。

我自己无法解释清楚，于是拿起电话打给了卡拉。通话的最后，我告诉她在蜡像馆看到了佐伊，还有她怎样莫名其妙地跟着我来到了这里。

“这很正常，马克，亲爱的。你思绪那么丰富，它能帮你走出创伤，走进一个没有发生过糟糕的事情的世界，一个佐伊还活着的世界。当然，那个想法还伴随着些许的罪恶感——你一直在责备自己，虽然老天知道，我们也告诉过你那并不是你的错。我们，你的朋友们，会一直向你重复这一点，直到那件事真正结束。”

“可这并不仅仅是我的想象，卡拉。我之前从没有经历过类似的事。我不是那种沉迷于生动幻想中的人。”

卡拉没有说话，从她的沉默中我感觉到她在对某些话做着判断。我需要证明——告诉她，同时也是告诉自己——这不是我捏造出来的。接着，我记起来了：我把手塞进裤兜里，好的，它就在那儿。我掏出那个收集起来的金黄色发结。那真是一大束，远远不止我从衣服上刷掉的那些，它依然存在——这是某些事情发生过的证据，证明和一个长发女孩在风中谈话的情景并非我的凭空想象。

“不管怎样，现在是时候给玛丽斯打电话了。”

“玛丽斯？”

“我和你说过一百次了，马克。我的荷兰朋友，那个巫师。她现在称自己为‘加油坦比’。”

现在我想起来了。自从入室抢劫后，卡拉就一直扬言要找人到我家来净化房屋，驱除恶灵。我以为她说的只是普通的大喊大叫的招魂人，但玛丽斯是荷兰的巫医。“她会怎么做？用鸡骨头和枫糖浆华夫饼驱走我们的创伤？”

“你应该少一些成见。”她的语气很冷漠，我玩世不恭的话语似乎冒犯了她。“你的问题就在这儿。这个国家有百分之八十的人用巫师来解决各种问题。你不必表现得如此高高在上。这是一种正当的治疗方法，可以帮助你净化你的房子，净化你。”

她这种肆意的攻击也激怒了我。“你从什么时候开始变成非洲传统医疗的拥护者了？据最新消息说高脂低碳能救你的命，让你变成更好的你。”

“滚吧，马克。我是在想办法帮助你。你的身体里有邪恶的东西——真正的邪恶的东西，我知道——但你不想解脱吗？自从遭到袭击后，你周围的一切都变得更糟糕，你的家人也是。你难道不想试着用一切可能的方法来缓解吗？”

“天哪，卡拉。我们不需要什么净化。我需要睡眠。”

“你从来不寻求帮助。那是你的另一个毛病，既然我们谈到了这件事。”她大笑着。“但是当我们需要帮助时，有很多人、很多机构可以随时帮助我们。人类是一个巨大的家庭。这是件好事，马克。你能让自己相信吗？”

我什么也没说。

“随便吧，不管你怎么想，非洲的疗法不是戏法，不是巫术。它是一种哲学，就像其他宗教或者非宗教的哲学一样有效；和它们一样，是一种治疗体系，在我们身处困境时为我们提供解决方法。没人相信有真正的鬼魂，但就像你的牧师，你的心理医生，你的欧洲非宗教无神论哲学家一样，巫师能帮助你找出原因，读懂你的梦境，为你提供生活建议，帮你驱赶心中的鬼魂。”

她的论述很有说服力，只是因为她把一切都说成是无害的、让人感到宽慰的精神食粮。“你怎么突然变成专家了？”

“不久前的一个晚上我看了一部纪录片。”

我嗤笑。“就算我同意，我们也请不起。”我的口头禅。“我刚刚为了支付扬要安装的该死的警报系统刷爆了信用卡。无论如何，斯蒂芬不会同意让人到我们家里做这种事的。”

“别担心。我来劝她。我很会说服人，你知道的。尤其是涉及怎样对你才是最好的时候，我的朋友。”

当晚回家时，我发现卡拉在我的客厅，喝着在开普敦大学送别会上杰夫送我的美蕾红酒，看着我的电视。

她上下打量着我，仿佛我才是闯入的不速之客。“你对自己做了什么？”她说。

“斯蒂芬在哪儿？”

她看着我手里握着的东西。“你为什么不把它放下来，清理一下自己。”

我穿过厨房，打开电水壶的开关，把包裹放进储藏室的箱子里，然后来到浴室，清洗了双手和胳膊。在我们的卧室里，我把衬衫扔进篮子，换上了一件干净的T恤，然后想去客厅卡拉那里。可我刚迈进走廊，就看到斯蒂芬小心翼翼地倒退出海登的房间。她转身看见我时吓了一跳。那一刻，她毫无准备，面色苍白，双目圆睁，紧接着她回过神来，皱了皱眉，唤着我一起来到了厨房。

她双臂交叉在胸前，站在离我三米远的地方——这间屋子范围内最远的距离。“你去哪儿了？”

“谁叫她过来的？”我低声问道。

“当然是不请自来。”她都懒得去降低声音说话。“你去哪儿了？”

“心理医生那里。堵车太严重了。”

我能看出她咬紧牙关，强迫自己不去回应，不去怪罪我，在卡拉在场时不去挑起任何事端，可她还是忍不住去看墙上的时钟。已经九点多了。

“海登还好吧？”我问，试着让她消消气。

“天哪，马克。不，她不好。她非常不安。根本睡不踏实，我想她又病了。”

今天我不止一次担心斯蒂芬会让海登生病，或者至少她的紧张会对她造成负面影响。

“听着，斯蒂芬，”我说，这时卡拉从客厅走过来，站在厨房门口，“也许你一个人在房子里待太久了。我们可以把海登送去日托。

或许我们该考虑为你找一份工作了。”

两天后当玛丽斯——那个巫师将近中午时咯咯作响地来到我们家时，我的心情并不好。确实是咯咯作响——她戴着珠子穿成的手串和摇摆的项链，在路边锁上了她那辆起亚，她横穿马路过来时，背的布兜从肩膀垂下，鼓槌在鼓面上时不时地敲击着，没有理会那几个靠在隔壁墙边的醉醺醺的流浪汉的叫喊。

我在窗前观看着她打开大门，停了下来。她放下兜子和鼓，冲房子皱着眉头。头戴穿着珠子的头巾，身穿长裙的她看起来和我差不多大——也许将近五十岁了——身材矮胖，暗淡无光的乱蓬蓬的灰白色头发用头饰拢在后面。她似乎闻了一分钟的空气，轻轻地摇晃着双腿，好像站在轻柔的海浪上一样，随后她捡起鼓和兜子，转身回到大门口，在那儿停下来，犹豫着。

我帮她做了选择。既然她来了，就没有理由离开，不是吗？我打开房门喊道："嘿！玛丽斯吗？"我实在没法开口叫她"加油坦比"。

她看着我，用看房子一样犹豫的眼神扫视着我。

"一切都还顺利吗？"我迈出门廊朝她走去。"有什么我能帮你的吗？"

"不用。"她说。

"你要进来吗？"

她深深地吸了一口气，跟在我身后，低声咕哝着什么——我听不出来是荷兰语、科萨[①]语还是精灵语。我把她请进屋子，她随手关上门，好像她才是为做这次买卖而感到丢脸的人。她把随身物品放在门厅，双手叉腰，眼睛在入口搜寻着。

“你的妻子和孩子都不在，是吗？”

“是的。”我说。这是我和斯蒂芬最近达成的一个少见的共识：海登不需要卷入这件事。

“很好，”她说，“小孩最好不要在这儿。”我瞬间陷入了一种正常的感觉。我在YouTube上看了卡拉推荐的纪录片，除了一位人类学教授给出的合理评论外——卡拉那些关于哲学和治疗体系的、让人将信将疑的观点就是从那儿得来的——没有任何内容讲了那些郊区的巫师是如何产生自信的。对我来说，这就是一场愚蠢的表演，年迈的嬉皮士放任他们对激烈的情绪和号叫的需求，在他们中产阶级的措辞中穿插着“呃！你！不！”这些他们歇班时喝着茶、从《夫人和夏娃》[②]里学到的感叹词。当然，那些为他们培训的乡下长者之所以这么做，是因为这样赚钱很容易。何乐而不为呢？片中有一位巫师曾经是利物浦的一名邮递员，他那些英镑一定给他师父的村子带来了不少收益。还有一位来自桑顿的素食主义巫师，她让她的师父为她杀鸡宰羊。

但是到目前为止，除了装扮之外，玛丽斯的举止还是和正常人一

---

① 南非民族之一，主要生活在开普省，多从事农业和畜牧业。

② *Madam and Eve*，从1992年7月开始在南非《每周邮报》（现《邮卫报》）上连载的黑白漫画，在2000年被拍成情景喜剧。

样，没有任何装腔作势的地方。她似乎对自己深信不疑，这一点让我慢慢融入她的表演中。就让自己接受一次这样的经历吧，如同听了一会儿别人的故事，就是这样。

她开始到处走动，我跟着她进了客厅。“但你的另一个女儿，”她边说边盯着书架上的照片和天花板上的珠饰，“她还在这里。”

我的情绪立刻发生了变化。该死的卡拉。她一定把我可悲的过去一股脑地告诉了这个女人。她什么时候才能明白，这是我自己的事？

“不。没有别的女儿了。”

玛丽斯都没转向我，说着：“她就是你需要我带走的那个。”

不。不。我感觉身体里有人在拉着我，好像一把钩子扎进去又撕扯了出来。

“等等。”我刚开始说，但她已经打开了单肩布兜，低声说着什么。

“我们需要请求祖先，问问他们该怎么做。”

我不希望佐伊被清除掉。我从不想让她离开我。这不是我想要的。我迅速走到她身边，尽量在不碰到她的情况下将她挡回到走廊。“我们就到这儿吧，你知道的。没关系。这只是我妻子的要求。你可以走了。我们找别的时间再进行吧。”我竭力让声音保持平静。

她终于抬起头看我，就那么一瞬间，说道：“这不是你能控制的。”随后，她移到屋子里较远的一角，低声轻柔地说着什么，好像在引诱那些影子一样。

我身体紧绷着，思绪集中在动物的本能上。她变成了我女儿的一个直接威胁。那个钩子又探进去了，从体内撕扯出更多东西。可不知怎的，我还是不能碰她，不能把她摔倒，扔出房子，就好像是她被什么保护着一样。

于是，我只能站在门口，说着我那应对一切的借口。我尽量提高嗓音，听起来很强势。“听着，”我说，“这是我们的家，你必须离开。”

但玛丽斯并没听我的话。她蹲下身子，开始烧着什么东西，她的声音现在也提高了，变成一种难以理解的胡言乱语状态。“你听到了吗？你得走了。”我走近她，但她燃起的烟雾很大，很呛人，有粪便的味道，不知怎的，我无法进入屋子。

与此同时，那个巫师站了起来，在我眼前挥舞着燃烧的叶子，正大喊着什么，她翻着白眼，双唇开始震动，传到她的下巴，乃至整个身体。她胸腔发出的声音那样低沉、响亮，我不得不退后。我倒抽了口气，吸进一腔烟雾，这让我又倒抽了一口气。我不得不把它呼出来，但我的胸腔被挤得一阵痉挛，烟雾袭进我的身体，能感觉到它正入侵我的每一个细胞。

现在我的眼睛出了点问题，因为我看到灰色的雾中出现了闪光，迷雾中正在形成某个形状。有一个蹒跚的驼背的人形，是一个穿着古代衣服的男子正按着胸口上的刺伤；忽然，一个铁面向我飞来，当啷一声打开，露出一个骷髅；一位皮肤苍白的纳粹士兵逼近我的脸，他走过的时候有一股腐烂的味道；一个穷困潦倒的男人对着一个瘦小、颤抖的身体挥舞着短柄斧子；三个戴着巴拉克拉法帽的高大男子喊着口号飞快地走下楼梯间。

这不是真的。我之前见过这场景。这只是回忆。

好像听见了我坚持要它离开的心声，迷雾散去，露出了我的客厅，像往常一样，但有些暗，这时上午的太阳刚好照进来。当最后几丝烟雾散去后，一个身影还站在那里。一个小女孩。她仰起头看着我。

这不可能，却真实地发生了。

我向后看去。那个巫医已经离开了，但我还能听到她呜咽的喘息声。空气中仍然有烟雾，但现在闻起来却很甜，像香料。

佐伊正生气地盯着我，眼周发青，下巴上沾着呕吐物。此刻，她咧嘴哭了起来，好像某些她爱的东西在她面前粉碎了。钩子又伸进了我，我知道她也有同样的感觉。

我走到她身边。“没关系的，宝贝。我不会让她把你从我身边带走。”

但是她越过我去看我之前站过的地方，好像听不见我的话一样，说：“我必须要给你看一样东西。”她用一种不是她的声音说着，仿佛是从因痛苦而咬紧的牙齿里磨出来的一样。我听到耳后传来击打声。

我跟着她穿过厨房，推开膨胀了的门，进入储藏室。

她打开我一直在用的硬纸箱，被我藏在冬天用的煤气罐后面的那只。“你做了什么，马克？”

我低头向箱子里看去。“我想让你感觉好一些。我想让你回来，我的爱。”

“不，”她说。“它得是活的。”

20. 斯蒂芬

“妈妈，每样东西闻起来都好臭。”我们刚走进房门，海登便皱起了鼻子。马克和我决定，卡拉的那个巫师过来作法时海登最好不要在场，既然车已经修好了，我便带她去了海边，下午又去了匹克恩培超市。我本希望我们能在外面多待一会儿，但是她在超市里变得很易怒，白天的高温也让她感到烦躁。她说得对：整个房子都充满烧鼠尾草或者巫师用来净化的某种东西的粪便般的臭味。

马克从厨房里出来，喃喃地打着招呼，认认真真地接过我手中的塑料购物袋。他看起来鬼鬼祟祟的，就像是看色情电影时被我逮个正着。

“怎么样？”我将海登举起来，摆了个更舒服的姿势抱在腿上。

“进行得怎么样？”

他摇了摇头。“和你预期的一样。我不知道我为什么会同意。”

“是我们同意的。”

“是啊。”

“这里好臭。那个女人用了什么东西？”而且你为什么同意让她这么做？

他耸了耸肩。“我不知道。”

我把海登挪进她的椅子，答应给她做干酪意大利面，然后开始把食品从袋子里拿出来。我去拉冰箱的门，但没有打开——这种情况时有发生。我使劲拽了一下，差点让它翻倒在我身上，这次门突然打开了，一股刺鼻的醋味和腐烂的肉味扑面而来。腐肉味似乎源自一包吃了一半的培根，它不该变质得这么快；而醋味很明显是打开的鲱鱼罐头散发出来的，我不记得自己买过这东西。还不止这些，一瓶番茄酱洒在了放蔬菜的抽屉里，已经干成了一层黏黏的硬壳。

“这是你干的吗，马克？”

“哈？”他在几米外，停住了把意大利面放进橱柜的动作。

“你动过冰箱里的东西吗？”

“没有啊。当然没有。”他听起来很烦躁，似乎在为我打断了他的思路而感到恼火。“我为什么要那么做？”

“那么，肯定有人动过。”我走到边上，这样他就能亲自看到里面的一团糟。该死的卡拉。一定是她。在巫师作法时出现是她能做出来的事。她是不会错过这场表演的。

那片狼藉并没有让他感到震惊。“我来收拾。”

“怎么会这样？是不是卡拉——”

“能不能别现在说，斯蒂芬。”他意味深长地看了海登一眼。

“马克——”

“肯定是在——”他在头上挥着一只手，“净化期间撞到了冰箱。”

“看起来这是针对我的。”

他没有回答我，只是从水池下面翻出了清洁剂和一块抹布。

我给海登做饭时，他坚持要挑拣冰箱里的东西，拽出了托盘，在水龙头下面清洗着它们。在我看来，他似乎刻意地不去看我。我问了他两次要不要吃些东西，他才含糊地说着之前吃过了。烟熏的恶臭让我一点食欲也没有。

海登心不在焉地吃着意大利面，打了个哈欠。“我的肚子摸起来好好笑，妈妈。”

马克把用过的抹布扔进水池，走向她。“想不想和爸爸看电影？”

我无法分辨出他是真心想陪海登，还是只想找个借口远离我。她点点头，又打了个哈欠，向他伸出了双臂。不知怎的，我并没有从他身边夺走她，而是靠在操作台上听着《乐高大电影》的片头曲。我没有心思去清理东西。我想说服自己，那个巫师的符咒，或者管它什么东西，已经起作用了，这个房子已经没有脏东西了，但是冰箱里的那团东西还是吓到我了。肯定是卡拉，尽管我不太相信她会那么做。烟味还没有散去；如果有什么的话，它似乎正在变得强大。我还是不敢去开窗户。

我向客厅窥探着马克和海登——他俩都面无表情地盯着屏幕，没有注意到我在偷看——然后回到厨房，打开笔记本电脑，希望换屋网站最终能够回复我关于珀蒂夫妇所作所为的那封愤怒的邮件。并没有。出版公司也没有再联系我，但我可以理解，毕竟代理人拿到全部初稿后才过了一周。我懒散地做着自己新书发布会的白日梦，幻想着（现在让我感到惭愧）卡拉在拥挤的书店后排嫉妒得火冒三丈。我想，或许我应该找时间在公司找一份临时的工作。两天前，马克当着卡拉的面提起我该回到职场之类的话，他明明可以等她听不见时再说。我感到很焦虑，给自己冲了杯茶，然后无聊地浏览了一会儿网页，告诉自己明天早上就找工作。在至少一周前，我们在巴黎曾咨询过那位特别帅气的房地产代理人，虽然当时他说估计他的老板不能帮我们解答关于珀蒂夫妇的问题，但我想，给他发一封邮件也没什么大不了的。我从包里翻出名片，给他发了信息，说明了我的身份，告诉他我想要了解珀蒂他们住的那栋大楼的历史，很好奇为什么没有人住在里面。

我登录了脸书，当看到卡里姆给我发送了好友申请时，感到一阵罪恶的欢喜。我立刻接受了，一条来自他的消息从屏幕上弹出：嘿！一直想着你的故事。你查看其他网站了吗？

嘿！什么网站？

像爱彼迎、沙发客之类的。你们那间公寓的房主也许还在这些网站上打了广告。

他切中了要害。我无法忘记米雷耶提到过还有其他人曾住在公寓里——珀蒂他们完全有可能通过其他方式引诱别人到他们那里。我本该想到的。

谢啦。

没什么。

我犹豫了一秒钟，然后写道：明天来喝咖啡吗？

几分钟都没有回复，随后：好啊。什么时间？讲座一点结束，五点要去工作。

我有些期待得发抖：马克明天的工作时间是十点到四点。三点？

到时见。

接下来，我输入了大楼的地址和“在巴黎住宿短租”的字样。果然，虽然不太确定，但是看起来其他换屋网站上也有它的信息，然而当我点开链接时，什么也没出现。我逐条浏览着链接，直到在“梦幻巴黎”的页面上发现了珀蒂夫妇发布的同样的浴室照片，那是一个为寻求廉价住宿的美国游客提供相关房源的网站，只有一条评价：别住在这儿。这里气味很不好，而且没有空调。不要觉得自己捡到了大便宜，别傻了。根本不值。我们住了两天就离开了。这条评价是去年七月发布的，但是却没有让我发表评论的地方，当我点开网站上的具体联系方式，却出现了显示“无法找到此页面”的空白页。我很沮丧地点击了返回按钮，可在将近半小时一无所获的搜索后，我似乎无法再找到那个网页。我正要放弃，这时看到一条为海外英国人提供的住宿论坛的链接。一个名叫“贝克先生9981”的人在去年九月发布了一篇题为《别住在这儿》的帖子。帖子用大写字母写着珀蒂家的地址，下面是：在一家便宜的住宿网站上碰到这个鬼地方，方便起见，那个网站已经不再使用了。这是我住过的最差的地方。很热，很臭，而且房主一直没有露面，还在我们提前离开后拒绝退款。那里还闹鬼，不像是好事。提醒过你了。

分别有其他两条跟帖，写着：谢谢楼主和有让房子闹鬼的好办法吗？但“贝克先生9981”一直没有回复他们。

心跳更加剧烈了，我注册了网站账号，在帖子下面留言说我也在那个“鬼地方”住过，并且厚颜无耻地请求“贝克先生9981”联系我。我附上了自己的邮箱地址，不在乎是否会因此收到很多垃圾邮件。

我又突发奇想，用谷歌搜索了这个用户名，想着他会不会用同样的名字注册了其他论坛。果然有所发现。他在另外两个网站上也发表过留言，《卫报》“自由评论”和“很爱你”——一个“不一样的”已婚人士约会网站。我毫不犹豫地注册了这个约会网站（因此付了二百兰特，还填了一份调查问卷），找到了他的个人页面。我直接将鼠标滑到“留言”按钮上，留下了一条更迫切的请求，问他和在住宿论坛里发帖子的是不是同一个人，恳求他联系我，分享一些信息。那个网站的条款里说，除非他回复了我的留言，否则我不能留下自己的邮箱地址。

我一直全神贯注于自己的侦探工作，没有发现屋子里现在突然安静下来，电影已经演完了。客厅里，马克和海登在沙发上睡着了。她躺在他的胸口，他的一只胳膊松弛地搭在她身上。我本该说此情此景让我感觉到无限的爱意，但我只能感受到同样的焦虑，仿佛他的姿势表现的是强势而非关心。我把他的胳膊展开——他并没有醒，皮肤因为出汗而发黏——将海登抱起。蒙眬中她抗议了一下，然后双臂环抱住我的脖子，双腿缠住了我的腰，就像只猴子一样。

和往常一样，我打开她的夜灯，躺到她旁边。这次屋子里还有别人的感觉并没有悄悄袭来，而是在我脑海中闪现。我把头转向床边，看到有个黑色的东西埋伏在角落里的五斗橱旁。我看到一个无脸怪物在那儿扭动着它肢体繁多的身躯，尖叫声卡在了我的嗓子眼。我眨了眨眼，它消失了。我吓得呆住了，至少有一分钟一动不动。渐渐地，我坐起来，恐慌地冲下床打开了主灯。屋子里好像又空了。现在我脑海中的想法显而易见：一个半人半兽的东西闯进了房子，让我们身陷恐惧。我再次检查了床下，只有海登的那只长袜子。过了好长时间我才鼓起勇气，好像料到它会咬我一样，伸手去够它，把它拽了出来。距离它半米远的地方还有别的东西——佐伊的梳子，就是掉到五斗橱后面的那把。或者它不是佐伊的。不管是谁的：它为什么会在那儿？我用袜子把它卷起来，想扔到垃圾箱里。

我不能把海登单独留在这儿，可我又睡不着。借着明亮的灯光，我在她满是图画书的架子上翻阅着，决定一直到天亮了再睡。我猜几小时后我肯定打起了盹，因为接下来我听到了浴室里花洒的流水声。海登还在睡梦中，小手在胸前握拳，头发粘在额头上。我小心翼翼地起身，避免吵醒她，踮着脚尖来到过道，走进了浴室。透过半开的门，我可以听出来马克在低声说话。他是在打电话吗？真蠢，他在洗澡。我轻轻地推开门听着。在哗啦哗啦的流水声中我无法听清他说的每个词，接着我听到：“我为你做的。我说了我是为你做的。”他每说一个词便提高一下嗓音。我一把拉开浴帘，他吓了一跳，转过来面向我。

“你为什么自言自语，马克？”

“我没有……嘿，能不能给我留点隐私？”他竭力想轻声地笑着，可听起来却像临终时的喘息。他不是我当初嫁的那个男人，我曾经对他那样渴望。精神上经历的一切斗争给他的身体造成了伤害。他瘦了很多；我能看出他的每一根肋骨。虽有水蒸气和热水，他的皮肤依然毫无血色，起满鸡皮疙瘩，他的胳膊上还有一道道划痕和伤口，小腿肚的皮肤下是一团由静脉曲张形成的凸起的浅蓝色网状血管。老了，我心里想，你老了。他把水关掉，弯腰捡起一条浴巾。“海登醒了吗？”

“没有，马克。你怎么了？”

“我不知道你在说什么。”

“自打从巴黎回来你就刻意地远离我和海登。”这不是真的。在那之前就开始了，很早之前，从那些男人闯进我们家开始。

他匆忙地将自己擦干。他消瘦了太多。我试着回忆我曾经渴望的结实的身躯，可我看到的只是瘦弱的手臂和凹陷的胸膛。他的双颊下垂着。“我正在接受帮助，斯蒂芬。那是你想让我做的，不是吗？我正像你要求的那样去接受别人的治疗。”

“马克，求你了，和我谈谈。”

“去煮些咖啡，然后我们谈谈。”

“真的？”

他笑了笑。“真的。”

我刚刚又看到了一丝曾经的马克吗？我非常不想再让事情有一丝一毫脱离我的掌控，可我知道那只是痴心妄想。

下楼去厨房的路上，我向屋里看了海登一眼。和往常不一样的是，她还在睡觉。我犹豫了一下，然后向她的床下窥视。什么也没有。当然什么也没有。我把发刷扔进了海登房里的垃圾箱，提醒自己过一会儿倒掉。

厨房里还有些许恶臭的燃烧味，洗碗机里有需要取出的餐具，炉子上喷溅着油脂，微波炉的门上沾满了海登晚饭吃的奶酪融化后喷上去的污渍。我在碗橱里乱翻着，寻找干净的马克杯。我们的咖啡豆磨好的粉快喝完了。我满脑子想的都是之后卡里姆会来，于是只舀了一勺速溶咖啡放进了咖啡机，不在乎马克是否会发现。

几分钟后他来到我身边时，身穿西服套装——他在我们的婚礼和他父亲的葬礼上穿的那件。他觉察出了我怀疑的眼神。“其他的衣服都脏了。”

我在他脸上搜寻着，看是否有因为我懒得洗衣服而生气的迹象。看到那样正常的表情我反而能松口气。“我很忙。”

“到底在忙什么？”

自从海登出生后，我们俩都拒绝讨论家务分配的问题。他告诉我，他和奥黛特已经受够了这些，这太容易让他们陷入争吵和怨恨：你说我们没有牛奶了是什么意思？我工作的时候你不是一天都待在家里吗？至少你离开家前可以把洗碗机里的东西拿出来，等等。我知道我本该让他继续旁敲侧击地说下去，却忍不住说："当然是在照顾你的女儿呀。"

"我女儿是……我女儿是……"

"你女儿是什么，马克？"几秒钟过去了，他还是没作答。咖啡机的指示灯闪烁着，嗞嗞作响。"马克？海登是什么？"

"她正在睡觉，不是吗，斯蒂芬？"他的声调很高、很烦躁，好像在向我恳求。

哦，天哪。"是啊。"我清了清嗓子。"你要喝点咖啡吗？"

"不了。我得走了。"

"我本以为我们会谈谈？"

"会的。但不是现在。"

现在是六点五十五分。他大多数的课程都是十点才开始。他微微点了点头，转身走向门厅，从玄关台上抓起车钥匙。他犹豫了一下，回到厨房，从我身边挤过去，进入了储藏室。我没有问他在做什么，也没问他胳膊下夹着的磨损的鞋盒里装的是什么。他没和我说一声便离开了房子，砰的一声关上了门。

我叫醒了海登，不允许自己生气。她迷迷糊糊地用沙哑的嗓音抱怨了几句。她的额头有些热，但我不太担心——她经常感冒。我把她在沙发上放好，让她玩iPad。我用洗澡和给厨房喷洒消毒剂来消磨时间。它刺鼻的气味让我想到了疾病和医院，但至少可以除掉陈腐的烟臭味。接下来，我把脏衣服收在一起，用水煮的方式清洗。我不想把思绪老放在马克身上。从巴黎回来后，我们只要一说话就会吵架。对每件事都有分歧。相反，我想念着卡里姆，想着他的皮肤、他的头发，还有从他的T恤衫袖口露出来的小小的黑色文身（我当时不知道那是什么，现在仍然不知道）。他和马克完全不同。我承认自己不该一直惦记着他。那时我还没想过，也许他也一直在想着我。

两点半的时候，我跑上楼去换衣服，匆忙地往脸上擦了一层粉底——在这样的天气不会坚持多久。我的手指在画眼线时直发抖，又擦掉重画。

门铃在三点准时响起。卡里姆身上散发着香皂和剃须泡沫的清香，好像他几分钟前刚刚洗过澡一样。海登一看见他便伸出双臂要他抱抱，于是他只好跪到沙发边和她打招呼。我给她播放了电影《冰雪奇缘》，知道这能吸引她至少一小时，卡里姆则跟着我来到了厨房。我满身是汗，感觉很不自然。在准备喝咖啡用的东西时，我们俩都没说话。冲动间，我说道："这天喝咖啡太热了。来杯啤酒怎么样？"

"你确定？"

"对啊。为什么不呢？"我说，对这个提议感到有些后悔——万一他认为我是个酒鬼怎么办？

随后，他笑道："好啊。为什么不呢？喝一杯也不会怎么样。"

这次冰箱门表现得不错。我翻出了卡拉和她的朋友过来吃饭那一晚剩下的几瓶酒，递给卡里姆一瓶。我们叮当碰杯，四目相对，我说："我能问你一个问题吗？听上去会很可笑。"

"说来听听。"

"你相信世上有鬼吗？"

"怎么了？"

"就是……"然后我把海登床下面的东西告诉了他。我一股脑地全说了出来：我在巴黎的公寓感觉屋里还有别人；那晚在警察局待过后，回到公寓感觉米雷耶又出现在我面前。

他听得很认真，就像上次一样。我本以为他会说一些关于心理创伤、想象力之类的话——毕竟，他读的是心理学——但他却说："人们看到鬼魂是有很多的理论支持的。你知道的，像次声、一氧化碳中毒。甚至人们认为有一种霉菌也会引发幻觉。"

"霉菌？"我低头看着我的那瓶酒。已经空了。我都不记得喝过它，甚至连微醺的感觉都没有。

"看这里。"他掏出手机，输入了些什么，递给了我。他下载了一篇文章，关于一组科学家发现了幻觉和老建筑里的霉菌所带的有毒孢子之间的联系。他们的理论没有具体的证据支持，我还读到这篇文章未经核实便刊登在英国的一家小报上。

我把手机递还给他。"有点意思。"我们有可能从巴黎带回来了什么东西吗？想到有霉菌孢子在我的大脑中繁殖，影响着神经中枢或是他们所谓的什么东西，我便浑身发抖。或许这可以解释马克怪诞的行为。而且"贝克先生9981"的评论里也提到了那地方闹鬼之类的话。这个理论虽然很牵强而且未被证实，但也总比另一种可能要好：

我和马克都疯了。

“你们住的那间公寓里有发霉的地方吗？”

“的确有，而且很臭。你还提到了什么？次声？”

“是的。它能引起一种振动，能让一些人感到烦躁不安或类似的感觉。”他又冲我咧嘴笑着，拿起了手机。“我查给你看。”

我靠近他，这样才能看清屏幕上显示的内容。我的肩膀抵着他的胳膊。我不知道是谁主动的——我说的是实话——但突然间，我已经在他的怀里，吻着他。我可以尝到他舌头上啤酒的麦芽香，感受到他衬衫下面那坚实的背部的力量，和马克的完全不同。他的双手偷偷地伸进我的衬衫，接着我听到海登在喊我。我蓦地离开他。“该死。你该走了。”

“是的。”他把手机胡乱地塞进兜里，跟着我来到门口。我们俩都避开了彼此的目光，那一瞬间真的无比尴尬，好像我打开了大门，将他从恶魔岛监狱释放出来一样。我的脸发烫，并不是完全因为惭愧，而是想到我们有可能被海登撞见而感到无地自容。我飞快地跑回客厅。

“妈妈。我难受。”

她还是有些发热，但不严重，以防万一我给她服用了一些退烧糖浆。我把她放在沙发上我能看到的地方，然后回到厨房，将喝啤酒的证据藏到了垃圾回收箱里。趁海登打瞌睡时，我继续摆弄电脑，想搜索那篇关于招魂的霉菌的文章，来减轻自己因刚刚和卡里姆发生的事而产生的负罪感。我无法将其归罪于酒精。

我的垃圾邮件文件夹里塞满了约会网站的信息。我仅仅填了最简单的基本信息，连照片都没上传，可还是无法阻止那些网站的用户。我正想删除那些未读的信息，这时，我发现有一条是来自“贝克先生9981”的：

亲爱的斯蒂芬妮：

我叫埃利·贝克。您在该网站上给我父亲留了言。我为我父亲涉足这样的网站而感到惭愧，但由于童年时期遭到虐待和一些我不了解的事情，他在生活中遇到了很多问题，所以我理解他需要找个出口，这并不是他的错。我一直留意着他的邮件，忘记取消来自网站的信息推送，于是便注意到了你的留言。通常我会忽略这些信息，可你似乎是位正经的女士，于是便想着回复您。我得告诉您，他没有办法解答关于公寓的疑问了，他和我母亲去年八月在法国时曾经住在那栋公寓里。十月他们便因车祸逝世了。

祝好！

埃利

邮件的最下方有一篇文章的链接。我还没点开便读到了标题：“两人死于疑似谋杀或自杀的车祸”。

21. 马克

风呼啸着吹过普拉姆斯特德墓地的松树，孩子们的坟墓让我再次放声大哭。面部已破碎的娃娃，枯萎的花朵，泄了气的球周围那已泛黄的玻璃纸，让这个地方看起来像是因突如其来的悲剧而被遗弃的生日聚会。我知道那些家庭的痛楚，他们的小天使在此处安息。没有任何事能够弥补，永远都会有缺憾。我向浮华的巴尼陵墓望去，它让我万分悲痛，让我局促不安，让我止住了泪水。你可以把整个地球涂成紫色，可以绝望地把它全部撕毁，却不能将她带回到你身边。

我不知道怎样向斯蒂芬解释我在这里的所作所为。为什么是现在，为什么在过了这么久之后。她刚刚还暗示过我要走出来，去关心海登。她一直忍受着我的悲痛。

我也不太能理解自己的行为。确实，佐伊以一种又一种方式出现在我身边，但从巴黎回来后，她更多地存在于我的身体内部。我不能向斯蒂芬解释这些，或者我为什么在收集佐伊的东西——她只会认为我疯了。她已经这样想了。

一群珍珠鸡在一排排墓碑间窸窣地随意游荡，穿着一身满是斑点的可笑又精致的外衣。我短暂地考虑了一下它们，不行，羽毛是做不到的。

为什么面对死亡要有正常的反应？为什么我要理智又克制，对我所失去的人反应冷淡？这就是佐伊一直缠着我的原因：我一直拼尽全力地把她压在心底，努力地继续我的生活，好像一切都能恢复正常一样。我一定不能让伤口愈合，不能让斯蒂芬勉强我忘掉她。伤痕是我存在的意义，否认它就是否认我曾经爱过佐伊。我一直放弃倾听佐伊的心声，放弃面对自己内心的伤痕。最重要的是，入室抢劫让我重新面对这些：没有了痛苦，我什么都不是；没有了愤怒和恐惧，我什么都不是。

我在她的墓碑旁蹲下，它挤在奥黛特父亲家的家族墓地里，在她的祖母和一位叔叔的墓碑中间。那块墓碑上写着：

佐伊·塞巴斯蒂安

马克和奥黛特

我们永远怀念你

她和我们在一起一共七年三个月零一天。这些文字不足以祭奠她，我现在明白了，我们在上面写的——我和奥黛特——是一个永远不能忘却的诺言。

这并非我有意安排，但在接受桑特的第一次治疗后的那个下午，我在满是尘土的路上发现了一个黑色的东西，缠着杂草和碎石，堆在排水沟里。我知道那是某种动物，于是停下车，以免在它还活着时轧过它身上。也许我能为它做些什么。我下车，慢慢地走向它，小心翼翼地不去吓到它。它没有那么小——比老鼠大，比狗小，可能是一只貂、水獭或其他的野生动物。我感觉它是野生的，却说不出缘由。我能明显地感受到它的生命力，对生命的渴望。

可当我走到那里时，发现那是一只家猫，而且它已经死了，被撕裂开。它一定是被飞驰而过的车撞到的。肯定是当场死亡。我被它的身体吸引，蹲下来，凑近了去看。伤口一侧的皮毛已经从肌肉上掀开，就像我在烹饪节目中看到的给兔子剥皮一样。

我想到了珀蒂公寓里的一桶桶头发，然后突然领悟了。我有了一种很明确的方向感，很长一段时间里我都没有过这种感觉了。头发是活力、性欲和生命力的原型符号。想想赛门和黛利拉、长发公主、奥菲莉亚，断发是全世界都在执行的一种羞辱仪式。那正是他们所做的：不只是污秽，不只是他们违逆常理的堕落行为；珀蒂夫妇（或者不管他们是谁）正收集着生命，提炼活力，制造出一种对抗那栋大楼里冷漠的吞噬着生命气息的护身符。我感觉受到了引导，我终于在漫无目的的生活中体会到了一些不可抗拒的目标。佐伊一直都知道答案。她的头发收集成功了——毕竟，她治愈了奥黛特。也许已经太迟了，但佐伊正让我去尝试。当我决定好要做的事时，我体内佐伊形状的伤口灼烧的疼痛缓解了，心中的钩子暂时松了一些，我知道她会支持我的。

我知道剥下一只死猫的毛皮并保存起来很不正常——除非你是一名生物学家或动物标本剥制师——但那就是我所做的事。当时，那对我来说意义重大。毛发凝聚着生命力，即使来自已逝去的东西——它从来不会随着躯体腐烂。收集起来的每一小撮毛发都是我应对周遭死亡的护身符。它甚至能让我重新活一次。

现在我从我女儿的坟边站起来，翻过双手，用手指抚摸着过去几天被划伤和咬伤的伤口。即使已经消过毒，还是有刺痛的感觉。我的手肯定是刮到了杂草上，或是草里藏着的铁丝网。

我这么坚持只是为了祭奠她；没想到佐伊也会有所牵涉。但是，当她第二天来到课堂找我，给了我一些她自己的头发时，我知道我做的是对的。就在那天的下午，和桑特的心理咨询结束后，我找到了更多被车轧死在公路上的动物。我一直认为自己做的是对的，可我现在不确定了。昨天，那位巫师来的时候，佐伊告诉我，它必须是活着的才会奏效。

在外围的路上，一列送葬的队伍到了。我准备离开，以免他们来到这条路上，但是那些车朝墓地远处的一个角落驶去了，那里有新的墓地。一群分散的送葬者拿着花束和装着逝者遗像的俗丽的相框走在车后，他们路过时，有些人看向我，我能想象出自己的样子：一位悲伤的、弓着身子的男人身穿西服套装，抱着一个旧鞋盒，蹲在一座已经风化了的墓前。

我是怎么了？我本该拿着花到佐伊的墓前，而不是一盒毛发。

我坐在坟墓的边缘，掀开盒盖。盒子的一边放着一股金色的发结。我试着把它和那些已经开始发臭的毛皮分开。

它必须是活着的，她对我说。

我知道这只是自己想象出来的。我和斯蒂芬一样，知道佐伊的躯体已经不复存在——她已经死去了。我所经历的一切是一组非常生动的象征性画面，最终帮助我去处理佐伊的死亡。我很确定，它通过心理疗法形成，把脑海中的象征图形驱走，使它们变得具体。但那并不意味着，我的无意识告诉我的事情不重要。

松鼠们有的在松树上上下跑着，有的在墓碑间迅速移动着。佐伊曾经把它们叫成“熊鼠”；奥黛特和我都不忍心去纠正她，因为那实在是太萌了。我拿出一袋花生，剥了皮，朝前面几米远的路上扔了一粒。不久，就有一只松鼠过来，抓起了果仁，站在那儿盯着我，抖动着两只后爪，四处闻着，想找到更多。很明显，它们经常在这里被喂食，几乎和城市公园里的那些厚脸皮的松鼠一样驯服。

我又抛出一粒花生，落在了它和我之间。那只松鼠蹦跳着挪得更近了。接着又一粒，只有三十厘米远。现在，我向四周望去，发现没有人在看着我，便把一粒果仁放在掌心，等待着。

那只松鼠犹豫着，来到了离我一臂远的地方。它有些紧张，一直向后望着它那些同伴。可它还是没能抵制住诱惑。它过来拿果实，我用左手按住它的肩膀。它蠕动着，胡乱地抓着，试图咬我，但是我紧紧地攥着它，把它的爪子按在身体上。

这个小动物的心脏跳得飞快，让我觉得甚至会蹦出来。它的皮毛温暖柔软；一秒钟之前，它还信任我。

“对不起，小熊鼠。”我说，然后把它放走了，在远处的小路上扔了一把花生米，让它去捡。真正的佐伊，我那七年前离去的女儿，绝不会想让我为她去杀死小动物。我回过身，低头看着盒子，棕色的血迹和闪亮的肉块把纸壳浸湿了一大片。这也不是她想要的。我把那束金色的头发从盒子里拣出来，塞进兜里。离开的时候，我找到一只垃圾箱，把那发臭的盒子扔了进去。我最终意识到，要救她已经太迟了。我永远都救不了她。

我驱车离开，向南开，没有回家，我想着那块墓碑，那是世界上唯一一个把我们仨的名字刻在一起的地方：佐伊，奥黛特，我。我把车停在了贝里福列特的一家小型购物中心的外面，在走去海边的半路上，拨通了电话。

“喂？奥黛特。”

一阵沉默，一阵凉爽的海风，一场聚会，布里斯托尔到开普敦之间遥远的距离。“马克。你好。”

“我是不是打扰到你了？”

“没有啊，真的没有。老样子。”背景里有孩子的声音。她有两个孩子，我觉得。她没有再婚。上次听说她和另一个人同居了，不是他们的父亲。“周六的早上，你懂的。足球，购物。”

“你最近怎么样？”

“还行。你呢？”

“还不错，谢谢了。”随后我意识到，给奥黛特打电话不是为了交换愉快的谎言。“我一直在接受心理治疗。”

“哦？”对方立刻警惕起来。

“是啊。它引发了很多的……”鬼魂？“回忆。”

“当然。我能想到会是这样。”我能听出来她努力保持着礼貌。

“我不想打扰你。我正试着去回忆。可怕的是，好多事情都模糊不清了。虽然这个问题有些可笑，但是佐伊喜欢猫还是喜欢狗?”

“你打电话来就是为了问我这个？”

“我不知道。发生了一些事情。她一直很讨厌猫，不是吗？”

“讨厌猫？不。她很喜欢它们。记得吗？你还在她七岁生日的时候给她买了双Hello Kitty的运动鞋呢。”

“是Hello Kitty的吗？我记得不是啊。”

“你买的是那双，马克。”

“不。我给她买的是一双黑色高帮运动鞋，画着史酷比。”

“呃。她怎么会想要那双呢？她讨厌那部动画片。它吓到了她。她很容易害怕。你真的不记得了吗？”

从语气上看，她处在愤怒的边缘。她还在生我的气。她永远都不会原谅我，而我也没找出她应该原谅我的原因。“好吧，谢谢了。很抱歉打扰你。”

她听出了我的不安，于是缓和了语气，含糊地说了些安慰我的话。“肯定是Hello Kitty的。我还记得自己一直在想，你去买那么小女孩的东西肯定很奇怪。实际上，我的电脑里有照片，我很确定。我去找一下，然后通过邮件发给你。”她总是那么善良。我们曾经相爱过。

“太感谢了。”我挂断电话，在购物中心发现了一家小酒吧的招牌：是由卡斯特啤酒赞助的廉价钢质招牌，写着“沃尔特的酒桶”。为什么不喝一杯呢？斯蒂芬以为我四点才会回家。

我锁上了车，突然想到穿着这身西装出现在那种地方看起来会很怪异。但我别无选择；我的衬衫上沾着血迹。我在后视镜里审视着自己，扣紧了外套，然后推门而入。刚到中午，但酒吧里的人相当多，散发着昨天的汗酸味、烟臭味、油烟味和今天的啤酒味。前窗全部涂着广告，所以在昏暗的光线下，我除了能勉强看出来一群男人，也许还有几个女人向上盯着电视里的橄榄球赛，几乎看不清其他东西了。我坐在了吧台边，柜台后面的男人看了我一眼，好像我占了一位常客的座位。通常情况下，这足以让我转身出门，然后回家，回到属于我的熟悉的、安全的咖啡馆，可今天不同。我坐直了身体，点了一杯生啤。酒保一声不吭地倒着酒。

“今天结婚？”一个离我有两个座位远的男人转过来冲我友好地抿嘴笑着。他看了一眼我的西服，自己身穿着运动裤和一件有污迹的T恤衫。“最后一杯自由之酒？”

“啊，不是的。有约，”我说。“见客户。”

“这样啊。”他把目光转向吧台旁的屏幕。

“谁对谁？”我问道。

“暴风队对力量队。”

“现在比赛是不是太早了？”

“在珀斯打的，”他说。“在澳大利亚。”他身体从我面前扭开，把脸转回到屏幕。“是的，你知道的。超级橄榄球。”

我忍不住去想，或许自己让他感到失望了。有那么一会儿，我期待自己带着有趣的故事进来——关于逃避神职或者昨夜妓女的故事，能帮他暂时逃离的故事。

我喝了一大口尝不出味道的啤酒，向四周看去。我的眼睛已经适应了昏暗的光线，便注意到胡乱搭配的、满是污渍和划痕的深木色家具，安静的酒客抬头看着屏幕，好像那些是他们逃离生活的大门，并且刚刚永远地关闭了。现在不是一整天可以欢快地喝醉的时候，在这个季节为比赛而兴奋又为时过早。沿着台阶上去，有一个摆放着几张台球桌的房间，音乐从假的投币式自动点唱机里播出，那是一个假的塑料外壳模型，里面通过扬声器播放着从卫星电台接收的时尚流行乐曲。几个年轻的女人随着音乐无精打采地移动着。我看不出她们是醉了还是神志不清，或者只是累了，但在中午就看见有人那样动着实在有些不对劲。

我抬头看着电视，才几分钟的工夫，这时我的手机振动了一下，当我再次看着眼前，杯子已经空了，上半场的比赛也已经结束，电视里正播放着汽车广告。我的手机在外套里哔哔地响着。酒保只是冲我的酒杯扬了扬下巴，我点点头，查看手机的信息。

有些奇怪，但接到你的电话还是很高兴。你听起来怪怪的。希望你一切都好。

这就是那张照片。

吻你

我推着吧台向后挪，模糊地意识到那些顾客正看着我跌跌撞撞地走过磨损的地板，凭直觉走向卫生间，穿过台球厅，穿过拱形的走廊来到了散发着小便和粉色块状空气清新剂味道的隔板外，最后关上身后的门，震惊地喘息着。

当我振作起来后，向脸上泼了些水，尽量忽视洗手盆上的污垢，在从高高的窗户射进来的阳光照射下，它们清晰地闪烁着。我又点开了手机，试着让自己有免疫力。我之前见过这张照片。我曾经复制了一张，但是在我的旧电脑里，我只是把所有照片都备份到一个硬盘里，之后再也没去看过。佐伊穿着她那双生日礼物的鞋子。她的微笑再次让我心碎。

过了好一会儿，我听到一阵敲门声。

有人在说着什么。一个女人的声音，很温柔。

我抬起身，努力挺直了腰板，把脸再次打湿。我透过镜子看见了衬衫上的血迹。

敲门声再次响起。还是那个声音。我分辨不出它在说什么。

门开了。

“怎么了，爸爸？（法语）”

是她，那个女孩。她今天穿了一件带着一颗星星的粉色T恤衫，绿色的裤子。脚上穿着那双画着大丹狗的鞋。

“你不是她，对不对？”

“不是谁？”

“我的女儿，她已经死了。”

她走近我，直到离我一英寸远才站住。我能感受到她身体里的电流流过我皮肤上每一个毛孔。一片阴影遮住了窗边的光线，但她发出卡尔良光环[①]一样奇幻的紫色和黑色亮光。我感觉那能量传到了我身上，迸发火焰，随着它的蔓延燃烧着。她张开了双唇，对我说：“我是你的。我是你的一切。我是你想要的。”

她的呼吸甜腻而腐臭，就像熟过头的水果。她用舌头舔着我的嘴，然后向我的嘴唇咬去。

“你想要我做什么？”我问。

“我要你让我活着。”现在，她摸着我的脸，手指滑过我鬓角上薄薄一层头发，像烟雾一样的画面遮住了我的双眼，但我伸出双手去感受着：是头发。我把它分开，穿过它，还有更多，它将我包裹进去。柔软，闻起来有苹果洗发水和果味香水的味道。它是生命。

我以前就是这样把佐伊搂在胸口，闻着她的味道：汗水和尘土的味道，植物精油和苹果洗发水的味道。它是爱；我太爱她了，以至于

① 用卡尔良相机拍出的能量光晕。

她无法呼吸。我让她活在我的身体里，她的每一个细胞都存在于我的肺里。

一拳重击，啪的一声，那个女孩不见了，有血从我的下巴上流下来。

“嘿！嘿！你对迪尔德丽做了什么？”

那个男人的第一击很慢，我从下面躲开了。在他身后的走廊里，有一个女人正用恐惧又好奇的复杂眼神盯着我，好像我是展览上的动物一样。她三十岁上下，长相很丑，梳着一头黑发，穿着绿色的裤子和带着一颗星星的粉色T恤衫。

我转过身时，男人的第二拳击中了我的后脑勺。我趴倒在地，西服蹭到了地上的尿，感觉后背有重量压过来，接着传来沉闷的捶打声，直到重量被拉走。我被拽出了酒吧，被推搡到我的车旁。酒保把车钥匙和钱包递给我。“谢谢你的小费，哥们。希望你别介意，我随便拿的。”

我到家时已经很晚了。我一直在想，想着自己是多么害怕，害怕因为太爱海登，为了自己的需求吸取她的生命。是我杀了佐伊，即使我知道没有办法将她挽回，我还是可以让她的灵魂活着。

我进屋时，斯蒂芬在沙发上昏睡着，茶几上放着一个空酒瓶；海登在扶手椅上睡着了。我走到厨房时，发现回收箱里扔着啤酒瓶，水池里放着装咖啡粉的罐子——那是我们用来招待客人的。

我平复了醋意。毕竟，斯蒂芬有招待客人的权利，而且我必须要动手了；虽然她的醉酒助了我一臂之力，但她随时都会醒过来。我把臭烘烘的外套扔在浴室的地上，从抽屉里拿起剪刀，向海登走去。她睡得那么熟，只有小孩才能做到。我在她旁边坐下来，把头发从她脸上向后捋着。

开始的时候，我只想要一点点。

22. 斯蒂芬

咔嚓，咔嚓。

我的大脑因为卡里姆走后灌下的红酒而感到昏沉，我坐起身，脖子由于在沙发睡得不舒服而僵硬酸痛。

咔嚓。

唯一的光线来自电视，已被调至静音，播放着家庭购物的节目。一个人影笼罩在海登睡觉的扶手椅上。我没出声：发不出声。我无法呼吸。刹那间，我很确定是那个狡猾的、有很多条腿的怪兽——住在床下面的东西——然后它换了个位置，随即我意识到是马克。当然是马克。

咔嚓。

我放低了声音："你在做什么？"

他停住了手，转过头来看我。屋里太暗，我无法看到他的目光，但他的右手紧握着一个金属物体——电视发出的光线从上面反射回来。哦，该死，他拿了把刀。他没理会我，又转身到海登身边。

咔嚓。

一缕黑色的鬈发飘落到地板上。是海登的头发。他正在趁她睡觉时剪她的头发。

"离开她，马克。现在就从她身边离开。"

我冷酷又镇静地说。我无法承担恐慌的后果：如果我猛地扑向他或者海登突然醒过来，她会受到严重的伤害。那个头脑清醒的我，那个在米雷耶跳下去后控制局面的人，在我需要她的时候回来了。

马克把头猛地转到我的方向，然后从沙发走开，空洞地咕哝了一句"对不起"，把剪刀放到茶几上，然后离开了屋子。

我飞快地冲向海登，幸好她还在睡着，我把剪落的发屑从她脸上拂走。房间里太黑，我没法完全看清剪掉了多少，但当我用手指去摸时，有几缕头发散落下来。她被弄醒了。

"妈妈。海登现在好累。"

"妈妈知道，小淘气。"

我期望自己还能再保持几分钟的清醒和镇静，将发烫的困倦的海登抱起，跑到楼上。我单手把她在我的大腿上扶稳，她只是迷迷糊糊地抗拒了几下，我掏出一个袋子，胡乱地塞进许多衣物，随后把它拽到海登的房间，随便装了几件T恤衫、短裤和玩具，最后冲进浴室去拿我的洗漱包。

然后，就像之前在巴黎发生过的一样，我的沉着渐渐消退，感到了令人抓狂的恐惧。快走，快走。

我后背的肌肉因为海登和袋子加在一起的重量而紧绷，我蹑手蹑脚地下了楼，本以为马克会从黑暗中扑过来，或者那个有很多条腿的东西会从阴影中冲向我们——这次它长着马克的脸，一定长着他的脸——但现实是只有我们俩。我在包里笨拙地翻着车钥匙，甩手关上安全门，跌跌撞撞地走向汽车。海登现在已经完全清醒，大哭着，由于鼻塞喘着气，但我不敢停下来去安抚她。我把她塞进安全座椅，尽量无视她的抽泣，迅速地给她扣紧了带子，然后哧的一声把车从路边开走了。

那天晚上我没有撞车真是个奇迹。我内心充斥着对马克的愤怒，能感受到它是那样激烈又真实。现在回忆起来，在当时那种情况下带着海登匆忙离去，不仅愚蠢而且很危险。我空腹和卡里姆喝了一瓶啤酒，又喝掉半瓶红酒，已然属于酒驾。开到伍斯特附近的某个地方，我恢复了理智，于是松开油门，慢慢驶入慢速车道。自从把她系在安全座椅里，我第一次透过后视镜去看她。她已经垂着头睡着了，参差不齐的一簇头发立在左半边的发丛中。

直到我下了高速开到孤独的乡间小路上，我才为我逃到父母家的决定感到后悔。我考虑着开回去，找个酒店，但我需要有个人在身边支持我。我不能让他们看到海登这个样子，她的头皮在剪短的发丝中若隐若现。确认没有人潜伏在周围之后，我把车停在了阿什伯里附近一个废弃的农场马厩外，叫醒了海登，尽我所能用塞进包里的指甲刀把她的头发修剪整齐。海登几乎没有反抗——或许是她感受到了我的绝望，轻声问了句“你在做什么，妈妈？”之后便不在座椅上扭动，顺从地接受了临时剪发。她麻木地接受了这种情况再次让我怒火中烧。我想把头发收集起来带走——莫名其妙地觉得就这样把它们留在这儿不妥当而且很危险——但我还是将它们埋在了石头下面，然后开车走了。

当我把车嘎吱一声停到爸妈家门口的车道上时，已经凌晨一点多了。民宿漆黑一片，很安静，我犹豫了一下，按响了大门的门铃。我得赶快编个故事，但能说什么呢？绝不能说出真相。这会让他们彻底无法接受马克。

“谁呀？”对讲机里传来爸爸的声音。

“是我。能让我进去吗？”

“斯蒂芬妮？是你啊，宝贝？”

我能听出他身后妈妈的声音。“请让我进去吧，爸爸。”

“等一下，宝贝，这就来。”

我开始抽泣。我努力让自己平静下来，用力擦着双眼。我必须表现得很平静。门咔嗒一声开了。我开了进去，猛地踩住刹车，发动机熄火了，我跌出车外，扑到了父亲的怀里。妈妈在我身边大惊小怪地叽叽喳喳。

“你能去把海登抱出来吗，妈妈？”我克制地说。

“当然没问题。但是，斯蒂芬妮，你怎么了？发生什么事了吗？

你为什么都不打个电话？你是现在刚从开普敦开过来的吗，这么晚？马克在哪儿？”

“一切都很好。我们只是吵架了，妈妈。别担心，不是什么大事。我只是想离开那房子。”我努力地咧着嘴悲伤地笑着。“我反应有些过度了。我们最近都压力太大。”

他们并不相信，但我发现爸爸看了她一眼，无声地恳求她别再立刻追问。我太爱这样的他了。

她最后愤怒地说了句：“哦，斯蒂芬。爸爸该去开车接你的。”

随着妈妈把海登抱进其中一间客房，她的呼吸更轻松了。妈妈刚给她盖好被子，她便睡着了。我脱了鞋，连衣服都没脱，便趴到她身边，安慰妈妈说，我需要的就是好好睡一觉。爸妈最后悄悄地回到了他们的房间，将我留在黑暗之中。

我一直睡到第二天下午两点才昏昏沉沉地醒来，发现海登不在身边。我一下子跳起来，无端惊恐地认为是马克在夜里溜进来把她偷走了，但随后我听到花园里传来的一串笑声。我从窗户仔细向外瞧去。海登正在帮助妈妈给民宿草坪外圈的花坛除草。现在，恐惧已经渐渐消失，我心中又重新燃起了怒火。该死的马克。去死吧他。

我刷牙时太用力了，导致了牙龈出血，我穿上一件干净的T恤衫，下楼来到了花园，准备承担后果。海登心不在焉地冲我挥了挥手，又继续挖地。她看起来好多了，鼻塞也没那么严重了。

妈妈快步向我走来。“睡好了吗？”

“非常好，谢谢了。”我不假思索地说，忽然发现将近一周以来这是我第一次畅快淋漓地睡觉。远不止一周。虽然还有一丝宿醉的感觉，但我的大脑却更加清醒，好像它曾被冰凉的水冲过一样。

“海登的头发是怎么回事？”

开始了。“她在上面弄了些口香糖。我试着把它剪下来，结果弄得乱七八糟的。”

妈妈看了我一眼。“真的吗？她哪儿来的口香糖？”

我对她报以最灿烂的微笑：“我也不知道啊。”

海登大笑着，举起了一把花草。妈妈递给她一个空花盆，然后挪到我身边，放低声音说：“虽然你爸爸说过不让我问你，但你能不能告诉我为什么昨晚会来这儿？我很担心你，亲爱的。是不是马克发生了什么事？是不是马克他——”

“先别说了，妈妈。”她皱了皱眉，于是我缓和了语气。“我可以给自己做点吃的吗？”

她拍了拍手上的土。“我去给你做吧。”

“没关系，妈妈。你来陪海登。”

“你知道，你可以想待多久就待多久。我们下周才有顾客预订房间，到那时房间还是足够的。这是你的家。”

是吗？我想着。我的家本该在开普敦，和马克一起。这并不是我生活中该出现的事：一遇到问题就跑到爸妈这里。但我不仅仅是遇到一个问题。不只是夫妻之间的小口角。昨天晚上的气愤又浮上心头。

我在她的脸上亲了一下，走回熟悉又杂乱的厨房——贴着笨重的棕黄色瓷砖，挂着带荷叶边的花窗帘，摆着母亲收集的很多华而不实的东西。待在这里让人安心。很安全，我很长时间都没有感到安全了。我从冰箱里拿出了培根，机械地把咸肉片放在平底锅里。

我知道必须想出下一步该怎么办。我的婚姻完蛋了吗？自怜的感觉不禁袭来。我没有工作，经济也不独立。培根的肥肉在锅里吱吱作响，油脂噼啪四溅，烫到了我的手背。我几乎没注意到。我把肉片夹在两片厚厚的白面包中间，把它们压成一个简单的三明治。我不饿，却让自己狼吞虎咽地吃着，站在水池边上漫无目的地望着窗外。

一只手放在我的肩膀上，把我吓得跳了起来——是爸爸。“别吃得太快，宝贝。”他和我一起望着窗外。“你妈妈喜欢让海登待在这儿。”他清了清嗓子。“我告诉她别去烦你，但我需要知道。是不是马克对你或者海登做了什么？”爸爸小心翼翼地没做出任何表情，可他的眼神很冷酷。

“没有，爸爸。我们只是需要分开一段时间，就是这样。海登和我会尽快离开的。”

“宝贝，这是你的家。”

这不是我家。“我知道你以前不太喜欢马克，爸爸。”我不由自主地用了过去时，好像我们的婚姻已经结束了。

“的确是。我不否认，宝贝，但他是你的丈夫。这是你自己的选择。不管你做出怎样的决定，我们都支持你。”不知怎的，我回想起我低调的婚礼那天。我们在开普敦地方法院举行典礼，之后和我爸妈、卡拉，还有少数马克最亲近的朋友在五蝇酒店吃午餐。食物很不错，但气氛很尴尬，客人分成了两拨：我爸妈拘谨地坐在桌子的一端，卡拉和其他人在另一端。有人，可能是卡拉，幸灾乐祸地提议要我爸爸讲话。这让他感到非常难堪——他一直不愿意成为大家瞩目的中心——但他还是勇敢地承担下来，努力说了些赞扬我新婚丈夫的话（“马克工作的地方，开普敦大学有着良好的声誉，据我了解”）。

“谢谢你，爸爸。”

他又踌躇了一会儿，然后慢慢走出了厨房，继续忙着他DIY的东西。

趁海登还在快乐地玩着，我把厨房收拾了一下，随后爬上楼去找笔记本电脑——我的避难所。我没去管邮件，在一阵兴奋的干劲中在线申请了工作，给三家临时代理机构投了简历。这种狂热的实际行动——我几个月前就该做的事情——有了效果。前路不再黯淡。*只要想一想*，我虚伪地对自己说，*你即将成为一位作家*。我决定了，明天，希望怒火能减退一些，到时候我要联系马克，告诉他去找一家公立诊所做检查，或者寻求他所需的帮助。我会坚持让他在恢复正常之前先搬出去住——在那一晚之前，我从未想过他会是应该离开的那个人。只是……我真的想再回到那栋房子里吗？我突然意识到昨晚那个阴暗的、抽动的东西没有出现——我环顾屋子，看着那镶着荷叶边的窗帘，还有淡雅的墙壁，装饰在上面的质地优良的水彩画是妈妈从家具工厂批发的——不管它是什么，没有跟着我到这里。

那天，我没给马克打电话，他也没有打给我。我时不时地查看着手机，只有垃圾短信。

晚上，妈妈试着从我这里挖出更多的细节，但被我打发走了，安抚她说马克工作压力大，需要一些独处的时间。妈妈给海登洗澡喂饭时，我和爸爸安静地看着橄榄球，当她给海登做了一盘非常不健康的鱼条配人工合成的甜酱汁时，我隐藏着自己恼火的情绪。我很早就睡了。

我还是无梦地一觉睡到很晚才起，感觉身体轻快又放松，好像泡了好几小时的热水澡一样。不知是爸爸还是妈妈已经把一小壶咖啡和一盘吐司放到了床边。虽然吐司凉了，咖啡略带余温，但搭配起来还是很不错。我伸了个懒腰，轻轻地走到窗边。窗下，海登正在帮外婆晾衣服，一群小鸟正在啄食阳光斑驳的草坪上的早餐碎屑，海登咯咯地笑着，追着它们。我拿着电脑，钻回被子里。

当看到一封来自加拿大出版公司的邮件时，我的心跳到了嗓子眼。本以为会被拒绝，我读了两遍才完全理解大意：她想出版我的书。我的第一反应是告诉马克这个好消息。我想和他分享，看到他骄傲的神情，听到他赞扬的话语。

你不能这么做。你抛弃了他。你把他留在那栋房子里，自己逃走了。

我有权为他对海登的所作所为感到生气，我当然有这个权利，但他的状态也并不好。据我所知，他处于极度的精神崩溃中。我不仅没有帮助他，反而逃走了。

我把他独自留在那座房子里。

我的脸因羞愧而发烫，我一把抓起手机，差点把咖啡壶打飞，然后拨了他的手机号。电话直接转到了语音留言。我给他发了条短信，让他打给我。

相比于饥饿，我更多地感到胃痉挛。我吃了吐司——面包很软很耐嚼，然后又读了一遍代理人的信息。我努力写完了一篇回复，说明自己接受她的邀请，但又不希望邮件读起来过分热情和谄媚。

我把它转发给马克，接着浏览了收件箱里余下的邮件。卡里姆给我发送了一条脸书的留言，这对我不断增长的羞愧感毫无益处。我未读便删除了。还有一封来自一位名叫奥利维尔的人的邮件。我立刻认出了这个名字，于是点击——那个法国的房地产经纪人回复了我关于珀蒂夫妇大楼的疑问。我打开它的时候没有感到任何不安，注意力完全被出版代理人的信息和对马克的矛盾感情吸引着。

塞巴斯蒂安夫人：

我通过此邮件来回复您所要求的信息，但请理解我无法帮您更多，而且我恭敬地恳请您不要再联系我。

我第一次接触你所问起的那栋大楼是在将近二十年前。当时，有一位名叫菲利普·介朗的先生找我做它的代理人。那栋大楼被遗弃多年之后，介朗先生把它买了下来，将里面的公寓进行了翻新，然后我依照指示打出租广告。

起初，我觉得会很容易。有许多人都很感兴趣，因为它位于绝佳的地段，而且公寓很宽敞。可一次又一次地，人们都是过来看房后便拒绝住在那里。有些人说他们经历了不愉快的事，但大部分人都不能确切地描述出为什么大楼让他们感到不舒服。我自己也不能理解，因为我没有经历过这样的事。我们把租金一降再降，这样自然会吸引很多租客，但那些人只要住了进去都待不久，也不会续租，而且那栋大楼的入住率从来没超过二分之一。这是远远不够的。这种状况持续了很多年。最后，介朗先生的身体状况很糟糕，想把大楼卖掉，但没有成功，因为他已经为此做了很多投资，卖了只会赔更多的钱。当时法国的经济也不景气。

我为自己没能获得租户而感到沮丧，我知道后来介朗先生也和其他很多公司合作过，希望他们运气能好些。据说他们也没有好运。对那栋大楼也有过相关的结构调查，但没能找到气氛如此糟糕的根源。我自己也是出于疑惑和好奇，想知道为什么这么多人讨厌住在这栋大楼里，于是决定探寻一下大楼的历史。

我必须说明我并不相信鬼魂，现在也不相信。我也必须要说明，在作为介朗先生的代理人那几年，我自己在那儿从来没有过糟糕的经历。

大楼在几年间被转手过很多次，所以要获取可信的信息很困难。我决定去和周边商人谈论一下，听到了些传闻，说在二十世纪七十年代，那栋大楼里确实发生过非常可怕的事情。没有人知道全部的细节，但有人建议我去和一位在当地居住多年的香烟店老板谈谈。我受到警告称他不想谈论此事。我开始经常在晚上去那家香烟店喝酒，很快那个老板——现在已经过世了——开始信任我了。幸运的是，我还算有魅力，于是一天夜里，我用尽所有魅力和一瓶上好的茴香酒，终于使那个人松了口，用你们的话说。

他说在二十世纪七十年代的时候，大楼已经破损失修，但还是有很多家庭住在那里。其中一家是大楼的门房，他和妻子还有两个女儿住在其中一间公寓里（我不知道是哪间）。香烟店老板也不认识这个人，但说他是一名参加过阿尔及利亚战争的老兵，受了伤，在战场上目睹的暴行给他造成了严重的心理创伤。他和妻子，一名阿尔及利亚人，回到了法国，找了这份门房的工作。几年后，他们有了两个女儿。老板说那位门房是一个沉默的人，很依赖他的妻子给他勇气，家里虽然很贫穷，但生活过得很快乐。后来，门房的妻子患上了很严重的病，病了很久。有好几个月她都在生死之间徘徊。之后，她去世了。

那个门房开始借酒消愁，工作失职，对他的女儿们也疏于照顾。他曾被大楼的主顾多次警告过，但没有任何改善。香烟店老板对我说他仿佛变了一个人。他的妻子和他感情非常深。他的精神已崩溃，心已破碎。他欠了很多的债，然后被赶走。

他无处可去。

他的尸体躺在大楼的庭院中，被放学回家的大女儿发现。据说，他从一个较高楼层的窗户跳了下来。

咖啡在我的嗓子里变得像胆汁一样苦。米雷耶，我想到。我接着读下去：

这并不是当时最悲惨的地方。大女儿在大楼的地窖里发现了她妹妹的尸体。她临死前，她的父亲曾对她做了一些事情，非常可怕的事情。

肢解。

那位老板不知道活着的女儿发现了这件事之后的下落。

米雷耶？米雷耶是那个失踪了的女儿吗？我算了一下，她很可能出生于二十世纪六十年代。读了这封邮件之后，我怎能不想到米雷耶阁楼的屋子和她画中眼神悲伤的小孩？之后是我在珀蒂公寓的厨房抽屉里发现的那一小块字条。写那些话的小孩——可能就是米雷耶的妹妹？——已经暗示了她爸爸将她母亲的病情怪罪于她。这有没有可能就是促使门房杀害他小女儿的动机呢？

在邮件的最下方，那个房产经纪人写道："正如我之前所说，我无法帮你更多。你可以通过查询巴黎的报纸记录来证实这个悲剧的真实性。而且，我不知道这栋大楼是不是还归介朗先生所有，也没有珀蒂一家的信息。这是我保存的介朗先生最后的电话。也许他会给你提供更多帮助。”邮件的结尾写着电话号码。我用谷歌搜索区号02，显示是在巴黎的郊区。

民宿的Wi-Fi信号不够强，我没法用Skype，所以溜到楼下，从厨房拿起无绳电话，又悄悄上楼，回到了我的屋里。我还没想好要说什么就拨了号码。它响了一声又一声，我任由它响着，并不确定自己是否希望有人来接听。我拿着听筒的手出了很多汗。我数着第二十下，二十五下，紧接着咔嗒一声，伴着清嗓子的声音，随后，“喂？”

我吓了一跳，很是慌张，“哦，嘿……喂，请问你会说英语吗？”

停顿了很长时间。“会的。一点点。”一阵咳嗽声。“你是谁？”一个男人的声音，已经年迈了，夹杂着咝咝的呼气声，好像他正戴着氧气面罩呼吸。达斯·维德①。你正在和达斯·维德说话。

我忍住并不幽默的咯咯笑声。“我叫斯蒂芬妮。斯蒂芬妮·塞巴斯蒂安。请问您是介朗先生吗？”

“是的。”停顿了一下，咝咝声。“我就是。”

“先生，很抱歉打扰您，但您能告诉我您在巴黎还有房产吗？”我飞快地说出了地址。

---

① 电影《星球大战》的主角，戴着金属面罩。

"是的。怎么了？"

"我最近在您那栋大楼的一间公寓里住过，我希望您能——"

"不，夫人。这不可能。"

"请问您是什么意思？"

"这栋大楼已经空了。没有人住在那儿。"咝咝声，停顿，接着，"哈……请等一下。"又是一阵停顿，时间更长了，背景里带着一阵急促的咕哝声——我能听出"爸爸"和"英语"等词语——然后是一阵噼啪声和摸索的声音。电话另一头出现了一位年轻男子的声音："您好。你是谁？"

我把名字重复了一遍。

"我爸爸不认识住在英国的人。您打错了。"

"等等！我不是英国人。我是南非人。南非（法语）。"

"这个电话号码。你是怎么得到的？"声音变得警惕起来，不那么气愤了。

"是克鲁瓦先生给我的。他以前是介朗先生的……"我想着那个词，"不动产代理人。我希望和介朗先生谈一下关于——"

"这不可能。我父亲，他病得很重。"

"我理解，但……先生，求你了，这很重要。你能帮帮我吗？"

"帮你？不行。我不能帮你，而且我得走了——"

我赶紧插进来，求他别挂断。"求你了。求求你了。我就问五分钟，仅此而已。我需要些答案。"

背景中传来咝咝的叹息声。我把这当作是鼓励。"你父亲那座皮加勒区附近的大楼里的一间公寓被自称珀蒂的夫妇在网站上登了广告。我丈夫和我住在他们的公寓里，他们本该到南非住在我们的家里，但他们从未出现过。”

一阵沉默。我现在甚至听不到他的呼吸。“喂？先生（法语）？喂？”

“我在。”

“珀蒂夫妇似乎并不存在。我知道警察可能已经联系过你和你父亲，但我们住在那儿期间，有一个女人，叫米雷耶，死了。她自杀了。珀蒂先生，我……”

一阵急促的吸气声。我并非故意那样称呼他，而是无意中说了出来。

“我不能和你交谈了，夫人。我不能帮助你。”

“求你了。”

“我很抱歉。”

“我知道那栋大楼的历史。我知道那里曾发生过很糟糕的事情。我知道……”我知道在你们的大楼住过之后，我的丈夫，我那已经崩溃的丈夫完全疯了，而且一些邪恶的东西、一些危险的东西潜伏在我的房子里。“是你联系了我们吗？你就是珀蒂先生，是吗？”

“那不是我的名字。”

虽然声音很冷漠，但他还没有挂断我的电话。

“你为什么让我们住在公寓里？求你了，珀蒂先生——介朗先生，告诉我为什么。帮帮我。你不懂，我丈夫，他已经……他已经……”疯了。他已经疯了。我们把一些东西带回来了，我们把一些东西从你的大楼里带回来了。

“我很抱歉。”他低声说着。

“你为什么道歉，珀蒂先生？”

又是一阵长长的停顿。“很抱歉是你们。谢谢了，再见。”

咔嗒一声，接着是一阵忙音。我又按了一遍号码，但无法接通。

谢谢。他在谢我什么？

我很抱歉。

米雷耶又为什么道歉？

马克。我得告诉马克。

再一次，他的手机直接转到了语音信箱。我又给他打了一遍。又一遍。还是无人接听。我又发了条短信。然后，绝望之下，我打给了卡拉。她也没有接听——也许她正和他在一起呢。头一次，我没有为他们俩在一起的想法感到紧张，反而感到安心。我留言说我很担心马克，因为他没接电话，问她介不介意去看看马克，让我知道他怎么样了。我没有具体地告诉她我为什么担心马克——如果你过去了，可能想把剪子藏起来——但是我现在怀疑，如果我当初告诉了她，事情的结局会不会不一样？

我应不应该因此而谴责自己？我还是不知道。

我当时所能做的就是等待，想着之前所发生的事。

23. 马克

一辆车的灯光射进客厅，扫过我的书、电视，划过架子上相框的玻璃，划过斯蒂芬带到这里的面具和金属线雕塑饰品。我意识到自己已经这样在黑暗里坐了几小时了。隔壁的德国牧羊犬开始狂吠，但斯蒂芬和海登不在时，我一点也不害怕。

那些男人的靴子踏步声，话语里透出的尖锐。我自己并不害怕，我只关注斯蒂芬和海登。我拼尽所有的力量去保护她们。我知道这虽然听起来很可笑，但那些人走后，斯蒂芬和海登毫发无伤，我感觉自己完成了使命。那是最重要的事，仍然是最重要的事。

但现在只剩下我一个人。我没有设置报警器。他们可以进来，我已一无所有。

要是在其他类似的夜晚，我也许会喝上一杯，但今晚没有。我咽不下去，因为这黑暗沉重得足以将我的气管压扁。我漫不经心地考虑着自杀，却没有胆量。我甚至站不起来，我不知该如何开始。或许在这里坐得足够久，黑暗便会将我扼杀。我闻到了一股浓烈苦涩的陈旧的烟味。我被抛弃了。

隔壁的学生们结束了周六晚上的活动，回来了，在人行道上大笑着。稍后，路对面的大门发出吱嘎一声，护士值完晚班离开了。小鸟们叽叽喳喳地叫着。我终于忍不住，被刺激得站了起来。我去洗手间小便，避免照到浴室里的镜子，然后朝储藏室走去。在厨房时，虽然我的眼睛已经适应了黑暗，但胯骨还是撞到了操作台的角上，好像它是被故意挪到我的路线上来挡我一样。

我五岁的时候，很害怕去我家的储藏室。那里住着一只班什[①]，我八岁的表哥詹姆斯告诉我说，班什尖叫的时候会吸出我们的灵魂。有时夜里，我躺在床上能听到班什的声音，一阵冗长的嗡嗡声。有一次我告诉了妈妈，她说没有班什，爸爸大笑着。如果你想去储藏室拿一听水果罐头，马克，你得勇敢地去面对她。

一个周日，詹姆斯和他的父母过来吃午饭。他把我锁在了储藏室，再没有回来。感觉像过了好几个小时，我一直没敢动，生怕把班什弄醒。我努力忍住不哭，因为她们最喜欢恐惧和悲伤了。她们能闻出你的恐惧，詹姆斯曾经告诉我。我闻到厨房里传来的烤鸡的香味，

① 爱尔兰传说中预示死亡的女妖精。

听到妈妈和佩特拉阿姨在聊天，詹姆斯在外面和狗玩耍着。他们都把我忘了，如果我动了，班什就会醒过来。最后，为了不打喷嚏、尿裤子，我憋得双腿抽筋，我得逃走。我看到架子顶层有一扇小窗户，我踩上了第一层，没有回头看，因为如果不回头看有什么东西在身后盯着你，它就不存在，不会伤害到你。我不能呼吸，竭力控制住自己的身体，不发出声音。

不要害怕，闭上眼睛，爬上去。

我急忙用短短的手臂向上够，刚爬到第二层架子。一袋大米噗的一声翻倒在地，带倒了两瓶橘子水——突然响起一阵很低的噪声，转瞬即逝。最后，一个东西滚了下来，然后我听出来了。是班什，她发出了我从未听过的巨大响声。

她醒了。

她就在我身后。

我用双手捂住耳朵，倒下来，像胎儿一样蜷缩着。

我当时可能在大叫，可能哭了起来。我记得爸爸进来，冲我喊道："能不能冷静一下？只是个该死的玩具。"

班什只是一台装电池的塑料电子琴，不过E键卡住了。根本就没有班什。我也不记得和詹姆斯、佩特拉阿姨和莱昂叔叔吃烤鸡的事了。

现在，我随手关上了身后的门，希望她会凭空显现。

我等待着，用舌头舔过嘴唇上的裂口，把指甲抠在伤口上，用拇指剥开，感受着伤口破裂带来的刺痛。但她没来。

稍后，阳光照进房间，于是我拉上了窗帘。但在海登的屋里，那些迪士尼公主的娃娃还是闪着耀眼的光，于是我把它们拆毁了。

我在客厅的地毯上爬，上面掉落着我们的头发，我把它们捡起来。

这张床是奥黛特的。她先拥有的它。那时我们年轻又缠绵，可以无忧无虑地表达欲望。在佐伊出生前，她用无数种方式去拥有它。斯蒂芬坚持铺上了新的床垫和被褥，但这张床是奥黛特的。

我坐在斯蒂芬那一侧的床边，拉开了她床头柜的抽屉，像一个闯入者一样，小心翼翼地不去碰任何东西。一本忘记带走的平装小说，是她不想让我看到的那一类；一个笔记本，上面潦草地写着她创作的儿童图书的情节主线；一团缠在一起的项链和手链，海登玩成了这样之后她就懒得去解开；一团团纸巾；一支丢了盖子的裂了的口红。我在寻找关于她的迹象，却已不存在。

我关上抽屉，环顾四周，试着感受更多。这间屋子里发生过太多的事，但现在全都已被灰尘覆盖。只有我，现在，这就是一切的结局。我浪费了全部生命所换来的爱、快乐、痛苦，还有激烈的争吵，没有一样能改变我独自一人在这里的事实。是生命让这一切看起来如此重要。

我坐了一会儿，期待她能来，有那么一瞬间，我觉得她已经来了，因为我看到梳妆台下面有东西在动。但不是她。我朝那阴影走去，蹲下来，可除了毛屑，没有其他东西。

接着，一阵玻璃破碎的声音让我一惊。我想让他们进来，完成犯罪，拿走一切无关紧要的东西。他们没有进来，于是我站起身，一瘸一拐地走到客厅，我的双手隐隐作痛，双膝的皮肤被擦伤，额头上带着一块伤痕。屋里暗了下来，刚刚的声音只是书架上的照片又被推倒掉下来了。

我光着脚坐了下来，玻璃上流着血。

狗在叫。我的胃很疼。路对面的大门的铰链断开了。鸟叫嚷着。有人咒骂着。太亮了。我站起来去拉窗帘。没有人进来。空空的架子上有一个长着很多只红眼睛的黑色东西在看着我。我疼得直不起腰来。

砰，砰，砰。当，当。当，当，当。一阵让人讨厌的、镶着大块宝石的戒指在窗户上敲击的声音。玻璃快敲裂了。

“把该死的门打开，马克！我知道你在里面。”

我强撑着坐起来，脊背在咔嗒作响。一瞬间，我不知道自己在哪儿；落在凸窗上的窗帘渗出一丝微弱的光线，我感觉自己好像在山洞里。

卡拉又喋喋不休地喊着，我站起身，拖着脚走到了大门处。

我刚把门开个缝，她就侧身挤了进来。“天哪，这里好臭，亲爱的，”她说着，匆匆忙忙地穿过走廊，把袋子一股脑地放在了橱柜上，“你看起来糟透了。去洗个澡吧。”

“你来这儿干吗？”我用手捋着头发，搓着脸，试图让自己清醒些。

“你妻子给我打过电话。她很担心你。说你有一天多没有开手机。我也给你打过。”

“我的手机？”我都不知道它在哪儿。肯定是音量调得太低，我不知道。

卡拉迅速走到客厅，拉开了窗帘，开了窗，重重地拍打着窗帘，好像这样能赶走屋里的臭气。我慢慢走近，闻到了从外面飘进来的清新的晚间空气，我意识到她说得对——我真想冲个澡。

“好啊。”我说，从我的卧室里抓了一条干净的牛仔裤和一件T恤衫，径直走到了浴室。

水流的确让我的精神振奋起来。我感觉从身上洗掉的不仅仅是发黏的汗水。我一直像疯了一样。我在剪海登的头发时，真的不知道自己当时在想什么，斯蒂芬会有那样的反应也是合情合理。如果她一直试图和我取得联系，说明她是愿意去解决问题的。我能停止这些愚蠢的行为，重新做她的丈夫和海登的父亲。

一阵短促的敲门声后，卡拉弯腰躲闪着进了浴室，捡起我的脏衣服，随即又迅速地离开了。

奇怪的是，我真的记不起几天前是什么在如此催促着我。四处去捡死去的动物，在城里漫无目的地追赶鬼魂。也许这个悠长黑暗的灵魂之夜正是我所需要的，它让我再次看清了一些事情，驱散了我的恐惧。

我将自己浑身上下涂满了香皂，用力搓着，直到皮肤刺痛发红，直到自己焕然一新。我擦干身体，穿上了干净的衣服，发现卡拉在用抹布彻底地擦着橱柜，一排排干净的盘子摆在沥水架上，洗衣机正运转着。

“绝不是因为周末才这么乱。”卡拉评论道，没有转过来看我。她穿着牛仔裤和一件休闲真丝衬衫，外面套着一件连帽夹克——很明显，她来得很匆忙，但我还是禁不住去想，她看起来很美。“她没有好好照顾你。”

我用舌头发出啧啧声。“我不需要被人照顾，那不是她的工作。”

卡拉耸耸肩，好像我的话不能说明什么。“我并非存心挑拨，但你整天在外工作，而她待在家里，在做什么？脏衣服堆成了山，碗筷也没洗。”

“天哪，卡拉，你有点太守旧了。”

“别傻了，亲爱的。你知道这无关性别角色，是分工的问题。如果她整天在外工作，你待在家里，我知道你会让碗筷保持干净的。”

我想我会的，但我说道：“她一直忙着照顾海登。照顾小孩是一件很消耗精力的事，特别是两岁的孩子。你得一直跟在他们身后，让他们远离危险……”

我住了口，空气似乎凝固起来。我不想讨论这件事，但卡拉却没有置之不理。她终于转过来面向我，面色通红。“是啊，我很清楚自己没有权利去讨论母亲的话题，但就我所看到的来说，整日全职在家照顾一个两岁的小孩是有很多休息时间的。”她把抹布一把扔进水池，吓了她自己一跳，我想，因为随后她镇定下来，从烘干机里拿出一只平底玻璃杯，又伸手去拿窗边的一瓶红酒。

我知道脆弱会让她痛苦，于是走过去，自己也拿了个玻璃杯，说：“给我也倒一些。”

她从操作台下面拽出一把椅子，叹了口气，坐在上面。“我知道这不关我的事。但你是我的朋友，我不喜欢她这样伤害你。”

我和她一起坐在桌子旁，有人在身边让我感到很是欣慰。我不能告诉卡拉是我对海登的所作所为促使斯蒂芬带着她离开的。“她没有。我亏欠她很多。你知道海登小的时候很不容易，她有疝气，真的很不舒服，几乎睡不着觉，我也没有帮斯蒂芬去照顾她。”

“她让你照顾了吗？”她没好气地说。“不，等等，让我来回答。她没有。我知道她对海登的感情，太霸道，你当然没法介入。”

“不是这样的。我很有负罪感是因为——”

“你需要做的，”她打断了我，“就是不要再有负罪感，开始维护你在家里的地位。海登是你的女儿，你不能继续像一个不受欢迎的房客一样住在这里，这是你自己的房子。看在上帝的分儿上，你是家里唯一挣工资的人，你是这个家庭中的男人。要表现出这样的姿态。”

我可以做出被冒犯、被启发或者愤怒的姿态，但我只是很尴尬。我呷了口酒，扶着额头。“像个男人一样。天哪，真是个忧伤的话题。”

卡拉停了好久，直到气氛有所缓和。“如我所说，这不关我的事。”

“那些男人闯进房子的时候，我没有任何行动，就坐在那里，看着他们把斯蒂芬从我眼前带走。我甚至都没去看我身边的那个家伙，只是在他们搜刮东西的时候盯着自己的双脚。如果我有枪，我真的会向他们开枪吗？”

“马克。”卡拉开始后悔说出了她的想法，试图将我引向别的话题。但之后，她便意识到我的语气是在思考，不是在生气或辩解。我真的只是在说出内心的疑惑，向自己的老朋友说着一些不能和别人分享的事。

“我想我不会，”我继续说。现在，我看着卡拉的双眼。“我唯一的角色，我想，唯一知道该怎么去做的事，就是去哀悼。”

卡拉把手放在了我的手上。

“我很想海登。”我说。

“她们很快就会回来的，”她说，“然后你们就能重新开始了。”

我知道已经没有机会重新开始了，所以我什么都没说。

我们走到沙发边，卡拉把电视调到一个温馨的美食频道，一位优雅的女士在她梦寐以求的房子里脆弱又充满诱惑地微笑着，眼神很悲伤，之后是两位饱经沧桑、圆滑世故的老男人开着车在意大利到处转。不知何时，卡拉把头靠在我的肩膀上，我任由她这样做，闻着她发丝间洗发水的清香和咸咸的青草香。我的手搭在她的髋部，只是想寻求安慰。我感到一切都会好起来。这并不是生与死的问题——所有的困难都终将被克服。

她的手放在我的胸前，伸到了衬衫下面，因为屋子里开始变凉，她的一只脚抬了起来，依偎在我的小腿肚下。她的双唇贴上了我的双唇，我的手指在她的背部滑动。我用后背支撑着，卡拉趴在我身上，她的头发垂在我的脸上，就在这时，我看见了她，佐伊，站在客厅的角落里，看着一切。

一束斜光从走廊射进了她所站的角落，扫过她的脸，于是我能看到她的下巴和嘴，还有一半黄色的头发，她用一只手指缓慢地绞着其中一缕。她身上的牛仔裤和T恤衫该洗一洗了，我还注意到空气中有一股腐臭味。我正准备对她说些什么，但她笑着，用舌头滑过嘴唇，还在绞着，用手指绞着她的头发。

卡拉撑起身子。“怎么了？”

“没什么。只是……”

但此时，女孩笑起来的嘴咧得特别开，她的嘴唇不自然地撑到牙齿上方，我能看到已经腐蚀变黑的牙齿。那味道像一个固体一样向我扑来，我向后拖着身体到沙发上，但卡拉的重量将我困在那儿。

“没事的，亲爱的，”卡拉说，她的呼吸很急促，“一切都过去了。没有什么能再伤害你。一切都会好的。”

那个女孩绞着，绞着，用手指绞着头发，直到厚厚的一缕从头皮上脱落。她向前迈着步子走来，整张脸都出现在灯光下。灰色的皮肤上散布着斑驳的瘀青，一只眼睛肿得睁不开，另一只眼睛布满了血丝。她舔着裂开的双唇，舌头变得更长了，从嘴里伸出来，一片血红色的唾液随即喷到她的脸上。

她又拽下来一大片头发，扔到地上。她的头皮和脸都裂开了，她仍然笑着，讨好地恳求着。

“爸爸？你为什么不爱我了？”

她脸上的皮肤渐渐融化，露出发黑的血肉。

“爸爸。为什么？”

我努力紧闭双眼，但她想让我看到。

她在地上融化成一摊黑色的腐肉，现在又开始变形，变成一个红眼睛的、长着很多条布满刚毛的细腿的东西，在壁脚板边像幽灵一样闪着微弱的光。

“马克？马克？”卡拉凑得更近了，她温暖而有活力的双手抚着我的脸庞，她火热香甜的呼吸渗入我的嘴里，终于，我看不见了。她亲吻着我的眼泪，我冲她喘息着，好像她会让我活着一样。

卡拉是活生生的。她可以为我挡住我不愿看到的一切。她帮我保护着双眼。我屈服了。几十年间的事情出现在眼前，那一刻我感受到了自由，好像什么都没发生过一样。我回到了大学，回到了生活轻松、可以和女朋友肆意亲热的时候，仿佛快乐永远不会掺杂着罪恶和内疚。

我们就那样一起过夜，蜷缩在一起，一切都得到了宽恕。但是，当黎明的曙光渐渐透进房间时，我先是闻到，然后又感觉到我皮肤上满是发黏的血。然后，我竭力抑制住自己想要尖叫的本能，睁开了双眼。

24. 斯蒂芬

我在车里，像私家侦探一样蹲坐在驾驶座上，仪表盘上正晾着一杯难喝的麦当劳咖啡。从这里我能清楚地看到房子的样子，到目前为止没有任何生命的迹象。

自从海登和我逃到蒙塔古那晚，我已经有两个月没回来了。我不敢回来，因为深信在犯罪现场附近会让那些已被镇静剂所制约的不断积累的负面情绪卷土重来，那些镇静剂一直是由我爸妈很乐于开处方的医生提供给我的。我再也不用躲着马克去服用它们了。可现在，当我盯着那崭新的大门——爸爸过来打扫时选的很不协调的现代风格的硬木门——我却什么感觉都没有，没有悲伤、悔恨、遗憾，或者一触即发的旧情绪、愤怒。

我没有把眼神从大门处移开，喝了一小口咖啡，不去理会握在颤抖的手指中的杯子也在抖动——药物的副作用。卡里姆的表哥和他的妻子到现在已经住了一周了。足够长吗？我和他们并不熟（也不想认识），他们只是决定搬到开普敦，需要一个落脚的地方。我把钥匙寄给了卡里姆，让他去处理细节上的事情。毕竟，他们是他的家人。我爸爸提出要帮忙去取我们的个人物品，我为了节省搬家的费用，把房子带着一部分家具出租，虽然客厅里大部分家具的价值要远远高于省下来的费用。第一个月的房租和押金，除去房地产公司赚取的服务费，很快就全部用来还贷了。

卡里姆的亲戚欣然抓住了这个机会，为什么不呢？他们省了很多钱。这里和周边地区的其他房源相比至少便宜了两千兰特。扎伊纳布，我的租房代理人，听到我定下的租价时简直吓呆了。我几乎无法告诉她我需要一位特殊的租户，卡里姆的家人刚好满足要求。

我再次确认了时间。还有三小时我才会去托儿所接海登。从这里开回蒙塔古要两个半小时，于是我准备冒一次险。我打开车门，把冷掉的咖啡泼在了人行道上。我漫不经心地摆弄着点火钥匙。

我不该在这儿。

门打开的时候，我吓了一跳，一个男人走了出来。他又矮又胖，身上的狮牌T恤衫翻到了短裤外面——和卡里姆完全不一样。他哆嗦着把香烟塞进嘴里，直直地盯着前方，抽着烟。我就在他视线的正前方，但他的眼神避开了我。

关于这儿发生的一切，卡里姆告诉了他多少？毕竟这件事让全国的报纸、新闻网站、IOL.com房地产公司的网页都把标题为《开普敦的新鬼屋》的新闻当作头条。《邮卫报》上刊登了关于卡拉的一小篇讣告。她会感激的。

我不知道当时是怎么想的，还是参加了她的葬礼，一时心血来潮开车过去。葬礼在她被谋杀的两周后，在一座专属于教会学校（她的一个兄弟是那里的董事会成员）、像洞穴一样的小教堂里举行，虽然我曾听她抱怨过很多次主教的校友关系网。由于迟到了，我便在最后一排找了个长凳坐下。教堂里只坐了四分之一的人，空着的座位为整个仪式增添了一份华丽感。她的同事和南非的文学界成员一个接着一个地试图用他们浮夸的悼词和朗诵来互相赶超。我没有去听这些，而是盯着那些吊唁者的后脑勺，希望没有人会认出我，想象着如果他们认出来会说些什么。

现在别去看，是那位妻子。你知道的，他的妻子。

你觉得她会知道他一直都疯疯癫癫的吗?

他动手的时候她又不在，所以谁知道呢?

他现在在哪儿?

你没听说吗？在法尔肯堡。被锁在医院一侧的拘留病房里。在做电击治疗，有些效果。他们发现他的时候，他已经是个话都说不清的废人了。

是啊，这我知道。

话说回来，他的妻子很幸运当时没在场。很可能是她。

哦，是啊。他们还有个小女儿，是不是？是什么能让人去做那样的事？

呃，我听说他说不是他干的。说是一个团伙闯了进来。

难道DNA证据指向的不是他吗？

你在开玩笑吧。DNA证据？在这个国家，你觉得他们会费这个事吗？实验室里的积案就是笑话。

你知道，真是个悲剧。他曾经还有过一个女儿。她死了。

也是他杀的吗？

不是的。他们说那是一场意外。

真可怜。太可怕了。

他到底把卡拉怎么了？

肢解了。他把她肢解了。

仪式最后，坐在我前几排长凳上的一位中年白人妇女突然迅速转过头，热切地瞪着我。她保守地穿着一身黑色，但手腕上戴着一条山羊皮做的手镯：那个巫师。我直接瞪了回去，眼睛都没眨一下，然后做了个“去死吧”的口型。颤抖着，我起身离开了。我还以为她会跟着我出来——很希望她这样做。我还是不知道自己为什么会迁怒于她。也许是因为，像我一样，她也没能拯救马克。

在马克的事上了头条之后，很多老朋友都试图联系我，但大多数我都没有理会，而是选择与外界隔绝，让自己和海登躲在蒙塔古。我无法看出来谁在骂我们，或者只是想听到种种细节，他们都在竭力找机会说着老套的南非话："你当时不在场实在是太幸运了"。接着，卡里姆在一个月前给我发信息，问我怎么样了。我回复了。可能我隐隐知道他会帮到我。我们每天都聊天，随后他提到，他有个表哥正准备从约翰内斯堡搬到开普敦，需要落脚的地方。我想起来他告诉过我那个家庭也曾遭受过残暴的入室抢劫，于是我提出把房子租给他们。我当然也这么做了。

米雷耶的声音萦绕着：我以为它已经和上一批人一起离开了。他们遭受过痛苦，但还远远不够。

现在它跟着你们。

我伸手去拿咖啡，喝了一小口，惊恐地发现像闹鬼了一样什么都没喝到，才记起我已经把它倒在了人行道上。卡里姆的表哥猛烈地吸着烟，眯着双眼，就像电影里的歹徒一样。他把烟蒂扔到奥黛特那些早就枯萎的骨瘦如柴的紫藤枯枝里，然后又点了一支。他看起来像是能控制住自己情绪的人。一个倔强的人。比马克倔强，或者这只是我的假想？他似乎再次对我视而不见。对他来说，我只是一个又矮又胖的白人女孩，开着一辆二手的迷你库珀——我在书的预付款兑现后还清了它的贷款。五千美元，不足以让我和海登衣食无忧，但兰特的汇率暴跌帮了我大忙，让我可以挺到找到全职工作之前。

它能让我们在回家前保证温饱。

卡拉的大部分尸块都堆在储藏室里。

我没有看到未经处理的犯罪现场，但我的想象力可以帮我填补空白。事件发生后，到蒙塔古向我询问的警官非常善良。她建议我先不要回家，“直到彻底清理后”。马克被逮捕时没要求见我，直到现在也没有。我父母请的廉价律师坚定地相信，由于马克的举动和当时的精神状态，我没有出钱为他请辩护律师的义务。我竭力地去保住房子，拒绝接受银行将其出售的要求。它是海登的。不是银行的。不是奥黛特的。不是佐伊的。它是海登的。那是她父亲留给她的唯一的东西。

但我不能冒险带她回来，直到……

要多久呢？我们只在那个公寓住了五六天？我还没有回复克鲁瓦先生的邮件，但我知道我不需要联系他。我一直在线。我们离开巴黎后，那栋大楼的所有公寓，包括我们住的那间，在不到两周内全部租出，而大楼本身也在出售。不管是什么东西笼罩着房屋——邪恶的符咒、次声、死去的孩子、该死的霉菌，管它是什么——都被我们带走了。或者被米雷耶在跳出窗户时带走了。

或许是巴黎的房地产市场刚刚有了起色。

门廊上的男人挠着肚子。忽然，安全门的栏杆间露出一只抓着芭比娃娃的小手。我握紧了方向盘，在座位里向前探着身。一个小女孩，没比海登大几岁。我从牙缝中倒抽一口凉气。卡里姆告诉过我他的表哥有孩子吗？

是的。你知道他说过。

我探过身子，摇下副驾驶位的车窗。小女孩对那个男人说着什么——从我这里听不清她的话——他没有理她。他面无表情，沉浸在自己的世界里。

就像马克一样，之后他就……

我们去了公寓。我们带回了一些东西。现在，我得让别人把它带走。

现在它跟着你。

你并不会真的相信，是不是?

我可以在一切还没有太迟之前取消租约，把他们赶出房子。我可以现在就喊出警告，就在此时此刻，告诉他们我是谁，试着说服他们房子不安全。

也许灾难已经发生了。

也许还没有。

我摇起车窗。那个男人还是对我不感兴趣。那只小手消失在栏杆背后，消失在门后的黑暗中。

谢谢，我思考着，把钥匙插入点火器，然后开走了。很抱歉是你们。

致谢

S. L. 格雷感谢：

洛朗·伯克斯、罗布·布卢姆、韦恩·布鲁克斯、路易丝·巴克利、艾琳·切蒂、珍妮弗·卡斯特、埃莱娜·弗雷、克莱尔·加岑、亚当·格林伯格、萨姆·格林伯格、布朗温·哈里斯、萨瓦娜·洛茨、查利·马丁斯、奥利·芒森、亚历克斯·桑德斯和卡罗尔·沃尔特斯

图书在版编目（CIP）数据

公寓 /（英）S. L. 格雷（S. L. Grey）著；申晨译. —长沙：湖南文艺出版社，2017.10
书名原文：The Apartment
ISBN 978-7-5404-8284-8

Ⅰ. ①公… Ⅱ. ①S… ②申… Ⅲ. ①长篇小说—英国—现代 Ⅳ. ①I561.45

中国版本图书馆CIP数据核字（2017）第208568号

著作权合同登记号：图字18-2017-020

上架建议：畅销·外国文学

GONGYU
公寓

作　　者：［英］S. L. 格雷
译　　者：申　晨
出 版 人：曾赛丰
责任编辑：薛　健　刘诗哲
监　　制：吴文娟
策划编辑：许韩茹
特约编辑：陈晓梦
版权支持：辛　艳
营销支持：李天语
装帧设计：潘雪琴
出版发行：湖南文艺出版社
（长沙市雨花区东二环一段508号　邮编：410014）
网　　址：www.hnwy.net
印　　刷：北京鹏润伟业印刷有限公司
经　　销：新华书店
开　　本：875mm × 1270mm　1/32
字　　数：210千
印　　张：10
版　　次：2017年10月第1版
印　　次：2017年10月第1次印刷
书　　号：ISBN 978-7-5404-8284-8
定　　价：38.00元

质量监督电话：010-59096394
团购电话：010-59320018